Arno Strobel

Im Kopf des Mörders – KALTE ANGST

Thr

Eder & Bach

MIX
Papier aus verantwortungsvollen Quellen
FSC® C083411
www.fsc.org

Lizenzausgabe des Verlags Eder & Bach GmbH,
Nördliche Münchner Str. 20c, 82031 Grünwald
1. Auflage, März 2022
Arno Strobel, IM KOPF DES MÖRDERS – KALTE ANGST
Originalausgabe

Umschlaggestaltung: Stefan Hilden, www.hildendesign.de
Umschlagabbildung: © HildenDesign unter Verwendung mehrerer Motive von Shutterstock.com
Satz: Satzkasten, Stuttgart
Druck und Verarbeitung: CPI – Ebner & Spiegel, Ulm
ISBN: 978-3-949609-06-0

Es ist oft nur der Anschein, der blendet.

Erhard Horst Bellermann

Prolog

Sie steht regungslos da und starrt die Gestalt an. Der übergroße Fliegenkopf aus Plastik sieht so echt aus, dass sie sich vor Angst und Entsetzen eingenässt hat.

Halbkugelförmige, fußballgroße Facettenaugen, dunkel und bedrohlich fixieren sie. Erbarmungslos, hypnotisierend.

Borstige Haare ragen aus dem hässlichen Schädel, dessen Unterseite in einem armdicken, schwarzen Rüssel endet.

Sie hat sich gegen die Wand sinken lassen. Eine gnädige Stütze, die verhindert, dass ihre zitternden Beine ihr den Dienst versagen.

»Ja, jetzt glotzt du.« Diese Stimme. Metallisch, kaum verständlich, wie von einer Maschine gesprochen. Sie hat sie schon bei Menschen gehört, die nach einer Kehlkopfentfernung ein elektronisches Gerät benutzen, das die Wörter für sie formt. In dieser Situation verstärkt die Stimme noch das Grauen, das sie empfindet. Der Rüssel bewegt sich auf groteske Weise, als die Gestalt weiterspricht. »Du weißt genau, was hier geschieht, habe ich recht? Du weißt, wer ich bin, und du weißt, dass es sein muss, aber du willst es nicht sehen, du feiges Miststück.«

»Wer … wer sind Sie? Warum tun Sie das?«

»Lukas. Klingelt da was bei dir?«

»Lukas? Nein, ich …« Sie sieht, wie die Hand mit dem Messer sich bewegt und die Spitze ein kleines Stück in die Haut von Manuels Hals eindringt. Er stößt einen wimmernden Laut aus, wagt aber nicht, sich zu bewegen. Ein dunkler Tropfen bahnt sich unendlich langsam seinen Weg nach unten, hinterlässt dabei eine dünne Spur auf der glatten Haut.

Sie beobachtet das alles wie eine Szene in einem Film, die in Zeitlupe abläuft, um das Grauen für die Zuschauer noch zu steigern.

Ihr Mund klappt auf, sie möchte flehen, bitten, betteln. Irgendetwas tun, um das zu verhindern, was unabwendbar scheint. Mit größter Willenskraft reißt sie den Blick von der unerträglichen Szene los und bleibt an der Gestalt hängen, die regungslos und mit zertrümmertem Schädel am Eingang zum Wohnzimmer auf dem Boden liegt. Doch die metallische Stimme holt sie brutal zurück.

»Du hast die Zeichen gesehen und weißt genau, dass es sein muss. Und du willst es auch, oder etwa nicht?«

Als sie nicht antwortet, wiederholt die Gestalt: »Oder etwa nicht?«

»Nein! Bitte nicht!« Ihre Stimme … eine Aneinanderreihung krächzender Laute. »Bitte, tun Sie das nicht. Was immer …«

»Bitte, nicht«, äfft die Stimme sie nach. Dabei dreht der hässliche Fliegenkopf sich so schnell zu Manuel um, dass der Rüssel ihm wie eine fleischige Peitsche ins Gesicht schlägt. Manuel wimmert wieder leise, seine Wangen sind tränennass.

»Schau sie dir an«, befiehlt die Gestalt und deutet mit dem Kinn auf sie. »Wie feige sie ist. Tut so, als hätte sie keine Ahnung. Als hätte sie die Zeichen nicht erkannt, obwohl sie überdeutlich sind.« Sekunden vergehen, in denen die schwarzen Halbkugeln ihre Haut zu verbrennen scheinen.

»Ihr kleiner Verstand will nicht wahrhaben, dass das, was hier geschieht, nur zu ihrem Besten ist. Dass ich das hier tun muss, weil sie zu feige ist.« Die Hand der Gestalt ruckt nach oben und lässt die Klinge bis zum Schaft in Manuels Hals verschwinden, so leicht, als dringe sie in ein Stück Butter.

1

DER ANRUF KAM um fünf Uhr am Mittwochmorgen.

»Die Nacht ist zu Ende«, begann Böhmer ohne Einleitung. »Ein Doppelmord in Gerresheim.«

Max richtete sich auf und schwang die Beine aus dem Bett. »Holst du mich ab?« Seine Stimme klang noch rau.

»Nein, ich bin schon unterwegs. Komm mit deinem eigenen Wagen, und beeil dich.« Böhmer nannte ihm die Adresse und legte auf, bevor Max Fragen stellen konnte. Schlaftrunken schwankte er ins Wohnzimmer zu seinem Schreibtisch, kramte einen Zettel und einen Kugelschreiber zwischen den Akten hervor, die die ganze Arbeitsfläche bedeckten, notierte die Adresse und ging dann ins Bad.

Eine knappe Viertelstunde später war er unterwegs. Mit eingeschaltetem Magnetblaulicht rauschte er mit neunzig Stundenkilometern über die Grafenberger Allee und erreichte nach etwa zwanzig Minuten die Adresse, die Böhmer ihm genannt hatte. Mehrere Einsatzfahrzeuge parkten am Straßenrand, direkt vor dem Grundstück stand ein Notarztwagen.

Max stellte sein Auto neben dem Audi seines Partners ab, stieg aus und betrachtete das anderthalbgeschossige Einfamilienhaus, das sich gegen den graublauen Himmel der Morgendämmerung abzeichnete. Ein Weg aus Steinplatten teilte den Rasen vor dem Haus in zwei Hälften und endete vor der offenstehenden Eingangstür. Jan, ein Kollege der Spurensicherung, der seine Herkunft aus dem hohen Norden weder verleugnen konnte noch wollte, kam vom Haus aus auf Max zu und begrüßte ihn. »Moin!«

Jan steckte in einem weißen Papieroverall und hatte Plastiküberschuhe an den Füßen. Max nickte ihm zu und ging schnell an ihm vorbei, bevor Jan dazu kam, zu einem seiner berüchtigten Monologe anzusetzen.

Er hatte schon die halbe Strecke zum Eingang zurückgelegt, als Jan hinter ihm herrief: »Ist nix für schwache Nerven da drin!«

Max hob die Hand und ging weiter, ohne sich umzudrehen. Erst als er die Eingangstür erreicht hatte, blieb er stehen. Im Inneren des Hauses waren gedämpfte Stimmen zu hören. Böhmers untersetzte Gestalt verdeckte im hinteren Teil des Flurs den Blick in das angrenzende Zimmer. Gleich neben der Eingangstür führte eine Treppe in die obere Etage.

Noch hatte sein Partner ihn nicht bemerkt.

Max atmete tief durch und versuchte, sich auf das vorzubereiten, was er gleich sehen würde, obwohl er wusste, dass man sich auf solche Szenarien kaum vorbereiten konnte.

Als er den Flur betrat, wandte Böhmer sich zu ihm um. »Ah, da bist du ja.« Er deutete ins Innere des Raumes. »Da muss ein vollkommen Irrer am Werk gewesen sein.« Böhmer versperrte noch immer die Tür in das Zimmer, aber da Max einen halben Kopf größer war, sah er über die Schultern seines Partners hinweg die Beine eines am Boden liegenden Körpers. Er wies an Böhmer vorbei. »Darf ich?«

Sein Partner nickte und drückte sich wortlos mit dem Rücken gegen die Flurwand, so dass Max an ihm vorbei den Raum betreten konnte. Es war das Wohnzimmer.

Der Tote trug Jeans und ein blaues Hemd und lag auf dem Bauch. Der Schädel war vollkommen zertrümmert und lag in einer riesigen Blutlache. Knochensplitter und Hirnmasse waren weiträumig um ihn herum auf dem Boden und an der Wand verteilt. Selbst das Bein des Tisches, der zwei Meter daneben stand, wies dunkle Spritzer auf.

Der Täter musste wie ein Besessener mit einem massiven Gegenstand auf den Kopf eingeschlagen haben. Doch so unappetitlich der Anblick auch war, er schockierte Max nicht annähernd so sehr wie das, was er in der dahinterliegenden, offenen Küche sah, als er von dem Toten aufblickte. Mit dem Rücken gegen die Wand gelehnt, saß ein etwa dreizehnjähriger Junge auf dem Boden. Sein Shirt war von Blut durchtränkt, das aus einer Wunde am Hals stammte, in der, schräg nach oben gerichtet, bis zum Schaft ein Messer steckte.

Max spürte, wie eine Faust seinen Magen umschloss und erbarmungslos zudrückte.

»Der Tote mit dem eingeschlagenen Schädel ist Rolf Darius«, sagte Böhmer so nah an Max' Ohr, dass er erschrocken zusammenfuhr. »Der Junge ist sein Sohn Manuel. Er ist … er war zwölf Jahre alt.«

Max starrte das bleiche Gesicht des toten Jungen an, unfähig, auf Böhmers Information zu reagieren. Unfähig zu irgendeiner Reaktion. Und während sein Verstand krampfhaft versuchte, sich an der Realität des Tatorts festzuhalten, verschwammen die jungen Gesichtszüge, als müssten sie sich neu ordnen, und als sie wieder deutlicher wurden, hatten sie sich verändert. Aus dem Kindergesicht war das einer jungen, bildhübschen Frau geworden. Ein vertrautes Gesicht, dessen Augen sich öffneten und dessen Blick sich mit einem Ruck auf ihn richtete, so voller Angst und Entsetzen, so verzweifelt um Hilfe bettelnd, dass es Max schier das Herz zerriss.

»Max, was ist mit dir?« Böhmer.

Max' Verstand klammerte sich an der rauen Stimme seines Partners fest und zog sich daran zurück in die Gegenwart, weg aus der Vergangenheit, aus dem düsteren Keller, weg von …

»Max!« Eine Hand legte sich auf seine Schulter, schüttelte ihn. Dann war Böhmers Gesicht vor ihm. »Alles okay, Partner?«

»Ja … ja. Alles okay.« Max drehte sich so, dass er das tote

Kind nicht mehr sehen musste, und rieb sich über die Augen.

»Was ist mit der Mutter des Jungen?«

»Ist mit der Ärztin oben in der ersten Etage. Sie musste alles mitansehen und steht unter Schock.«

»Okay. Ich schau mal, ob ich mit ihr reden kann.«

Max wandte sich ab und vermied es, den toten Jungen noch mal anzusehen.

Als er, gefolgt von Böhmer, den oberen Treppenabsatz erreichte, entdeckte er die Mutter des Jungen durch die offene Schlafzimmertür. Sie lag reglos mit geöffneten Augen auf dem Bett und starrte an die Zimmerdecke. Strähnen ihrer langen, dunklen Haare klebten ihr an der Stirn. Auf der Bettkante saß die Ärztin und kontrollierte den Puls der Frau. Sie sah auf, als sie Max' und Böhmers Schritte hörte.

»Guten Morgen«, begrüßte Max die Ärztin, die ihm unbekannt war, und blieb in der Tür stehen. »Bischoff ist mein Name, Kripo Düsseldorf. Das ist mein Kollege Böhmer. Können wir uns kurz mit Frau Darius unterhalten?«

»Das ist im Moment ungünstig. Sie hat einen Schock und muss in stationäre Behandlung. Gleich werden …«

»Es ist wichtig«, fiel Böhmer ihr ins Wort und schob sich an Max vorbei in den Raum. »Frau Darius hat gesehen, was passiert ist, und kann uns vielleicht entscheidende Hinweise geben. Also bitte …«

Mit einem prüfenden Blick auf die Frau nickte die Notärztin schließlich und stand auf. »Also gut. Aber ich weiß nicht, ob sie ihnen antworten kann.«

Böhmer ging auf das Bett zu. Die Frau zeigte keinerlei Reaktion.

»Frau Darius, es tut uns sehr leid, was passiert ist. Wir wissen, dass Sie Furchtbares mitgemacht haben, aber wir brauchen dringend Ihre Hilfe.« Er machte eine Pause, doch die Frau ließ nicht erkennen, dass sie ihn gehört hatte.

»Können Sie uns bitte sagen, was heute Nacht hier passiert ist?«

»Er war so hässlich.« Die Antwort kam überraschend schnell, aber so leise, dass Max die Worte kaum verstehen konnte.

»Was?«, hakte Böhmer sofort nach. »Wer war hässlich? Der Täter? Wie sah er aus?«

»Eine Fliege. Er … er hat …« Eine Träne löste sich aus dem Augenwinkel der Frau, rann über die Schläfe und versickerte neben ihrem Kopf im Kissen.

»Er hat meinen Jungen …« Die Stimme versagte ihr.

Böhmer tauschte schnell einen Blick mit Max, bevor er sich wieder an die Frau wandte. »Können Sie uns beschreiben, wie der Mann aussah?«

»Eine Fliege. Eine hässliche Fliege.«

»Was? Was ist mit der Fliege?«

»Ich bin schuld.«

»Frau Darius …«

Ihr Kopf flog herum, die Augen waren weit aufgerissen. »Er hat gesagt, ich bin schuld«, schrie sie. »Ich bin schuld. Ich …« Sie schlug die Hände vors Gesicht, ihr schlanker Körper begann immer stärker zu zucken, bis er von einem heftigen Weinkrampf geschüttelt wurde.

»Aufhören!«, sagte die Ärztin bestimmt, als Böhmer der Frau die Hand auf den Arm legte und Anstalten machte, weiterzufragen. Mit zwei schnellen Schritten stand sie am Bett. »Keine Fragen mehr. Sie sehen doch, in welchem Zustand die Frau ist. Ich werde sie jetzt ins Krankenhaus schaffen lassen.«

»Okay.« Böhmer erhob sich. »Wir kommen später nach. Wo bringen Sie sie hin?«

»Ins Uniklinikum.«

Böhmer nickte Max zu und ging an ihm vorbei aus dem Raum. Max warf noch einen langen Blick auf die zuckenden Schultern der Frau, die sich wieder abgewendet und den

Kopf tief im Kissen vergraben hatte, dann folgte er seinem Partner nach unten.

Sie sprachen noch mit Kollegen der Spurensicherung und mit dem Rechtsmediziner, der zwischenzeitlich die erste Begutachtung der beiden Opfer durchgeführt hatte. Rolf Darius' Schädel war mit einem Hammer zertrümmert worden, der wenige Meter entfernt neben dem Opfer auf dem Boden lag. Das Messer, das im Hals seines Sohnes steckte, gehörte offensichtlich zu einem Sortiment Küchenmesser, das man in einer der Schubladen gefunden hatte.

»Was könnte sie mit dieser Fliege gemeint haben?«, dachte Max laut nach, als sie nach einer halben Stunde ins Freie traten.

»Keine Ahnung. Die Frau ist schwer traumatisiert. Vielleicht hat sie irgendwo eine Fliege gesehen, während ihr Junge ermordet wurde.«

Diese Erklärung klang zwar nicht sehr plausibel, aber eine bessere fiel auch Max nicht ein. Nach ein paar Schritten blieb er stehen und atmete tief durch. Er fühlte sich schrecklich. »Was geht nur in den kranken Hirnen dieser abartigen Arschlöcher vor sich?«, presste er zwischen den Zähnen hervor.

Böhmer zuckte mit den Schultern. »Wenn wir das wüssten, könnten wir wahrscheinlich einige dieser Taten verhindern. Aber deine Frage wundert mich. Ist es nicht dein Ding, dich in die Köpfe dieser Typen hineinzuversetzen?«

Max verstand nicht, was Böhmers Bemerkung in dieser Situation für einen Sinn haben sollte. Und sie ärgerte ihn. »Also gut. Ich erkläre es dir gerne noch mal, wenn es sein muss. Du verwechselst da was. Der Versuch, die Denkweise dieser Typen einzuordnen und im günstigsten Fall vielleicht ihre nächsten Schritte vorauszusehen, basiert ausschließlich auf der Auswertung von Verhaltensmustern, die auf statistischer Basis mit spezifischen *sozioökonomischen Merkmalen* in Verbindung gebracht werden können.« Max gestand sich ein, dass es ihm eine gewisse Genugtuung verschaffte, zu beobachten, wie sich ein fragender Ausdruck auf Böhmers Gesicht legte.

»Ein Fallanalytiker erstellt keine psychologischen Täterprofile, wie du offensichtlich immer noch denkst. Und er fertigt kein Erscheinungs- und Persönlichkeitsbild eines Straftäters an. Und weißt du, warum er das nicht tut?« Max machte eine Pause, in der er Böhmer eindringlich in die Augen sah. »Weil er es schlicht und ergreifend nicht kann.«

Böhmer schien einen Moment angestrengt nachzudenken, bevor er schließlich nickte. »Sag ich doch.« Und als er sich abwandte, fügte er noch hinzu: »Wir sehen uns gleich auf dem Präsidium.«

Max schaute seinem Partner nach, bis er das Grundstück verlassen und sein Auto erreicht hatte, dann machte auch er sich auf den Weg.

Während er durch die morgendlichen Straßen Düsseldorfs fuhr, nahm er kaum etwas von seiner Umgebung wahr. In Gedanken spielte er noch einmal durch, was er im Haus der Familie Darius – der *ehemaligen* Familie Darius – gesehen hatte, so, wie er es nach der Besichtigung eines Tatorts immer machte. Es gelang ihm, die dort vorgefundene Situation gedanklich zu reproduzieren, aber sosehr er sich auch anstrengte, er schaffte es einfach nicht, sie mit dem neutralen, analytischen Blick zu betrachten, der für seine Arbeit so wichtig war. Immer wieder schob sich übergroß das bleiche Gesicht des ermordeten Kindes vor alle anderen Bilder, dann verschwammen die Züge und wurden zu dem Frauengesicht, dessen Augen vor panischer Angst weit aufgerissen waren. Max schüttelte den Kopf, versuchte es erneut – mit dem gleichen Resultat.

Die Wut kam plötzlich und mit einer Heftigkeit, wie er sie lange nicht mehr empfunden hatte. Er schlug mit der Hand gegen das Lenkrad, stieß ein lautes »Verdammt« aus, hämmerte wieder und wieder auf das Lenkrad, bis er den unbändigen Zorn auf den Mörder des Jungen ein wenig unter Kontrolle gebracht hatte. Er atmete tief durch, öffnete das Seitenfenster, beugte den Kopf hinaus und ließ sich die frische Morgenluft ins Gesicht wehen.

Wie sollte er seriös und vor allem erfolgreich ermitteln, wenn seine wichtigste Fähigkeit ihm nicht zur Verfügung stand: sein analytischer Verstand.

Es war zum Verzweifeln. Seit dem letzten Fall, in den er emotional weit mehr verwickelt gewesen war, als es ein Ermittler sein sollte, war er mehr denn je von dem Wunsch beseelt, Psychopathen aus dem Verkehr zu ziehen. Und genau dieser Fall schien nun der Grund dafür zu sein, dass ihm das schwerer fiel als je zuvor.

Er schloss das Fenster wieder, öffnete über die Lenkradsteuerung das Telefonbuch und bewegte den Cursor auf Kirstens Nummer. Bevor er sie anwählte, warf er einen Blick auf die Uhr. Kurz vor sieben, um diese Zeit war sie meist schon aufgestanden. So auch an diesem Morgen, wie sich herausstellte, als sie sich nach nur zweimaligem Klingeln meldete.

»Guten Morgen, Schwesterherz. Ich hoffe, ich habe dich nicht geweckt?«

»Guten Morgen. Nein, ich bin schon eine ganze Weile wach. Aber wenn ich mir die Uhrzeit anschaue … was ist los?«

Sie kannte ihn und wusste, ein Anruf zu dieser Stunde musste einen bestimmten Grund haben. Er überlegte einen Moment, wie er beginnen sollte.

»Ich komme gerade von einem Tatort. Eine schlimme Sache. Ein Mann und sein zwölfjähriger Sohn sind ermordet worden. Die Mutter musste dabei zusehen.«

»O mein Gott, wie schrecklich. Und? Wie schlimm ist es für dich?«

»Es ist der erste Mordfall seit meiner Auszeit …«

»Ja, ich weiß. Deshalb frage ich.«

»Dieser tote Junge … er hatte plötzlich Jennys Gesicht.«

2

ALS MAX IM PRÄSIDIUM ANKAM, war Böhmer schon da.

Gut möglich, dass er selbst einen Umweg gefahren war. Er konnte sich nicht mehr genau an den Weg erinnern, den er während des Telefonats mit seiner Schwester genommen hatte.

Max traf seinen Partner in der Küche, wo er sich gerade einen Kaffee am Vollautomaten machte.

Als Böhmer ihn entdeckte, nahm er eine zweite Tasse aus dem Hängeschrank und stellte sie neben der Maschine ab. »Wo warst du so lange? Ich bin schon seit zehn Minuten hier.«

»Ich habe noch mit meiner Schwester telefoniert.«

Böhmer nickte wissend. »Ja, Telefonate mit Frauen fressen immer Zeit.«

»Guten Morgen, Kollegen.« In der Tür stand Verena Hilger. Vierzig Jahre, dunkelhaarig und mit einer Figur gesegnet, bei deren Anblick einige männliche Kollegen immer wieder glänzende Augen bekamen. Wie Max wusste, trieb sie sehr viel Sport.

Die Oberkommissarin kam aus Köln und hatte sich vor zwei Monaten zu ihnen versetzen lassen, weil sie sich mit ihrem dortigen Chef nicht verstanden hatte. Max konnte das gut nachvollziehen, denn er kannte den Mann von einem Seminar, das er besucht und das ebenjener Kriminalhauptkommissar Bernd Menkhoff geleitet hatte. Ein brillanter Ermittler, aber ein knallharter Faktenmensch und auf zwischenmenschlicher Ebene eine Katastrophe. Oberkommissarin Hilger mit ihrem Faible für Esoterik musste ein rotes Tuch für ihn gewesen sein.

Max war allerdings der festen Überzeugung, dass dieses ganze irrationale Getue von ihr nur geschauspielert war, weil es ihr Spaß machte, die Kollegen damit zum Narren zu halten.

»Ich habe gerade von dem Mord gehört. Stimmt es, dass es zwei Opfer gibt?«

Böhmer zog seine Tasse unter dem Automaten heraus, stellte die frische darunter und drückte auf den Knopf, der die Maschine in Gang setzte. »Ja, zwei Opfer, eines davon ein zwölfjähriges Kind«, erklärte er so laut, dass seine Stimme das Geräusch des Mahlwerks übertönte.

»O Gott …«

»Na, der hat dabei wohl weggesehen.«

»Das ist wirklich furchtbar. Aber dann tut euch eine kleine Aufmunterung sicher gut.« Binnen eines Sekundenbruchteils wechselte ihr Gesichtsausdruck von betrübt zu verschmitzt. »Ich habe eben einen Blick auf das Horoskop geworfen und festgestellt, dass die Sterne trotz dieser schlimmen Sache gut für euch stehen. Horst, du wirst heute einer geheimnisvollen, dunkelhaarigen Frau begegnen.«

Böhmer warf einen demonstrativen Blick auf Hilgers schulterlange Haare und nickte. »Ich wundere mich zwar, was die geheimnisvolle Frau um diese Zeit schon im Büro macht, aber … es stimmt.« Beide lächelten.

»Und du, Max …«

Max hob die Hand und wiegelte ab. »Nein, lass mal. Ich möchte gar nicht wissen, was mir heute noch alles passiert.«

Auch wenn ihm klar war, dass Witzeleien zwischen Ermittlern gerade bei besonders grauenhaften Fällen letztendlich nichts anderes als Selbstschutz waren, stand ihm einfach nicht der Sinn danach, sich ablenken zu lassen. Hilger schien das zu spüren, denn sie beließ es dabei.

Auf dem Gang kam ihnen ihr Chef, Polizeirat Alexander Gorges, entgegen und dirigierte sie gleich in sein Büro, wo Böhmer ihm in knappen Worten einen ersten Bericht gab.

»Wann werden Sie die Frau vernehmen können?«

»Keine Ahnung, wir rufen nachher mal im Krankenhaus an.«

Gorges hob die Hand und strich über seine kurzen, eisgrauen Haare. »Die Presse wird die Sache mit dem Kind groß aufziehen. Das heißt, wir werden zusehen müssen, dass wir schnell erste Ermittlungsergebnisse vorweisen können.« Sein Blick richtete sich auf Max. »Alles okay bei Ihnen?«

Max nickte. »Ja, alles in Ordnung.«

Er fragte sich, ob er nun bei jedem Fall als Erstes würde versichern müssen, dass er nicht zusammenklappen würde.

»Gut, dann mal los.«

Zurück in ihrem Büro, griff Böhmer zum Telefon. »Ich frage mal im Krankenhaus nach, ob die Frau jetzt vernommen werden kann.«

Max hob schnell die Hand. »Nein, warte. Ich halte es für besser, wenn ich hinfahre, ohne vorher anzurufen. Ans Telefon wirst du wahrscheinlich keinen Arzt, sondern nur eine Pflegerin oder einen Pfleger bekommen, und die werden dich abwimmeln. Wenn ich vor Ort bin, geht das nicht so einfach.«

Böhmer schürzte die Lippen. »Okay, da hast du wahrscheinlich recht. Aber warum sprichst du die ganze Zeit von *dir*?«

»Ich denke, es wird die Frau eher verschrecken, wenn wir dort zu zweit auftauchen. Außerdem …« Er suchte nach den richtigen Worten. »Nicht falsch verstehen, aber vielleicht bin ich im Moment ein bisschen sensibler und feinfühliger.«

Max beobachtete das Gesicht seines Partners und versuchte, darin eine deutbare Regung zu finden, doch Böhmer erwiderte gelassen seinen Blick und nickte schließlich. »Also gut.«

»Das ist alles?« Dass sein Partner so schnell nachgeben würde, hätte Max nicht für möglich gehalten.

»Ja, was denn noch? Fahr von mir aus dahin. Ich bin eh

nicht scharf darauf, mich mit Ärzten und Krankenschwestern herumzuärgern. Aber zuerst« – er deutete auf den Monitor, der vor Max auf dem Schreibtisch stand – »schreibst du den Bericht über den Tatort.«

Etwa eineinhalb Stunden später machte Max sich auf den Weg und war froh, für eine Weile allein zu sein. Er brauchte zwanzig Minuten zum Klinikum und wusste weitere zwanzig Minuten später, was Böhmer gemeint hatte.

Nachdem er von drei Pflegerinnen weitergeschickt worden war, konnte er in einem Stationszimmer endlich den für Beate Darius zuständigen Arzt sprechen. Er war wie Max sportlich schlank, aber mit etwa einem Meter achtzig etwas kleiner und rund zwanzig Jahre älter, also Anfang fünfzig. Das Namensschild auf seinem weißen Kittel wies ihn als Dr. O. Geimer aus.

Auf Max' Bitte hin schüttelte der Mann energisch den Kopf. »Tut mir leid, aber Frau Darius ist zurzeit nicht in der Verfassung für ein Verhör.«

»Von einem Verhör hat auch niemand gesprochen. Ich muss ihr lediglich ein paar Fragen stellen, die extrem wichtig sind. Davon kann es abhängen, ob wir den Täter schnell fassen können oder nicht. Wenn sie mir nicht antwortet, ist es nicht zu ändern, aber ich würde es zumindest gerne versuchen.«

»Wie gesagt, es tut mir leid, aber das ändert nichts an der Tatsache, dass sie nicht ansprechbar ist. Sie führte Gespräche mit ihrem toten Sohn und bekam immer wieder Schreianfälle. Es blieb uns nichts anderes übrig, als sie mit starken Psychopharmaka ruhigzustellen.«

»Sie haben sie sediert.« Gegen jede Vernunft fühlte Max Wut in sich aufsteigen, weil er ihr nicht sofort Fragen stellen konnte.

»Wie gesagt, sie ist nicht vernehmungsfähig.«

»Ja, das habe ich kapiert. Und der Mörder ihres Mannes und ihres zwölfjährigen Kindes läuft irgendwo frei herum und kann sich sicher fühlen, weil ein Arzt entschieden hat, dass wir erst einmal nichts über ihn erfahren.«

Mit den letzten Worten wurde Max bewusst, dass er seinen Ärger an jemandem ausließ, der nur eines wollte: seiner schwertraumatisierten Patientin helfen.

Bevor Dr. Geimer sich von seiner Überraschung erholen und etwas entgegnen konnte, fügte Max deshalb sofort hinzu: »Entschuldigen Sie, das war nicht fair.«

Der Arzt zuckte mit den Schultern. »Nein, das war es nicht, aber ich kann Sie verstehen. Nur bitte verstehen Sie auch mich. Meine erste Priorität ist das Wohl meiner Patienten. Diese Medikamente schützen ihren Verstand davor, durch das Erlebte irreparablen Schaden zu erleiden.«

»Verstehe. Was denken Sie, wann ich wiederkommen kann?«

Dr. Geimer notierte etwas auf einen Zettel, den er vom Schreibtisch neben sich nahm, und reichte ihn Max. »Hier. Das ist meine Handynummer. Versuchen Sie es gegen Abend noch mal.«

Während Max vor dem Aufzug wartete, dachte er an die Zeit, in der er fast allabendlich Gespräche mit einer Toten geführt hatte. Und manchmal hatte er geweint und seinen Schmerz und seine Wut herausgebrüllt – Geimer hätte ihm mit Sicherheit eine hohe Dosis Sedativum verpasst.

Er fuhr einige Stockwerke tiefer und lief dann mehrere lange Flure entlang, bis er schließlich den Eingang zum Institut für Rechtsmedizin vor sich hatte. Er warf einen Blick auf die Uhr. Kurz vor zehn. Die Leichen waren auf jeden Fall schon hier, und mit etwas Glück hatte die Obduktion sogar bereits begonnen.

Als er den Sezierraum betrat, sah Dr. Reinhardt von dem Körper auf, der, von hellen LED-Leuchten angestrahlt, vor ihm auf dem Tisch lag. In dem Moment, in dem der Rechtsmediziner Max erkannte, zog er ein Tuch über den kleinen, schmalen Körper des toten Jungen. Max nickte ihm dankbar zu und trat ein paar Schritte näher. Die Konturen, die sich unter dem grünen Tuch abzeichneten, versuchte er zu ignorieren.

»Guten Morgen. Ich war gerade im Haus und dachte, ich schaue mal vorbei und frage nach, ob Sie mir schon was sagen können.«

Reinhardt schüttelte den Kopf. »Ich habe gerade erst angefangen, aber ich schicke Ihnen alles per Mail, sobald ich fertig bin.«

»Okay, danke.« Max musste sich eingestehen, froh zu sein, den Raum schnell wieder verlassen zu können, und wollte schon gehen, als Reinhardt mit sanfter Stimme sagte: »Ich bin kein Psychiater, aber Sie sind erst seit ein paar Wochen wieder im Dienst, und ich denke, Sie sollten sich so was hier noch nicht antun.« Mit einer Bewegung des Kopfes deutete er zu dem Tisch.

»Danke, aber das gehört zu meinem Beruf. Zudem ist es schon über ein halbes Jahr her, in dem ich viele Therapiesitzungen mit intensiven Gesprächen hatte.«

»Und die haben was gebracht?«

»Auf jeden Fall.« Zur Bekräftigung nickte Max mehrmals.

Als er in seinem Wagen saß, stellte er sich die gleiche Frage noch einmal selbst. Diesmal lautete seine Antwort *nein.*

3

ETWA AUF HALBER STRECKE ZUM PRÄSIDIUM entschied Max, einen Umweg zum Haus der Familie Darius zu machen. Mittlerweile würden die Kollegen dort wahrscheinlich fertig sein, so dass er sich ungestört umsehen konnte.

Böhmer würde von diesem Alleingang nicht begeistert sein, aber für das, was er vorhatte, brauchte Max Ruhe. Ihm stand der Sinn nicht nach Böhmers Kommentaren, die dieser sich, das wusste Max, nicht verkneifen würde.

Er wählte Böhmers Nummer und musste eine Weile warten, bis abgehoben wurde.

»Und?«, meldete sich sein Partner ohne Umschweife. »Hast du mit ihr reden können?«

»Nein, die haben sie sediert, weil sie ausgeflippt ist. Sie ist frühestens heute Abend ansprechbar.«

»Aha. Und du denkst also, das hätte man nicht per Telefon in Erfahrung bringen können?«

»Die Chancen waren so zumindest größer, und wenn die sie nicht zugedröhnt hätten … Ist doch jetzt egal. Jedenfalls habe ich mir überlegt, ich mache einen Abstecher zum Tatort. Ich möchte mir das in Ruhe noch mal ansehen.«

»Aha. Und ich gehe mal davon aus, dem Haus ist es auch lieber, wenn du allein kommst, hab ich recht?«

»Ach, nun hör schon auf. Ich werde mich dort irgendwo hinsetzen und alles auf mich wirken lassen. Wer weiß …«

… *ob ich überhaupt noch in der Lage bin, analytisch zu denken*, fügte er in Gedanken hinzu.

»Also gut, vielleicht bringt es ja wirklich was.«

»Okay, dann bis später.«

Er wollte schon erleichtert auflegen, als Böhmer sagte: »Max?«

»Ja?«

»Das ist jetzt aber die Ausnahme, oder?«

»Bitte?«

»Hör zu. Ich weiß ja, dass du eine schwere Zeit durchgemacht hast, aber ... Falls du es jetzt grundsätzlich vorziehst, allein zu ermitteln, werde ich mir einen anderen Partner zuteilen lassen.«

Eine Weile sagte keiner etwas, bis Max sich einen Ruck gab.

»Es ist eine Ausnahme und hat nichts mit dir zu tun.«

»Dann ist es ja gut. Bis später.«

Als Max vor dem Haus ankam, waren zwei Kollegen der Spurensicherung gerade dabei, die letzten Ausrüstungsgegenstände in ihren Wagen zu laden.

Auf seine Nachfrage hin erklärten sie, bisher keine Hinweise auf den Täter gefunden zu haben, aber er wisse ja, dass die Auswertung der Spuren erst im Labor wirklich beginne.

Max bedankte sich und betrat das Haus, nachdem er das Schloss der Eingangstür eingehend untersucht und festgestellt hatte, dass es keinerlei Beschädigungen oder Kratzer aufwies.

Im Flur verharrte er kurz und sah sich um, bevor er ein paar Schritte ins Wohnzimmer machte und an der Stelle stehen blieb, an der Rolf Darius' Leiche auf dem Boden gelegen hatte. Er ging in die Hocke, betrachtete die eingetrockneten Blutlachen und Spritzer auf dem Boden und den umstehenden Möbelstücken, ließ seinen Blick dann zur Küche hinüberwandern zu der Stelle, an der der tote Junge, mit dem Rücken gegen die Wand gelehnt, gesessen hatte. Mit dem Rücken gegen die Wand ... Warum hatte der Täter ihn nicht zu Boden fallen lassen, sondern aufrecht hingesetzt?

Und warum hatte er Rolf Darius wie einen räudigen Hund

erschlagen, den Jungen aber mit einem Messerstich in den Hals getötet?

Max erhob sich, lehnte sich an die Wand, ließ seinen Blick durch den ganzen Raum gleiten. Keine geöffneten Schubladen oder Schränke; Fernseher und Hi-Fi-Anlage standen an ihrem Platz. Nichts, was darauf hindeutete, dass der Täter etwas hatte stehlen wollen. Ebenso wenig gab es Spuren, die auf einen Kampf zwischen ihm und Rolf Darius hindeuteten.

Max schloss die Augen, fünf, sechs Sekunden lang, atmete tief durch, dann öffnete er sie wieder und sah zur offenstehenden Wohnzimmertür hinüber.

Ich habe mich am späten Abend irgendwo da draußen versteckt und das Haus beobachtet, habe gewartet, bis alles dunkel wurde und noch eine Weile länger. Ich wollte sichergehen, dass alle schlafen. Dann bin ich eingestiegen. Nicht weil ich auf Beute aus bin, sondern weil ich töten möchte.

Warum werde ich den Besitzer dieses Einfamilienhauses töten? Und warum seinen Sohn, nicht aber die Mutter?

Und wo *habe ich das Haus betreten?*

Max stieß sich von der Wand ab und durchquerte das Wohnzimmer bis zu dem Glas-Schiebeelement, hinter dem sich eine großzügige Holzterrasse mit Loungemöbeln erstreckte. Auch hier gab es keine erkennbaren Spuren von Gewalt oder Zerstörung. Aber irgendwie war der Täter ins Haus gelangt. Darum würden sie sich kümmern müssen.

Er wandte sich wieder um. Von seinem Standpunkt aus konnte er beide Fundorte der Leichen gut überblicken.

Ich schleiche durch das Erdgeschoss, als ich Schritte höre. Rolf Darius ist aufgewacht, weil er ein Geräusch gehört hat und nachsehen möchte, was hier unten los ist.

Nein, das stimmt nicht. Wie auch immer ich in dieses Haus gelangt bin, ich habe nichts beschädigt, also auch keine Geräusche gemacht. Entweder hat der Hausbesitzer noch nicht geschlafen und wollte sich vielleicht etwas aus der Küche holen, oder aber ich habe dafür gesorgt, dass er aufwacht und nach unten kommt, wo ich, mit einem Hammer bewaffnet, neben der Tür auf ihn warte.

Woher habe ich den Hammer? Habe ich ihn mitgebracht?

Als der Mann an mir vorbei das Wohnzimmer betritt, schlage ich zu und zertrümmere ihm den Schädel. Mein erstes Ziel ist erledigt. Das war einfach. Jetzt ist der Junge dran. Ich gehe zur Küche, öffne ein, zwei Schubladen und nehme ein großes Messer heraus.

Nach einem langen Blick in Richtung Küche ging Max zurück in den Flur und dann hinauf in die erste Etage. Er sah sich um. Vier Türen, alle standen offen. Das Elternschlafzimmer lag direkt gegenüber der Treppe, daneben ein Badezimmer. Neben dem Treppenaufgang eine Art Büro und am Ende des kurzen Flurs die Tür zum Kinderzimmer.

Ich schleiche die Treppe hoch und schaue mich um. Sind die Türen jetzt geöffnet? Nein. Als Darius aufgestanden ist, hat er die Schlafzimmertür hinter sich zugezogen. Auch die Tür des Kinderzimmers ist verschlossen. Ein zwölfjähriger Junge schottet sein Reich nach außen hin ab, wenn er noch liest oder mit dem Handy spielt, obwohl er längst schlafen sollte.

Max ging auf das Zimmer des Jungen zu und blieb am Eingang stehen.

Ich gehe zum Kinderzimmer, öffne vorsichtig die Tür und betrete den Raum. Durch das große Fenster fällt genügend Licht. Ich schaue mich um. Der Junge liegt in seinem Bett an der gegenüberliegenden Wand. Ich gehe auf ihn zu, in meiner Hand halte ich das Messer. Als ich das Bett erreicht habe, zögere ich nicht. Ich presse dem Jungen eine Hand auf den Mund. Als er die Augen aufreißt und panisch gegen meine Handfläche brüllt, zeige ich ihm die lange Klinge. Er verstummt. Ich zwinge ihn aus dem Bett und schiebe ihn vor mir her aus dem Raum hinaus zum Elternschlafzimmer.

Die Frau schreit auf, als sie aufwacht, doch der Schrei bricht abrupt ab, als sie das Messer am Hals ihres Kindes wahrnimmt.

Ich möchte den Jungen töten. Warum tue ich es nicht gleich hier? Warum zwinge ich die beiden, ins Erdgeschoss zu gehen? Weil ich dort auch den Vater getötet habe?

Die Frau tut alles, was ich von ihr verlange. Sie spürt instinktiv, dass ich nicht zögern werde, ihr Kind umzubringen.

Während er die Treppe wieder hinabstieg, betrachtete Max seine Umgebung ganz genau. Die Stufen, das Treppengeländer … Er entdeckte nichts, was ihm weitergeholfen hätte.

Vor der Küche blieb er stehen, die Augen auf die Stelle gerichtet, an der Manuel gesessen hatte.

Ich dirigiere den Jungen an diese Stelle, drücke ihn mit dem Rücken gegen die Wand und halte ihm das Messer von schräg unten an den Hals.

Töte ich ihn sofort? Gibt es einen Dialog mit der Mutter? Und wo ist die Mutter zu diesem Zeitpunkt, und wie reagiert sie? Fleht sie? Schreit sie? Habe ich sie gefesselt oder sogar niedergeschlagen?

Max sah das Gesicht des Jungen vor sich, stellte sich vor, wie es in panischer Todesangst ausgesehen haben musste, in dem Bewusstsein, gleich zu sterben.

Konnte ein so junger Verstand die konkrete Vorstellung, getötet zu werden, wirklich verarbeiten? Konnte das überhaupt irgendjemand? Konnte das eine Frau Mitte zwanzig, nachdem sie bestialisch gequält worden war?

Max schüttelte den Kopf, bis die Geister vertrieben waren, die sich wieder näherten, dann wandte er sich ab. Es nutzte nichts, ohne die Aussage von Beate Darius kam er nicht weiter. Sie würde zumindest ein paar der Fragen beantworten können, die er hatte. Hoffte er.

Böhmer saß nicht an seinem Schreibtisch, als Max das Büro betrat. Er tauchte erst eine gute Stunde später auf und kam vom Mittagessen, wie sich herausstellte.

Am Nachmittag trafen die Obduktionsergebnisse von Rolf und Manuel Darius ein. Sie enthielten keine Neuigkeiten, sondern bestätigten lediglich das, was die Ermittler schon wussten. Rolf Darius war mittels zweier Schläge mit einem Hammer der Schädel zertrümmert worden, wobei bereits der erste Schlag tödlich gewesen sein musste.

Der Körper des Jungen wies außer der tödlichen Stichverletzung am Hals keinerlei Wunden auf bis auf eine Verbrennung im Genitalbereich, die laut Dr. Reinhardt allerdings schon mindestens ein Jahr alt war und dem Aussehen nach von einer verschütteten Flüssigkeit stammen konnte.

Als Max am Abend in seiner Wohnung ankam, fühlte er sich zwar vollkommen ausgelaugt, aber auch so aufgewühlt wie schon lange nicht mehr. Und da war auch ein anderes Gefühl, etwas, das er so noch nie zuvor empfunden hatte.

Es hatte ihn schon immer wütend gemacht, zu sehen, wozu Menschen fähig waren und was sie anderen Menschen antaten, und diese Wut hatte ihn stets dazu angetrieben, diese kranken Verbrecher zu jagen und zu fassen. Dieses Mal aber war es keine Wut, die er dem Mörder, der Vater und Sohn getötet hatte, gegenüber empfand. Es war Hass. Und er ahnte auch, warum das so war.

Max nahm eine Flasche Monkey 47 aus dem Wohnzimmerschrank mit in die Küche, wo er Eiswürfel in ein Glas gab und sich einen kräftigen Gin-Tonic mischte. Zurück im Wohnzimmer, ließ er sich auf die Couch sinken und trank genüsslich einen großen Schluck. Es war das erste Mal seit langer Zeit, dass er allein Alkohol trank, aber es schmeckte phantastisch und tat ihm gut.

Er dachte an das Haus der Familie Darius und seinen Versuch, sich in den Kopf des Mörders hineinzuversetzen. Dabei fiel ihm ein, dass er Dr. Geimer anrufen wollte, um zu erfahren, wie es Beate Darius ging. Er fischte die Visitenkarte aus seinem Portemonnaie und hatte den Arzt Sekunden später am Apparat. Allerdings erklärte der ihm, die Frau sei frühestens am nächsten Vormittag vernehmungsfähig. Die Wirkung der Tabletten lasse zwar langsam nach, aber sie brauche dringend Ruhe.

Max bedankte sich, legte auf und genehmigte sich einen weiteren Schluck. Dann lehnte er sich zurück, schloss die Augen und gab sich dem Gefühl der Erschöpfung hin. Sein Kopf fühlte sich seltsam leer an, gerade so, als mache sein Gehirn eine Art Pause, in der es keine Gedanken produzierte, die logisch aufeinander aufbauten.

In diesem Moment der Reflexion darüber, dass dieses Sinnieren nichts anderes war als bewusstes Nachdenken, kamen die Bilder zurück, so plötzlich und mit einer solchen Wucht, dass Max aufstöhnte. Er riss die Augen auf und richtete sich ruckartig auf, doch diese Zeitspanne von vielleicht ein, zwei Sekunden hatte ausgereicht, ihm Jennys zerschundenen Körper in allen Einzelheiten und der gleichen Deutlichkeit zu zeigen wie das grinsende Gesicht des Monsters, das ihr das angetan hatte.

Max griff nach dem Glas und trank es in einem Zug leer. Mit hämmerndem Puls stand er auf und ging in die Küche, um sich einen weiteren Gin Tonic zu mischen.

Während er das Eis aus dem Kühlschrank nahm, hatte er Dr. Geimers Stimme wieder im Ohr.

Diese Medikamente schützen ihren Verstand davor, durch das Erlebte irreparablen Schaden zu erleiden.

Er hatte erst vor kurzem aufgehört, die Psychopharmaka zu nehmen, die der Polizeipsychologe ihm gegeben hatte. Sie waren vermutlich schwächer als die Medikamente, die man Beate Darius verabreicht hatte, aber letztendlich dienten sie dem gleichen Zweck. Den Verstand zu schützen.

Bevor er mit dem frisch gefüllten Glas ins Wohnzimmer zurückging, machte Max einen Abstecher ins Badezimmer, wo er die Tabletten aufbewahrte. Heute Abend würde er eine davon nehmen, weil er spürte, dass Schutz wirklich nötig war. Vor der Erinnerung. Vor allem aber vor diesen grauenhaften Bildern.

Als er wenig später eine der Tabletten aus der Blisterverpackung in seine Handfläche drückte, starrte er eine Weile darauf und drückte dann eine zweite heraus. So, wie er sich in diesem Moment fühlte, würde er zwei brauchen, um die Bilder zu verdrängen. Mindestens.

Eine Minute später spülte er drei der Tabletten mit viel Gin hinunter.

4

DAS GERÄUSCH WAR UNERTRÄGLICH, ohne dass Max eine Vorstellung davon hatte, was es war oder wo es herkam, da er sich vollkommen orientierungslos fühlte. Die erste Wahrnehmung neben dem furchtbaren Lärm war ein hämmernder Schmerz in seinem Kopf. Die nächste ein Stechen in den Augen, als er sie mühsam öffnete.

Mittlerweile hatte sich sein Verstand so weit an die Oberfläche des Bewusstseins zurückgekämpft, dass Max registrierte, komplett angezogen auf der Couch zu liegen und dass der Lärm von seiner Türklingel stammte und jemand Sturm läutete.

Ächzend drückte er sich hoch – das Hämmern wurde zu kleinen, rhythmischen Explosionen – und stand kurz danach schwankend in der geöffneten Wohnungstür.

»Weißt du, wie spät es ist?«, fragte Böhmer verhältnismäßig sanft und schüttelte gleich darauf den Kopf. »Nein, so wie du aussiehst, kannst du die Zeiger auf der Uhr nicht erkennen. Es ist schon nach neun.« Er schob sich an Max vorbei in die Wohnung und ging geradewegs in die Küche, wo an einer Art kleiner Theke zwei lederne Hocker standen. Auf einen davon ließ Böhmer sich sinken, warf sein braunes Sakko achtlos auf die Arbeitsplatte neben sich und sah Max mit einer Mischung aus Ärger und Verzweiflung an.

»Machst du uns Kaffee?«

»Ja, klar.« War das wirklich seine Stimme?

»Max, ich weiß, du hast einiges durchgemacht …«

Max hielt inne und hob die Hand. »Moment. Bitte. Gib mir nur zwei Minuten, um zu mir zu kommen, okay?«

»Also gut.« Böhmer rutschte von dem Hocker herab. »Geh ins Bad und stell dich unter die kalte Dusche. Ich übernehme das mit dem Kaffee. Ich brauche dich mit wachem Verstand.«

Knappe zehn Minuten später saßen sie sich gegenüber, jeder mit einer Tasse dampfenden Kaffees vor sich.

»Horst, ich ...«, wollte Max beginnen, aber jetzt hob sein Partner die Hand. »Nein, warte. Lass mich dir zuerst sagen, was mich gerade verwirrt. Wenn du mir das erklären kannst, sind wir wahrscheinlich schneller fertig und können uns auf den Psychopathen konzentrieren, der einem Kind mit einem Messer in den Hals sticht. Also eines vorweg: Ich weiß, dass du eine verdammt beschissene Zeit hinter dir hast, und ich möchte mir nicht einmal ansatzweise vorstellen müssen, was es bedeutet, das zu erleben, was du erlebt hast. Aber!« Nun hob er einen Zeigefinger. »Seit du vor ein paar Wochen nach deiner Beurlaubung zurückgekommen bist, hatte ich das Gefühl, dass du es mittlerweile im Griff hast. Ich konnte mich zu einhundert Prozent auf dich verlassen, mehr noch, du warst mir manchmal schon fast eine Spur zu eifrig, regelrecht verbissen, sogar wenn es darum ging, irgendwelche stumpfsinnigen Datenbankrecherchen durchzuführen. Jetzt haben wir zum ersten Mal nach deiner Rückkehr wieder einen gemeinsamen Mordfall, wo genau dieser Biss gefragt ist, und nun ... brichst du ein? Ich bin kein Psychologe, aber ich dachte, bei einem Mord wirst du noch vehementer hinter dem Täter her sein, weil ... na ja, ebendeshalb. Ich denke, du verstehst, was ich meine. Und was tust du? Du unternimmst Alleingänge, besäufst dich und erscheinst morgens nicht im Büro. Max, sag mir: Soll ich mit Gorges reden, damit er dich von dem Fall abzieht?«

»Nein!« Max wunderte sich selbst über seine heftige Reaktion, aber das war tatsächlich das Letzte, was er wollte.

Böhmer nickte. »Das dachte ich mir. Na, dann schieß mal los. Überzeuge mich, dass ich mich auf dich verlassen kann und wir dieses Dreckschwein gemeinsam zur Strecke bringen werden.«

Max dachte eine Weile nach. »Ich denke, es war der Junge. Er war seinem Mörder genauso hilflos ausgeliefert wie damals Jenny. Ich habe plötzlich ihr Gesicht vor mir gesehen, Horst. Nicht ihr lächelndes Gesicht, sondern das, das ich gesehen habe, als wir in diesen Keller gekommen sind. Diese Qual, diese Angst … ich hatte wieder vor Augen, was ihr angetan wurde, bis ins kleinste Detail. Es war das erste Mal nach über zwei Monaten. Das hat mich einfach umgehauen. Und gestern Abend habe ich gar nicht viel getrunken. Zwei Gläser Gin Tonic. Aber ich habe drei der Tabletten genommen, die unser Psychologe mir gegeben hat. Das hat mich wohl umgehauen, und das tut mir nicht nur leid, es ist mir dir gegenüber auch peinlich.«

»Hm …« Böhmer nickte. »Und was denkst du, wie es jetzt weitergeht?«

Max sah ihm fest in die Augen. Genau diese Frage hatte er sich selbst auch gestellt, während er unter der Dusche gestanden hatte. Und er hatte sie sich auch beantwortet.

»Das wird nicht wieder vorkommen. Ich brauche die Tabletten nicht mehr. Ich kann nichts dagegen tun, wenn diese Bilder jetzt wieder öfter auftauchen, aber ich kann das ändern, was sie mit mir machen.«

»Und wie?«

»So wie du angedeutet hast. Ich lasse mich davon nicht mehr unterkriegen, sondern mache mir wieder bewusst, dass wir es hier mit einem ähnlichen Arschloch zu tun haben wie … du weißt schon.« Er schaffte es nicht einmal, den Namen auszusprechen.

»Und dass ich … dass *wir* vielleicht einer anderen Jenny dieses Leid ersparen, wenn wir uns voll und ganz darauf konzentrieren, das Schwein zu fassen.«

»Ja, und vielleicht einem anderen Kind.« Böhmer sah Max tief in die Augen.

»Bist du dir da ganz sicher?«

Max nickte. »Ja, das bin ich.«

»Und du bist einverstanden, dass ich dich von dem Fall abziehen lasse, wenn ich das Gefühl habe, es ist besser für dich und für die Ermittlungen?«

»Absolut.«

»Gut. Dann schlage ich vor, wir machen uns auf den Weg. Ich habe im Krankenhaus angerufen und erfahren, dass wir Beate Darius vernehmen können.« Er erhob sich und fügte hinzu: »Und das, obwohl ich nicht persönlich vor Ort nachgefragt habe.«

So wie die Frau in dem Bett lag und an die Decke starrte, als sie das Krankenzimmer betraten, glaubte Max zunächst, ihr Zustand hätte sich wieder verschlechtert. Als sie jedoch ein paar Schritte auf das Bett zugingen, drehte sie ihnen das Gesicht zu. »Sie müssen von der Polizei sein.« Ihre Stimme war leise, klang aber weder brüchig noch weinerlich. Kein Vergleich mit Darius' Zustand am Vortag. »Man sagte mir schon, dass Sie kommen würden.«

»Frau Darius, es tut uns sehr leid, dass wir Sie in dieser schlimmen Situation belästigen müssen.« Böhmer blieb stehen und sah sie mitfühlend an. »Mein Name ist Böhmer, das ist mein Kollege Bischoff. Wir führen die Ermittlungen durch, und Sie sind die Einzige, die uns sagen kann, was in der vorletzten Nacht in Ihrem Haus geschehen ist.«

»Das weiß ich. Ich tue, was ich kann, um Ihnen zu helfen.«

»Es ist bewundernswert, wie gefasst Sie mit der Situation umgehen«, sagte Max, und er meinte es genau so.

Eine Träne löste sich aus dem Augenwinkel der Frau. »Da gibt es nichts zu bewundern, das ist nur oberflächlich. Die Medikamente machen innerlich alles taub.«

Max wusste genau, wovon die Frau sprach. Böhmer griff sich einen der Stühle, die um einen quadratischen Holztisch an der Wand gruppiert waren, stellte ihn neben das Bett und bedeutete Max, er solle es ihm gleichtun. Als sie beide saßen, nickte er seinem Partner zu.

Max sah die Frau an und achtete darauf, seiner Stimme einen beruhigenden Klang zu geben. »Frau Darius, können Sie uns erzählen, was sich in dieser Nacht bei Ihnen zu Hause abgespielt hat?«

Sie wandte den Blick ab und richtete ihn auf irgendeinen Punkt im Zimmer.

»Ich bin von einem Geräusch aufgewacht. Erst wusste ich nicht, woher es gekommen war, doch dann hörte ich ein Poltern von unten.« Sie sprach leise, aber mit fester Stimme. Max machte sich Notizen.

»Ich habe Rolf geweckt, ihn auf die Geräusche aufmerksam gemacht und gesagt, er solle die Polizei rufen. Sein Telefon liegt immer auf dem Nachttisch. Rolf hat eine Weile gelauscht, aber da war nichts mehr, und er meinte, ich solle wieder schlafen. Aber ich war mir sicher, dass ich etwas gehört hatte. Er ist dann doch aufgestanden und runtergegangen, um nachzusehen.«

Sie verstummte. Max ließ ihr Zeit.

»Kurz darauf hörte ich ein schreckliches Geräusch und dann lautes Poltern. Ich wusste, da musste was passiert sein. Und nebenan lag Manuel in seinem Zimmer. Ich bekam panische Angst, so sehr, dass ich nicht daran dachte, die Polizei zu rufen, sondern aus dem Schlafzimmer rüber zu Manuel geschlichen bin. Er schlief noch. Ich bin zu seinem Bett, um nachzusehen, ob alles in Ordnung war. Dann wollte ich zur Tür zurück, ich wollte sie abschließen, falls jemand …«

Sie sah Max an, und er konnte in diesen Augen alles Leid erkennen, das dieser bedauernswerten Frau widerfahren war. »Ich hatte die Tür fast erreicht, da wurde sie aufgerissen, und diese grauenvolle Gestalt stand vor mir. Sie hatte einen schrecklich unförmigen Kopf. Ich wurde zu Boden gestoßen. Als ich mich wieder aufrichtete, hörte ich meinen Jungen schreien. Der Kerl hat ihn aus dem Bett gezerrt und ihm ein

Messer an den Hals gehalten. Da habe ich auch erkannt, dass er diese Horrormaske trug.«

»Eine Fliege?«, fragte Max instinktiv. Sie nickte kaum erkennbar. »Ja. Ein Fliegenkopf mit riesigen Augen und einem Rüssel. Und er hatte einen Anzug an, so einen Overall aus Papier. Und diese Stimme … sie klang irgendwie blechern und verzerrt … wie von einem Roboter.«

Wieder blickte sie an Max vorbei.

»Er befahl uns, nach unten zu gehen. Da habe ich Rolf auf dem Boden liegen sehen. Sein Kopf … sein Kopf war … Überall war Blut und … Der Mann hat Manuel in der Küche gegen die Wand gedrückt und die Messerspitze gegen seinen Hals gepresst. Und dann sagte er, ich wisse genau, warum er da sei. Und dass ich schuld daran bin, dass mein Mann und mein Sohn sterben müssen. Meine Schuld. Und dann hat er …«

Bei den letzten Worten brach ihre Stimme, und Tränen lösten sich aus ihren Augenwinkeln. Fast empfand Max es als Erleichterung, dass sie endlich weinte.

»Frau Darius …« Böhmer räusperte sich. »Hat der Mann sonst noch etwas gesagt oder getan, das Ihnen aufgefallen ist? Bitte, denken Sie genau nach. Jede Einzelheit kann enorm wichtig sein.«

»Ich weiß nicht, aber … irgendetwas an ihm ist mir bekannt vorgekommen.«

»Was? Aber Sie sagten doch, der Kerl hat eine Fliegenmaske und einen Papieroverall getragen.«

»Trotzdem …«

»Hm … gut. Sonst noch etwas?«

Sie schloss die Augen, und Max wusste nicht, ob sie erschöpft war oder ob sie nachdachte.

»Lukas.« Sie flüsterte den Namen so leise, dass Max ihn kaum verstehen konnte.

»Lukas?« Böhmer beugte sich nach vorn. »Was ist mit Lukas?«

Sie öffnete die Augen und richtete ihren Blick auf Böhmer. »Ich glaube, das ist sein Name.«

»Sein Name?«, fragte Max nach, als sie keine Anstalten machte weiterzusprechen. »Wie kommen Sie darauf?«

»Er hat es mir gesagt. Ich habe ihn gefragt, wer er ist und warum er uns das antut. Er sagte diesen Namen. Und fragte, ob bei mir etwas klingelt.«

»Das klingt, als sollten Sie den Namen kennen. Ist es so?«

»Nein. Ich kenne niemanden, der Lukas heißt, ganz sicher nicht. Würden Sie jetzt bitte gehen? Ich bin schrecklich müde.«

»Das verstehen wir.« Max erhob sich, zog eine Visitenkarte aus der Tasche, notierte seine private Nummer auf der Rückseite und legte sie auf dem Schränkchen neben dem Bett ab. »Sie können mich jederzeit anrufen, wenn Ihnen noch etwas einfällt. Oder wenn Sie einfach nur reden möchten. Im Büro oder privat.«

Sie wandten sich ab und verließen das Krankenzimmer. Auf dem Flur blieb Böhmer abrupt stehen. »Sag mal, hast du eigentlich den Verstand verloren?«

»Was? Wieso?« Max wusste nicht einmal ansatzweise, was Böhmers Frage zu bedeuten hatte.

»*Sie können mich jederzeit anrufen, wenn Ihnen noch etwas einfällt*«, äffte Böhmer ihn nach.

»Ich verstehe immer noch nicht.«

»*Im Büro oder privat*. Sag mal, lernst du eigentlich nichts dazu? Wie kannst du einem Verbrechensopfer anbieten, dich privat zu kontaktieren? *Oder wenn Sie einfach nur reden wollen*. Verdammt nochmal, hast du schon vergessen, wohin das führen kann?«

Max sah seinem Partner starr in die Augen. Seine Stimme klang leise und ruhig. »Ja, für den Moment hatte ich tatsächlich geschafft, das zu vergessen. Danke, dass du mich daran erinnert hast.«

5

DEN FREITAG und das ganze Wochenende verbrachten sie damit, das Umfeld von Rolf und Beate Darius zu durchleuchten. Sie sprachen mit Verwandten, Freunden und Bekannten der Familie, mit Geschäftspartnern von ihm und sogar mit ihrer Kosmetikerin.

Von allen bekamen sie ähnliche Antworten auf ihre Fragen. Rolf und Beate Darius waren nicht übermäßig beliebt, aber auch nicht unbeliebt. Sie waren ein Paradebeispiel für die deutsche Durchschnittsfamilie ohne nennenswerte Auffälligkeiten, ohne herausragende positive oder negative Eigenschaften. Sie waren unauffällig in jeder Hinsicht. Von Feinden wusste niemand etwas, aber keiner der Befragten bezeichnete sich selbst als bester Freund oder beste Freundin.

Auch die Suche nach jemandem mit einem Kehlkopfleiden innerhalb des Bekanntenkreises des Paares verlief ergebnislos, wobei die Ermittler dabei nicht wirklich mit einem Erfolg gerechnet hatten. Wäre der Täter tatsächlich auf ein elektronisches Gerät zur Spracherzeugung angewiesen, hätte er vermutlich nichts gesagt, um sich nicht zu erkennen zu geben. Viel wahrscheinlicher war, dass das Gerät dazu benutzt wurde, die Stimme unkenntlich zu machen.

Die ersten Ergebnisse der Spurensicherung zeigten, dass es neben dem DNA-Material der Familie natürlich viele andere Spuren im Haus gab, von denen jedoch keine einzige in der Datenbank hinterlegt war.

Sowohl Max als auch Böhmer vermieden es, das Thema

Privatsphäre noch einmal anzusprechen. Sie gingen halbwegs normal miteinander um, lediglich die sonst immer wieder eingestreuten freundschaftlichen Sticheleien und Provokationen zwischen ihnen blieben aus.

Max stürzte sich in den Fall und saß bis spät in die Nacht über den Vernehmungsprotokollen der Kollegen, machte sich Notizen oder erstellte Schaubilder, auf denen die Beziehungen der befragten Personen zu Rolf oder Beate Darius mit Pfeilen und Stichwörtern dargestellt waren. Selbst wenn er erst spät in der Nacht nach Hause kam, setzte er sich noch eine Weile an den Computer, bevor er sich völlig erschöpft in sein Bett fallen ließ und binnen Sekunden in einen bleiernen Schlaf fiel. Wenn er dann wenige Stunden später am frühen Morgen aufwachte, zog er seine Joggingsachen an und lief eine große Runde, die ein Stück weit am Rhein entlangführte und etwa siebzig Minuten dauerte.

So konnte er meist verhindern, dass ihn immer wieder die gleichen Bilder heimsuchten.

Am späten Sonntagabend schob Max den Aktenstapel, den er vor sich auf dem Esszimmertisch ausgebreitet hatte, mit einem tiefen Seufzer zur Seite und erlaubte sich ein privates Telefonat mit Kirsten.

Ihrer Nachfrage nach dem aktuellen Fall wich er aus und lenkte das Thema auf ihre Mutter, die bald Geburtstag haben würde und für die Kirsten ein Geschenk besorgen wollte. Schließlich verabredeten sie sich für den nächsten Abend zum Essen, wobei es ihm sogar gelang, sie in ein Restaurant einzuladen, etwas, das eher selten war. Kirsten kochte sehr gut und gerne und sah es deshalb nicht ein, jemand anderem Geld dafür zu bezahlen, dass er etwas tat, was ihr selbst großen Spaß machte, und zudem war es zu Hause viel gemütlicher. Die unterschwellige Unruhe seiner Schwester während des Telefonats entging ihm jedoch nicht, und er nahm sich vor, sie beim Essen darauf anzusprechen.

Als er das Büro am Montagmorgen um zwanzig nach sieben betrat, saß Böhmer bereits an seinem Platz und sah ihm ernst entgegen.

»Guten Morgen. Was tust du denn schon hier?« Verwundert stellte Max seine Tasche neben dem Schreibtisch ab und setzte sich. »Gibt es was Neues?«

»Nein. Aber ich möchte mit dir reden.«

»Und dafür stehst du früher auf?«

Böhmer wackelte mit dem Kopf. »Das kann man so nicht sagen, weil ich eh seit halb fünf zu Hause herumgetigert bin. Ich habe das ganze Wochenende kaum geschlafen.«

Max nickte. »Ja, es ist wirklich zum Verrücktwerden. Ich gehe die Akten auch immer und immer wieder durch, in der Hoffnung, irgendwas ...«

»Es hat nicht direkt mit dem Fall zu tun, sondern mit dir und mir.«

Das Erste, was Max daraufhin einfiel, war Böhmers Ankündigung, ihn von dem Fall abziehen zu lassen. Aber warum sollte er das tun? Max hatte sich nichts zuschulden kommen lassen. Im Gegenteil, er hatte ...

»Ich möchte mich bei dir entschuldigen.«

Nun erst dämmerte es Max, worum es ging. Er nickte. »Wegen Donnerstag? Das ist nett von dir, wäre aber nicht nötig gewesen.«

»Doch, ist es.« Max beobachtete seinen Partner dabei, wie er aufstand, um die Schreibtische herumkam und sich neben ihm an die Tischkante lehnte.

»Dieser Spruch von mir im Krankenhaus war nicht nur unüberlegt, sondern selten dämlich.«

»Ach, nun ...«

»Nein, lass mich bitte ausreden, es ist mir wichtig. Am meisten ärgert mich der Widerspruch zwischen dem, was ich gesagt, und dem, was ich getan habe. Ich kann dir nicht einerseits damit drohen, dich von dem Fall abziehen zu lassen, wenn die Sache mit Jenny dich noch immer im Griff hat, und andererseits mit diesen bescheuerten Bemerkungen selbst dafür sorgen, dass alles immer schön präsent bleibt. Das ist es, was mich in den letzten Tagen verrückt gemacht hat. Ich habe dich beobachtet, Max. Und ich habe gesehen, wie du Tag und Nacht gearbeitet und alle Energie dafür aufgewendet hast, um nur ja keine Zeit zum Nachdenken zu haben und immer durch den Fall abgelenkt zu sein. Aber so funktioniert es nicht. Das führt höchstens dazu, dass du irgendwann zusammenbrichst. Also.« Böhmer drückte sich von der Schreibtischkante ab und streckte Max die Hand entgegen. »Bitte nimm meine Entschuldigung an, es ist mir wichtig.«

Max ergriff die Hand und erwiderte den festen Druck seines Partners. »Gut, aber das wäre wirklich …«

»Halt den Mund, oder ich klebe ihn dir zu.«

Max lächelte, und er musste sich eingestehen, dass es ein befreites Lächeln war.

»Du bist der beste Partner, den ich bisher hatte.« Böhmer ging zu seinem Platz zurück und setzte sich wieder. »Aber bilde dir bloß nicht ein, das käme von deinen schlauen Büchern. Das ist einzig und allein meiner Erfahrung und meiner guten Führung zu verdanken, klar?«

Nun lachten beide, und im Laufe des Tages schlichen sich sogar wieder kleine Sticheleien in ihre Gespräche ein.

Am Nachmittag wurden sie darüber informiert, dass Beate Darius die Klinik verlassen hatte. Ihre Schwägerin habe sie abgeholt und mit zu sich in ihre Wohnung in Vennhausen im Osten der Stadt genommen.

Max und Böhmer beschlossen, sich in Ruhe mit den beiden Frauen zu unterhalten.

Die Wohnung lag im zweiten Stock eines Mehrfamilienhauses in einer wenig befahrenen Seitenstraße. Maria Darius war sechsundvierzig und damit zwei Jahre jünger als ihr ermordeter Bruder. Sie wohnte allein, wie Max vom ersten Besuch bei ihr am Samstagvormittag wusste.

Als sie das geräumige, modern eingerichtete Wohnzimmer betraten, strich Beate Darius sich mit einer hastigen Bewegung die Haare glatt. Offensichtlich hatte sie zuvor auf der dunklen Ledercouch gelegen, was die geröteten Stellen in ihrem Gesicht verrieten.

»Entschuldigen Sie, dass wir Sie schon wieder belästigen«, begann Böhmer. »Aber wir hätten noch ein paar Fragen an Sie beide.«

Die Frau nickte ergeben. »Ist gut. Ich möchte Ihnen ja helfen. Haben Sie denn schon etwas erreicht?«

»Bisher leider noch nicht allzu viel, aber das will so kurz nach einer Tat noch nichts heißen.«

Ihr Blick richtete sich nach unten. »Dieser Fliegenkopf ... Haben Sie denn überhaupt eine Chance, den Mann zu erwischen?«

»Das hängt auch davon ab, was Sie uns noch sagen können.« Böhmers Blick wanderte von Beate zu Maria Darius und wieder zurück. »Gibt es vielleicht jemanden, mit dem ihr Mann Schwierigkeiten hatte?«

»Nein. Zumindest weiß ich nichts davon. Und selbst wenn ...« Sie nestelte ein Taschentuch aus ihrem Ärmel und schnäuzte sich, bevor sie mit leiser Stimme weitersprach. »Warum sollte derjenige meinen Jungen umbringen? Und mich am Leben lassen?«

Das war eine berechtigte Frage, fand Max, und auch Böhmer zuckte mit den Schultern. »Ich weiß es nicht. Aber wir müssen in alle Richtungen ermitteln und dürfen keine Möglichkeit außer Acht lassen. Was hat Ihr Mann beruflich gemacht?«

»Er ist ... er *war* Privatkundenberater in einer Bankfiliale.«

»Gab es dort vielleicht irgendwelche Schwierigkeiten?«

»Mein Bruder war ein gutmütiger Mensch, müssen Sie wissen.« Maria Darius setzte sich neben ihre Schwägerin und legte ihr eine Hand auf den Unterarm. »So sehr, dass er sich von jedem ausnutzen ließ. Er hatte ganz gewiss keine Feinde, die seinen Tod wollten.«

Böhmer nickte und wandte sich wieder Beate Darius zu. »Und wie ist es mit Ihnen?«

»Mit mir? Was meinen Sie?«

»Gibt es vielleicht jemanden, der Ihnen schaden oder sich aus irgendwelchen Gründen an Ihnen rächen möchte? Indem er Ihre Familie tötet und Sie dabei zusehen lässt?«

Max sah, wie sich das Gesicht der Frau veränderte. Fassungslos starrte sie Böhmer an. »Das ... das ist ... Nein, ich kenne niemanden, der mich dabei zusehen lassen würde, wie er meinem Sohn ein Messer in den Hals sticht.« Tränen rannen ihr aus den Augen, doch sie schien es nicht zu bemerken. »Wahrscheinlich müssen Sie solche Dinge fragen, aber ... bitte verstehen Sie, dass das für mich ...« Sie schüttelte den Kopf und wandte sich ab.

Max wartete eine Weile, bevor er sie wieder ansprach. »Frau Darius, wir haben keine Einbruchspuren entdecken können. Haben Sie eine Idee, wie der Täter in Ihr Haus gelangen konnte?«

»Nein«, antwortete sie leise, ohne aufzusehen.

»Was ist mit diesem Namen, den Sie uns genannt haben. Lukas. Bitte, denken Sie nach. Auch wenn ich nicht davon ausgehe, dass der Täter Ihnen seinen richtigen Namen genannt hat ... Kennen Sie jemanden, der so heißt?«

»Nein, das sagte ich bereits.« Ihre Stimme hatte einen verzweifelten Klang angenommen. »Ich weiß es doch auch nicht.«

Maria Darius streichelte ihr über die Haare und sagte mit ruhiger Stimme. »Ich denke, es ist besser, wenn Sie jetzt gehen.«

Um acht Uhr holte Max seine Schwester in ihrer Wohnung ab, kurz vor halb neun saßen sie sich im besten Sushi-Restaurant der Stadt gegenüber. Zumindest war Max dieser

Meinung. Er hatte es für eine gute Idee gehalten, weil Sushi nicht zu den Dingen zählte, die Kirsten zu Hause selbst zubereitete, und sie war von dem Vorschlag begeistert gewesen.

»Also« – Kirsten nahm die zu einem Fächer gefaltete Serviette vor sich vom Tisch, zog sie auseinander und legte sie locker zusammengefaltet neben sich wieder ab – »dann erzähl mal, was in den letzten Tagen so los war.«

»Da gibt es leider nicht viel zu erzählen. Wir sind bisher noch nicht wirklich weitergekommen.«

Sie verdrehte die Augen und legte den Kopf schief. »Das meinte ich auch nicht. Ich möchte wissen, wie es dir geht, Max.«

Er nahm den Stiel seines Weinglases zwischen zwei Finger und betrachtete die helle Flüssigkeit. »Es geht. Erst fühlte es sich so an, als ob dieser Fall mich wieder vollkommen zurückwerfen würde, aber mittlerweile … Ich glaube, die Arbeit ist gut für mich. Wenn ich mich intensiv mit dem Fall beschäftige, habe ich einfach keine Zeit für andere Gedanken.«

»Hm …«, machte Kirsten. »Das klingt für mich nach Verdrängung. Denkst du wirklich, das ist gut?«

Diese Frage hatte Max sich schon mehrfach selbst gestellt. Er zuckte mit den Schultern. »Keine Ahnung, aber ich weiß, dass es funktioniert.« Er hob sein Glas und prostete seiner Schwester zu. »Auf dich. Und jetzt erzählst du mir, was dich bedrückt, okay?«

»Was mich bedrückt? Wie kommst du darauf?«

Max sah ihr in die Augen und verzichtete auf eine Antwort. Ein paar Sekunden hielt sie seinem Blick stand, dann gab sie auf. »Du hast recht. Da gibt es was. Erinnerst du dich an diesen Typen, der mich mit immer neuen Accounts über Facebook belästigt hat? Vor einem halben Jahr, als diese Sache mit … du weißt schon.«

»Du meinst, als das mit Jenny war?«

»Ja.«

Max horchte in sich hinein, ob eine neue Schmerzwelle heranrauschte, aber es ging ihm verhältnismäßig gut. »Ja, stimmt, ich erinnere mich, dass da was war. Der Typ hat dich belästigt mit irgendwelchen Andeutungen, oder?«

»Ja. Und er hat nie damit aufgehört.«

Max richtete sich auf. »Was? Das läuft schon die ganze Zeit, und du sagst mir nichts davon?«

»Weil es nicht so schlimm war. Es wurde mal weniger, dann wieder ein bisschen mehr … Manchmal höre ich drei, vier Wochen nichts von ihm. Deshalb dachte ich, das ist einfach nur ein Spinner.«

»Okay, und jetzt denkst du anders darüber?«

Kirsten trank einen Schluck aus ihrem Glas. »Er hat mir genau beschrieben, wie das Haus aussieht, in dem ich wohne. Ich glaube, er beobachtet mich.«

»Und seit wann ist das so?«

»Die Nachricht mit der Beschreibung des Hauses kam am Freitag.«

Eine Stimme in Max meldete sich, wispernd und nicht zu verstehen, aber doch präsent genug, um ein mulmiges Gefühl in ihm auszulösen.

»Hat er dich bedroht?«

»Nicht direkt, meist schreibt er seltsames, aber recht harmloses Zeug. Dass ich sicher sehr einsam bin ohne Freund und so was. Am schlimmsten war, als er schrieb, dass er sich vorstellt, wie es wohl ist, Sex mit einer Frau zu haben, die im Rollstuhl sitzt.«

Es kostete Max einige Mühe, seinen brüderlichen Beschützerinstinkt zugunsten einer professionellen Sichtweise zu unterdrücken.

»Hm … ich fürchte, wir werden da offiziell nicht viel tun können, solange er dich nicht direkt bedroht. Aber ich rede mal mit meinen Kollegen. Vielleicht können wir inoffiziell ein bisschen recherchieren.«

Ein Ausdruck der Erleichterung huschte über Kirstens

Gesicht. »Ja, das wäre lieb. Seit er das mit dem Haus geschrieben hat, habe ich wirklich … ein bisschen Angst.«

Sie bemühte sich sehr, sich zusammenzunehmen. Doch das zeigte Max nur umso deutlicher, wie dringend Kirsten seine Hilfe brauchte, und er bot ihr das Erstbeste an, das ihm in den Sinn kam. »Was hältst du davon, wenn du für eine Weile zu mir ziehst? Wenn er dein Haus wirklich beobachtet und feststellt, dass du nicht mehr da bist, gibt er vielleicht auf?«

Kirsten griff über den Tisch nach seiner Hand und drückte sie mit einem nachsichtigen Lächeln. »Ach, Bruderherz, schon vergessen, dass ich mich auf Rädern fortbewege und deine Wohnung und das Haus, in dem sie liegt, alles andere als barrierefrei sind? Ich käme allein nicht mal hinein.«

Ja, zum Teufel nochmal. Max verfluchte sich innerlich, dass er das vergessen hatte. »Das stimmt natürlich, entschuldige. Dann komme ich eben zu dir. Ich ziehe einfach für ein paar Tage bei dir ein. Wenn der Kerl sieht, dass ein Mann bei dir wohnt, wird er es sich überlegen, dich weiter zu belästigen.«

Kirsten schüttelte energisch den Kopf. »Das ist wirklich sehr lieb von dir, aber ich denke, es ist nicht nötig, dass wir gleich übertreiben. Wahrscheinlich nehme ich diesen Spinner sowieso viel zu ernst.« Und mit einem Lächeln fügte sie hinzu: »Außerdem möchte ich unser gutes Verhältnis nicht aufs Spiel setzen. Ich bezweifle nämlich, dass du mich länger als ein paar Stunden am Stück erträgst.«

Max ging nicht auf ihre, wie er fand, gespielte Fröhlichkeit ein. »Ich mache mir wirklich Sorgen um dich. Wenn irgendetwas passieren würde, weil ich nichts unternommen habe … das würde ich nicht verkraften.«

Kirsten legte seine Hand in ihre und bedeckte sie mit der anderen. »Das weiß ich. Und ich verspreche dir, dass ich es dir sofort sage, wenn der Kerl mich wieder belästigt, okay?«

Max sah ihr ernst in die Augen und fragte sich, ob seine Schwester ihn gerade angelogen hatte.

6

Sie sitzt aufrecht im Bett und lauscht angestrengt, aber unaufgeregt in die Dunkelheit. Das Poltern ist eindeutig von unten gekommen, doch in dieser alten Bruchbude knarrt und knackt es ja schon beim kleinsten Windhauch.

Wieder so eine Schnapsidee von Jochen. Hunderttausend Euro hat er von seiner Tante geerbt. Hunderttausend! Eine schöne Stange Geld, und Rosie fragt sich ganz nebenbei, wie die alte Schachtel zu so viel Geld gekommen ist. Aber eigentlich kann ihr das ja egal sein. Jedenfalls hat diese Tante nach ihrem Tod Jochen das Sparbuch vermacht. Und was tut der Idiot, statt die Kohle auf die Seite zu packen und damit den Hungerlohn aufzustocken, für den er als Aushilfe auf dem Bau ackert? Oder mal schick in Urlaub zu fliegen? Oder irgendwas anderes, Schönes zu machen? Er kauft ein Haus, bei dem sie jederzeit damit rechnen müssen, dass es ihnen über dem Kopf zusammenbricht. Möchte Hausbesitzer sein, der Trottel.

Da! Wieder dieses Poltern. Lauter diesmal und definitiv nicht aus dem Standardrepertoire an Bruchbuden-Geräuschen. Eher so, als wäre unten ein schwerer Gegenstand umgefallen.

Langsam macht sich nun doch ein Gefühl der Beklommenheit in ihr breit. Noch weit entfernt von einer Panik, trotzdem streckt sie die Hand aus, legt sie auf Jochens Rücken und schubst ihn.

»Jochen?« Es ist mehr ein Flüstern als ein Ruf, der ernsthaft geeignet wäre, ihren Mann aufzuwecken. Folgerichtig regt er sich auch nicht einen Millimeter. Sie versucht es erneut, indem sie ihm mit der Faust gegen den breiten Rücken boxt und ihn deutlich schärfer beim Namen ruft. Das wirkt. Brummend

wälzt Jochen sich herum und öffnet ein Auge. »Was'n los? Hast du 'nen Knall?«

»Da unten ist was. Da hat's schon zweimal gepoltert. Geh mal runter und schau nach.«

»Bei dir poltert was im Kopf. Jetzt halt den Mund und schlaf.«

Mit einem gemurmelten »vollkommen bescheuert« dreht er sich wieder um und zieht die Decke hoch, so dass sie wie ein Wall zwischen ihm und Rosie liegt.

»Fauler Sack!« Mit einem verächtlichen Blick schwingt Rosie ihre stämmigen Beine aus dem Bett und steht auf.

Es ist eher gespannte Neugierde als Angst, die sie empfindet, als sie langsam die ausgetretene Holztreppe hinuntergeht und dabei darauf achtet, die Stufen auszulassen, von denen sie weiß, dass sie knarzen. Dennoch schafft sie es nicht völlig geräuschlos. Zweimal hält sie inne und lauscht in die Dunkelheit, nachdem das Holz unter ihren Füßen so laut geknackt hat, dass es im ganzen Haus zu hören gewesen sein muss. Doch unten ist alles still. Wahrscheinlich war es doch wieder nur eine Tür, die von einem Luftzug zugeschlagen wurde, der sich durch irgendwelche Ritzen gedrückt hat, denkt sie und überlegt sich, ob sie nicht wieder umkehren und zurück ins Bett schlüpfen soll. Letztendlich setzt sie ihren Weg aber fort, weil sie einen Schluck Cola aus der Flasche im Kühlschrank trinken möchte.

Unten angekommen, schaut sie sich in dem Flur um. Er wird durch das einfallende Mondlicht schwach erhellt, so dass sie die Umrisse der Regale erkennen kann, mit denen eine Wand zugestellt ist.

Mit ein paar weiteren Schritten hat sie die Tür zum Wohnzimmer erreicht und erstarrt. Ihr Puls beginnt von einer Sekunde zur nächsten zu rasen.

Undeutlich, aber dennoch erkennbar, liegt im hinteren Teil des Raumes einer ihrer alten Polstersessel auf der Seite. Gleichzeitig mit dem Gedanken, dass jemand im Haus sein muss, schießt ein greller Blitz durch Rosies Kopf, dann wird alles schwarz.

Schmerz! *Das erste und für den Moment einzige Wort, von dem Rosies Gedanken beherrscht werden. Als sich kurz danach der Begriff* Dunkelheit *dazugesellt, zwingt sie sich, die Augen zu öffnen. Die Lider sind schwer wie Blei. Zunächst starrt sie auf einen Vorhang aus verwaschenen Grautönen, der sich nur ganz langsam hebt. Dahinter bilden sich Konturen heraus, werden schärfer und verwandeln sich zu etwas, das Rosies Verstand nicht einordnen kann. Ein Durcheinander aus … Schlagartig verschwindet auch der letzte Rest des Grauschleiers vor Rosies Augen und gibt den Blick auf ein Bild frei, das unmöglich Wirklichkeit sein kann.*

Ganz nah, höchstens einen Meter von ihr entfernt, steht im Schein der Deckenlampe ein Monster und starrt aus den riesigen Facettenaugen eines ekelerregenden Fliegenkopfes zu ihr herab.

Rosie möchte schreien, doch es wird nur ein dumpfer Laut daraus, da ein Klebeband ihr den Mund verschließt. Sie versucht zurückzuweichen, was ebenfalls nicht gelingt, weil sie an Händen und Füßen an den Stuhl gefesselt ist, auf dem sie sitzt. Das Monster macht einen Schritt zurück, der fleischige Rüssel des Fliegenkopfes pendelt hin und her. Es sieht so ekelhaft aus, dass Rosie befürchtet, gleich kotzen zu müssen.

»Still!«, befiehlt eine Stimme, die nicht von dieser Welt kommen kann. Tatsächlich verstummt Rosie, während ihr panikvernebelter Verstand ihr souffliert, dass sie ein leibhaftiges Alien vor sich hat. Eine außerirdische Kreatur, die sich aus einer Laune der Natur heraus aus Insekten weiterentwickelt hat.

»Brav!« Die Gestalt macht einen weiteren Schritt zurück. Dabei bemerkt Rosie, dass sie einen weiten, weißen Overall trägt, wie er bei Lackierern üblich ist. Das hat sie gesehen, als Jochens Kumpel den schwarzen Kotflügel ihres Opel Kadett umlackiert hat, den sie vom Schrottplatz besorgt hatten. Und diese Art von Einmalhandschuhen wird auch auf der Erde benutzt. Langsam dämmert ihr, dass sie hier kein Alien vor sich hat, sondern einen Menschen, der sich maskiert hat, um unerkannt zu bleiben.

Rosie ist nicht im Übermaß mit Intelligenz gesegnet, aber sie ist durchaus in der Lage, logische Schlussfolgerungen zu ziehen. Und wenn jemand in ein Haus eindringt und dabei darauf achtet, von den Bewohnern nicht erkannt zu werden, ist es eine logische Schlussfolgerung, davon auszugehen, dass er diese Bewohner nicht umbringen, sondern lediglich das Haus ausrauben möchte.

Dass jemand, der ein Haus ausrauben möchte, sich dazu ganz sicher nicht in Rosies und Jochens heruntergekommene Bruchbude verirren würde, das ist hingegen eine Schlussfolgerung, zu der Rosies Verstand zumindest in diesem Moment nicht fähig ist.

»Ich weiß Bescheid.« Jetzt bemerkt Rosie, dass die metallische Art, in der die Worte erklingen, ihr bekannt vorkommt, ohne dass sie sagen könnte, woher. »Ich weiß, was ihr braucht. Ihr seid elendes Gewürm, das man zertreten muss.«

Die Gestalt macht einen großen Schritt zur Seite und gibt damit den Blick frei auf Jochen, der ihr, ebenfalls an einen Stuhl gefesselt, in einem Abstand von vielleicht fünf Metern gegenübersitzt. Er trägt nur die Boxershorts, die er immer im Bett anhat. Seine massigen, stark behaarten Unterschenkel sind an die Stuhlbeine gefesselt, die Hände hinter dem Rücken verschwunden. Sein Kopf ist auf Höhe des Mundes mehrfach mit Paketklebeband umwickelt, seine Augen sind weit aufgerissen und starren Rosie panisch an.

»Und jetzt schau her. Schaue und merke dir, was du siehst.«

Die Gestalt geht zu Jochen, bückt sich neben seinem Stuhl und greift nach einer Schüssel, die neben einer Rolle Paketklebeband auf dem Boden steht. Es ist die große, durchsichtige Plastikschüssel, die Rosie für Salat benutzt. Sie ist noch fast neu, weil Jochen keinen Salat mag.

Mit einer Hand drückt die Gestalt die Schüssel schräg gegen Jochens Brust, die Öffnung unterhalb seines Kinns. Mit der anderen wickelt sie das Klebeband mehrfach um die Schüssel, Jochens Oberkörper und die Stuhllehne, so dass das Gefäß vor der Brust ihres Mannes befestigt ist.

»Was tun Sie da?« Der Knebel macht aus Rosies Worten ein

Wimmern, doch das Alien, das Fliegengeschöpf, der Einbrecher antwortet trotzdem.

»Schau her und merke dir, was du siehst«, wiederholt der Fliegenkopf stoisch mit Computerstimme. »Und erzähle es den anderen. Sag ihnen, es wird ihnen genauso ergehen.«

Die Gestalt bückt sich und greift nach etwas, das sich hinter Jochens Stuhl befindet. Als die Hand wieder zum Vorschein kommt, hält sie Rosies längstes und schärfstes Messer umklammert. Rosie erinnert sich an ihre logische Schlussfolgerung und ergänzt, dass ein Täter auch dann eine Maske trägt, wenn nur einer der Hausbewohner überleben soll.

Als Jochen das Messer sieht, beginnt er, sich auf dem Stuhl zu winden, und versucht auszuweichen, vergeblich. Das breite Klebeband hält ihn fest.

Mit der freien Hand greift der Unbekannte nun in Jochens Haare und zieht seinen Kopf so weit in den Nacken, dass die Haut über dem Kehlkopf straff gespannt ist.

Noch einmal wendet der Fliegenkopf sich Rosie zu, als wolle er sich vergewissern, dass sie zusieht. Dann legt die Gestalt das Messer an Jochens Kehle und zieht es mit einer gleichmäßigen, langsamen Bewegung hindurch. Rosie beobachtet, wie in Jochens Hals zeitlupenartig ein hässlicher, breiter Schnitt entsteht, der auseinanderklafft und den Blick für den Bruchteil einer Sekunde auf einen roten, tiefen Spalt freigibt. Dann schießt ein dunkler Strahl aus der Wunde, trifft auf dem Boden der Schüssel auf und spritzt wie eine Fontäne in alle Richtungen hoch.

7

WÄHREND ER UND BÖHMER SICH am Dienstagmorgen im Büro gegenübersaßen und sich mit den Berichten des Vortages beschäftigten, schweiften Max' Gedanken immer wieder ab zu Kirsten und diesem Kerl, der sie belästigte. Er nahm sich vor, sich täglich mindestens zweimal bei ihr zu melden und nachzufragen, ob alles in Ordnung war.

»Guten Morgen, Kollegen.« Verena Hilger trug einen beachtlichen Stapel an Mappen und Schnellheftern und ließ ihn mit einem Knall auf eine freie Stelle auf Böhmers Schreibtisch fallen. »Arbeit! Hier sind noch die restlichen Vernehmungsprotokolle in eurem Fall.«

Böhmer und Max sahen sich ungläubig an, bevor Böhmer auf den Stapel deutete. »Was denn? Das alles?«

Hilger zwinkerte ihm zu und lächelte. »Nein, natürlich nicht. Nur die oberen beiden Mappen. Alles andere ist für die Kollegen. Ach, da fällt mir ein« – sie wandte sich an Max –, »der Widder sollte in dieser Woche in finanziellen Dingen vorsichtig sein. Keine Investitionen, sonst erwarten ihn böse Überraschungen.«

Max nickte grinsend. »Gut zu wissen. Dann werde ich also darauf verzichten, den Kollegen Böhmer zum Essen einzuladen.«

»Ja, das ist wohl besser so. Aber vielleicht lädt der Kollege Böhmer ja mal zum Essen ein?«

Den Blick, den Hilger und Böhmer tauschten, konnte Max nicht deuten, aber irgendetwas lag darin, über das er bei Gelegenheit mit seinem Kollegen reden wollte. So, wie Böhmer Verena Hilger in diesem Moment angrinste, wirkte er leicht debil.

Böhmers Telefon klingelte. Als er abhob, lächelte er noch immer, doch im nächsten Moment veränderte sich seine Miene schlagartig. »Ja, okay, wir sind unterwegs.«

Mit einem Ruck stand er auf und deutete mit dem Kopf zur Tür. »Auf geht's. Einbruch in ein Haus in Garath. Männliche Leiche. Die Frau lebt.«

»Gibt es ein Kind?«, fragte Max, während sie durch den Flur auf den Aufzug zugingen.

»Offenbar nicht.« Böhmer drückte ungeduldig mehrmals auf den Aufzugknopf.

»Gut. Weißt du, ob der Täter eine Maske getragen hat?« Die Aufzugtür öffnete sich, sie stiegen ein.

»Nein, das weiß ich nicht. Nun lass uns mal nicht gleich das Schlimmste annehmen. Die beiden Fälle müssen nichts miteinander zu tun haben.«

Auf dem Weg nach unten dachte Max darüber nach, dass die Kollegen und auch sie selbst öfter in Garath zu tun hatten. Der Stadtteil hatte eine verhältnismäßig hohe Kriminalitätsrate, Rauschgiftdelikte waren ebenso häufig vertreten wie Körperverletzungen oder Diebstahl. Zudem machte die Gegend in letzter Zeit vermehrt durch Straftaten von sich reden, die der rechtsextremen Szene zugerechnet wurden.

Das Haus stand unweit eines Waldstücks. Als Max den Motor abstellte, betrachtete Böhmer das kleine, graue Gebäude durch die Seitenscheibe und schüttelte den Kopf. »O Mann, was für ein heruntergekommener Schuppen. Da würde ich nicht mal dann freiwillig reingehen, wenn ein roter Teppich ausgerollt wäre. Und dort ist jemand eingestiegen?«

Max zuckte mit den Schultern. »Schauen wir es uns mal an.«

Die morsch wirkende, hölzerne Haustür stand offen und

gab den Blick frei auf einen kurzen, mit Regalen vollgestellten Flur. Max betrachtete das Türschloss. Auf den ersten Blick war nichts zu erkennen, doch als er es genauer untersuchte, bemerkte er Kratzer an dem Metall um den Zylinder, die typisch für Werkzeug waren, das bei dem Versuch, die Verzahnung des Schlosses mit dünnen Metallstäbchen zu entriegeln, abgerutscht war.

Das Opfer saß in dem Raum, der vermutlich als Wohn- und Esszimmer diente, gefesselt auf einem Stuhl. Der Mann war massig und recht groß. Sein Schädel war fast kahlrasiert, der nackte Oberkörper war – ebenso wie die Shorts, seine Beine und der gesamte Bereich um ihn herum – mit teils bereits getrocknetem Blut bedeckt, das aus der klaffenden Wunde am Hals stammen musste.

»Kleinen Moment noch.« Patschett, ein Kollege der Spurensicherung, schoss noch vier, fünf Fotos und berichtete dabei, was sie bisher in Erfahrung gebracht hatten. »Das Opfer heißt Jochen Lippert. Achtunddreißig, Gelegenheitsjobber.«

»Was ist mit seiner Frau?«

»Keine Ahnung, die ist mit einer Kollegin nebenan bei einer Nachbarin. Sie war schon weg, als wir ankamen. So, das war's, ihr könnt jetzt.«

Patschett machte ein paar Schritte zur Seite. Max nickte ihm zu. »Habt ihr das Türschloss schon untersucht?«

»Ja. Ist ein billiges Teil, leicht zu knacken. Wenn der Kerl ein bisschen geschickt war, hat er maximal zwanzig Sekunden gebraucht.«

»Ja, das dachte ich mir, danke.«

Der Schnitt im Hals des Mannes war so tief, dass der Kopf in einem unnatürlichen Winkel schräg nach hinten gekippt war. Auf dem Boden lagen blutige, breite Streifen Klebeband unterschiedlicher Länge. Es sah aus, als sei das Opfer zusätzlich auch damit an den Stuhl gefesselt worden. Max fragte sich, ob Lipperts Frau das Band entfernt hatte, nachdem der Mörder verschwunden war, oder der Täter selbst.

»Was ist das denn für eine Scheiße?«

Max sah zu Böhmer hinüber, der auf eine Stelle hinter dem Opfer deutete. Max trat ein paar Schritte um den Toten herum. Dort auf dem Boden stand eine Plastikschüssel, die fast vollständig mit Blut gefüllt war, das am Rand bereits verkrustete. »Hm …« Max ging neben der Schüssel in die Hocke und schaute sie von allen Seiten an. »Sieht so aus, als seien Rückstände von Kleber an der Außenseite.« Er betrachtete das am Boden liegende Klebeband. »Der Täter hat dem armen Kerl wohl die Schüssel unter dem Hals festgebunden, damit er beide Hände frei hatte und das Blut aufgefangen wird.« Mit einem Blick auf das Schlachtfeld rund um die Leiche fügte er hinzu: »Zumindest ein Teil davon.«

»Und? Was denkst du?«

»Könnte auf einen Ritualmord hindeuten. Was mit dem Darius-Fall nichts zu tun hätte, zumindest nach dem derzeitigen Stand der Ermittlungen.«

Böhmer kratzte sich den kurzgestutzten Bart. »Ja, das sehe ich auch so. Allerdings könnte es auch auf ein perverses Arschloch hindeuten, das uns an der Nase herumführen möchte. Damit wir denken sollen, es handele sich um ein Ritual.«

»Dann hat das perverse Arschloch sich aber wirklich Mühe gegeben.« Max deutete auf die hinter dem Stuhlrücken gefesselten Hände, zwischen denen eine Blume steckte. Obwohl das Blut auch über Lipperts Hände gelaufen war, wiesen die weißen Blütenblätter keinen einzigen dunklen Tupfer auf. »Eine weiße Lilie, nachträglich dort platziert.« Max erhob sich. »Zumindest kennt der Mörder sich mit Symbolik aus. Es gibt kaum eine Blume, die so viele Bedeutungen hat wie die weiße Lilie. Sie steht für Reinheit und Liebe ebenso wie für Vergänglichkeit.«

»Das kann man überall nachlesen.« Böhmer zuckte mit den Schultern. »Warten wir mal ab. Jetzt sollten wir erst mal mit der Frau sprechen.«

Rosie Lippert saß im Haus nebenan in der Küche und hatte ebenso wie ihre Nachbarin ein leeres Schnapsglas vor sich stehen. Sie mochte um die hundertzwanzig Kilo wiegen und hatte feuerrot gefärbte Haare, die am Ansatz allerdings schon etwa zwei Zentimeter weit einem mittelblonden Farbton gewichen waren. Als Böhmer und Max den Raum betraten, blickte sie ihnen aus verheulten Augen entgegen. »Sind Sie die von der Polizei und sollen den Kerl fangen? Der Wichser hat meinem Jochen einfach den Hals aufgeschnitten wie einem Schwein.« Sie sah zu ihrer Nachbarin auf, die nach Max' Einschätzung nur unwesentlich weniger wog. »Frieda, hast du noch einen für mich? Ich brauch das jetzt.«

Frieda griff nach der noch zu einem Viertel mit einer klaren Flüssigkeit gefüllten Flasche und schenkte nach.

»Danke. Auf Jochen.« Sie warf den Kopf in den Nacken und kippte den Schnaps in einem Zug hinunter, wobei sie das Gesicht schmerzhaft verzog. Nachdem sie das Glas mit einem Knall auf der Tischplatte abgesetzt hatte, legte sie eine Hand auf ihren Hinterkopf und wandte sich Böhmer zu. »Hat mir 'ne ganz schöne Beule verpasst, der Scheißkerl. Ich dachte erst, das ist so 'n Außerirdischer, wie in den Zukunftsfilmen, mit einem Menschenkörper und einem Fliegenkopf.«

Max' Magen verkrampfte sich. »Ein Fliegenkopf?«

Die Frau zog die Brauen zusammen. »Das sagte ich doch gerade. Aber dann habe ich gesehen, dass der so einen Lackiereranzug anhatte. Und dünne Gummihandschuhe. Da war mir klar, dass das nur 'ne Maske war.«

Max tauschte einen langen Blick mit Böhmer, dessen Gesichtszüge sich verhärtet hatten.

»Hat der Mann irgendetwas gesagt?«

»Ja, der hat totale Scheiße gelabert. Ich soll mir merken, was ich sehe, und es *den anderen* sagen. Was weiß ich, was er damit gemeint hat. Seine Stimme klang so, wie Computer in Zukunftsfilmen manchmal reden. Und dann …« Mit einer Bewegung der rechten Hand imitierte sie einen Schnitt durch den Hals. »Zack! Frieda, kann ich noch einen?«

»Ich hab's ja gleich gesagt«, murmelte Frieda, während sie nach der Flasche griff und erst einmal ihr eigenes Glas füllte. »Das ist wegen dem Schaf mit Menschenkopf.«

»Was?« Böhmer sah die Frau an, als hätte sie den Verstand verloren.

»Na, das Schaf, das letzte Woche in der Nähe auf einem Bauernhof geboren wurde. Eine Missgeburt, sag ich Ihnen. Sein Kopf sah aus wie ein Menschenkopf. Die haben ein Foto in der Zeitung gezeigt. Ist wohl kurz nach der Geburt gestorben. So was bringt Unglück. Ich hab's gleich gesagt, aber auf mich hört ja keiner.«

»Ah ja, okay.« Böhmers Gesicht sprach Bände, und auch Max konnte sich in etwa vorstellen, in welcher Art Zeitung Frieda das Foto gesehen hatte.

Als sie einige Minuten später ins Freie traten, blieb Böhmer stehen und sah zu dem Haus der Lipperts hinüber. »Wir haben es also wieder mit einem Serienkiller zu tun. Dieses Mal mit einem, der in einer Fliegenmaske und einem Lackiereranzug herumläuft, Männer und Kinder umbringt und dabei kryptische Ansagen macht.«

»Ja, und noch nicht einmal die gleichen. Was er hier gesagt hat, unterscheidet sich ziemlich deutlich von dem, was er beim Mord an Darius von sich gegeben hat. Oder erinnerst du dich an eine Botschaft für *die anderen*?«

»Nein, aber hier wie dort ergibt das, was er gesagt hat, wenig bis gar keinen Sinn.«

»Noch nicht.« Max setzte sich in Bewegung und ging auf das Auto zu. »Aber ich habe so eine böse Ahnung, dass das noch kommen wird.«

Zurück im Präsidium, erstatteten sie ihrem Chef Bericht, woraufhin Gorges Böhmer anwies, eine Sonderkommission zu gründen, die den sinnigen Namen *Soko Fliege* erhielt und der neben einigen jungen Kolleginnen und Kollegen auch Oberkommissarin Verena Hilger, Oberkommissar Martin Kaufmann und Hauptkommissar Manfred Hauck zugeteilt wurden.

Während der ersten Faktensammlung stellte sich heraus, dass das Opfer einen jüngeren Bruder hatte, der in Wersten wohnte. Böhmer gab den Kollegen den Auftrag, mit Hochdruck nach Verbindungen zwischen den beiden Opferfamilien zu suchen, und machte sich dann gemeinsam mit Max auf den Weg zu Oliver Lippert.

Der Mann wohnte in einer zehnstöckigen, stark sanierungsbedürftigen Mietskaserne in der siebten Etage. Es gab sogar einen Fahrstuhl. Er war gerade groß genug, um die beiden Ermittler aufzunehmen, und stank penetrant nach Urin, Schweiß und kaltem Zigarettenrauch. Die Wände waren von oben bis unten mit Klosprüchen und derben Parolen beschmiert; auf einer quadratischen Fläche, an der noch Reste von Kleber hingen, war wohl irgendwann mal ein Spiegel befestigt gewesen. Nun zierte ein fettes Hakenkreuz die Stelle.

Böhmer drückte den Knopf für die siebte Etage und wischte sich den Finger anschließend am Hosenbein ab. »Mann, hier bekommt man ja schon vom Fahrstuhlfahren die Gelbsucht.«

Die Wohnungstür hatte in Hüfthöhe eine tiefe Delle, die aussah, als stamme sie von einem kräftigen Fußtritt.

Oliver Lippert öffnete erst nach dem zweiten Klingeln. Er war zumindest äußerlich das genaue Gegenteil seines Bruders. Die halblangen Haare standen in alle Richtungen vom Kopf ab, etwa eine Woche alte Bartstoppeln waren in dürftigen Inseln über die bleichen, eingefallenen Wangen verteilt, Jeans und T-Shirt hingen an seiner dürren Gestalt wie auf Drahtkleiderbügeln. Er musterte Böhmer und Max verächtlich.

»Lass mich raten.« Er sprach langsam, als müsse er sich auf jedes Wort konzentrieren, und stieß dabei eine Wolke aus Alkohol- und Tabakdunst in ihre Richtung. »Ihr seid die Bullen, die mir nach Stunden endlich mitteilen wollen, dass man meinen Bruder gekillt hat, hab ich recht? Ihr seid ja richtig, richtig schnell.«

»Böhmer, Kripo Düsseldorf. Das ist mein Kollege Bischoff.«

»Sag ich doch. Und? Was wollt ihr noch? Meine Schwägerin hat mich schon angerufen und mir alles erzählt. Ihr könnt also wieder verschwinden. Und tschüs.«

Er machte Anstalten, die Tür wieder zu schließen, doch Max war schneller und stellte einen Fuß vor den Rahmen. »Nun mal langsam.« Der Ärger über den Kerl schoss so schnell in ihm hoch, dass er Mühe hatte, in einem halbwegs normalen Tonfall zu sprechen. »Wir haben ein paar Fragen, die wir Ihnen stellen möchten.«

»Ich habe aber keine Lust, eure Scheißfragen zu beantworten, klar?«

Max spürte ein ungutes Prickeln auf der Stirn. »Eine der Fragen wäre, wo Sie heute Nacht waren. Da Sie uns das nicht beantworten wollen, haben Sie kein Alibi für die Tatzeit, und wir nehmen Sie zum Verhör mit aufs Präsidium. Also, schnappen Sie sich Ihren Hausschlüssel und vielleicht ein Shirt zum Wechseln, es kann länger dauern.«

»Ja, ja, ja.« Lippert winkte gelassen ab. Man merkte, dass dies nicht sein erster Kontakt mit Polizeibeamten war. »Is' ja schon gut. Mit euren dämlichen Marken könnt ihr ja machen, was ihr wollt. Scheiß Polizeistaat.«

Als sie das winzige Wohnzimmer betraten – zumindest ging Max davon aus, dass es das Wohnzimmer war –, hätte er am liebsten kehrtgemacht und die Behausung sofort wieder verlassen. Selten hatte er so ein Durcheinander gesehen. Gebrauchte Kleidungsstücke inklusive Unterhosen und Socken waren auf dem Boden und den wenigen verschlissenen Möbelstücken verteilt. Dazwischen lagen leere Schnaps- und Bierflaschen, leere Zigarettenschachteln und anderer Müll. Auf dem Tisch standen zwei überquellende Aschenbecher neben einer flachen Pappschachtel mit einem Pizzarest darin, der sicher schon mehrere Tage alt war.

Der Raum stank so erbärmlich, dass Max Mühe hatte, den aufkommenden Würgereflex zu unterdrücken.

»Na, dann sucht euch mal einen freien Platz.« Lippert ging zu dem Tisch, fischte eine Zigarettenschachtel aus dem Müll hervor und steckte sich einen der Stängel an.

»Danke, wir bleiben lieber stehen.« Böhmer zeigte sich von alledem unbeeindruckt. »Wie war das Verhältnis zu Ihrem Bruder?«

Lippert stieß mit einem humorlosen Lachen eine Qualmwolke aus Mund und Nase. »Das war kein Verhältnis. Das war ein Scheißdreck.«

»Was bedeutet das?«

»Hört ihr schlecht? Scheißdreck. Mein Bruder war ein egoistisches Arschloch, versteht ihr?«

»Wie zeigte sich das?«

»*Wie zeigte sich das*«, äffte Lippert Böhmer nach. »Mann, warum müsst ihr Bullen immer so geschwollen daherreden? Wollt ihr Eindruck schinden? Das *zeigte* sich zum Beispiel, wenn er 'nen Job hatte und ich nicht. Und wenn ich Kohle brauchte und er welche hatte und mir nichts abgab. Seinem eigenen Bruder. Ich hatte nichts mehr zu fressen, versteht ihr? Ich hatte verdammten Hunger, und das Arschloch von meinem Bruder hat mir nichts gegeben. Der hätte mich verrecken lassen. So einer war mein Bruder. So zeigte sich das.«

»Kann man sagen, Sie hassten Ihren Bruder?«, fragte Max.

»Da kannst du aber einen drauf lassen. Und wie ich den gehasst hab.«

»Wo waren Sie in der letzten Nacht?«

Wieder verließ eine Rauchwolke Lipperts Nase. »Ihr glaubt wirklich, ich hab den gekillt? Echt jetzt?«

»Würden Sie bitte die Frage meines Kollegen beantworten«, sagte Böhmer scharf. Auch ihm schien mittlerweile die Gelassenheit abhandengekommen zu sein.

»Mein Gott, ich war unterwegs. Auf Tour.«

»Was bedeutet das?«

»Na, in der Kneipe, mit Kumpels einen heben. Ist das jetzt auch schon verboten?«

»Zumindest scheinen Sie ja im Moment genug zu essen zu haben, wenn Geld für die Kneipe übrig ist. Von wann bis wann waren Sie dort?«

»Was weiß ich? Ich bin früh am Abend dahin und raus, als Kalle zugemacht hat.«

»Kalle ist der Wirt?«, fragte Max.

»Ja, wer soll denn sonst die Kneipe zumachen? Die Klofrau vielleicht?«

Irgendetwas regte sich in Max, und bevor er sich dessen richtig bewusst war, trat er mit einem großen Schritt dicht vor Lippert. Schweißgeruch stieg ihm in die Nase, doch das ignorierte er. »Jetzt hören Sie mir mal zu, Herr Lippert. Ich habe langsam die Nase gestrichen voll von Ihrem blöden Gerede. Wir versuchen hier, den gewaltsamen Tod eines Menschen aufzuklären, der zudem noch Ihr Bruder war. Wir behandeln Sie höflich und erwarten von Ihnen, ebenso höflich behandelt zu werden. Ich kann Ihnen versichern, dass das eben keine leere Drohung war. Ich nehme Sie mit aufs Präsidium, wo ich Sie ohne Probleme und ohne richterlichen Beschluss vierundzwanzig Stunden festhalten und befragen kann. Und das werde ich, verdammt nochmal, tun, wenn Sie sich nicht augenblicklich wie ein zivilisierter Mensch benehmen. Auch wenn es Ihnen schwerfällt. Haben Sie mich verstanden?«

Zu Max' Verblüffung wurden Lipperts Augen plötzlich feucht, und seine Unterlippe begann zu zucken. »Ja, ist ja gut.« Er räusperte sich. »Es ist nur … Was ich eben gesagt habe, stimmt nicht ganz. Mein Bruder war ein egoistisches Arschloch, aber …« Er rang sichtlich mit sich. »Aber irgendwie hab ich ihn trotzdem gemocht. Er war immer so was wie ein Vorbild für mich. Aber ein Arschloch war er trotzdem. Und jetzt ist er tot. Ich will, verdammt nochmal, nicht, dass ich deswegen traurig bin, aber ich bin traurig. Und das macht mich so scheißwütend.«

Er drückte die Kippe in den Berg anderer Kippen auf dem Tisch, steckte sich gleich darauf eine neue an und blieb in einigem Abstand zu Max neben dem Tisch stehen.

»Haben Sie Ihren Bruder getötet, Herr Lippert?« Mittlerweile hatte sich Max wieder unter Kontrolle.

»Nein, hab ich nicht.«

»Okay. Haben Sie eine Idee, wer es getan haben könnte?«

»Tzz … da kommen einige in Frage. Der Piet, zum Beispiel. Der arbeitet manchmal mit ihm zusammen auf dem Bau.« Lippert stieß ein hysterisches Lachen aus. »Jochen hat seine Alte gevögelt und es überall rumerzählt.«

»Aha.« Max zog sein Notizbuch hervor. »Wie heißt dieser Kollege mit Nachnamen, und wo wohnt er?«

»Keine Ahnung, ich glaub, Meier oder Schmitt. Und wo der wohnt, weiß ich nicht. Ach, und dann noch der Fred. Dem hat Jochen vor kurzem in der Kneipe das Nasenbein gebrochen. Fred hat sogar rumgebrüllt, er werde Jochen umbringen.«

Als Max und Böhmer fünf Minuten später das Haus verließen, atmeten beide tief durch. »Was für eine stinkende Müllhalde.« Böhmer beugte sich nach vorn und stützte die Hände auf den Oberschenkeln ab, als hätte er gerade einen Tausendmeterlauf hinter sich gebracht. »Was hältst du von dem Kerl?«

Max zuckte mit den Schultern. »Typischer Alkoholiker. Übertriebene Emotionen in alle Richtungen, viel dümmliches Gequatsche, aber eher kein Mörder. Und die Verdächtigungen …«

»Ja, schon klar. Ich schicke Verena und Kaufmann los, die sollen die Leute mal befragen. Jetzt lass uns hier verschwinden.«

8

NOCH AUF DEM RÜCKWEG telefonierte Böhmer mit der Pressestelle und ordnete an, eine Meldung an alle wichtigen Zeitungen und Onlineportale rauszugeben, in der die Fliegenkopfmaske des Täters beschrieben wurde. Er hoffte auf einen Hinweis aus der Bevölkerung.

Zwei Stunden später gingen die ersten Anrufe ein. Es waren nicht viele, und die meisten davon konnten sie unbeachtet lassen. Da war der Mann, der jemanden kannte, dem er ohne weiteres zutraute, eine solche Maske zu besitzen, ohne sie aber jemals gesehen zu haben. Oder die Frau, deren Nachbar zwar keine Fliegen-, aber eine Spidermanmaske hatte, was ja mindestens genauso verrückt war. Und außerdem war der ohnehin nicht ganz normal.

Am frühen Nachmittag meldete sich ein Kostümhändler, der angab, eine solche Maske vor drei Wochen verkauft zu haben. Er erinnere sich daran, weil diese Masken selten verlangt würden und es auch nicht viele Modelle gäbe. Eine Adresse habe er nicht, weil der Kunde bar bezahlt hätte, aber mit etwas Glück sei die Aufnahme der Überwachungskamera von diesem Tag noch nicht überschrieben. Er versprach, sich sofort darum zu kümmern. Zudem hatte er ein Foto der Maske aus dem Katalog des Großhändlers.

»Das klingt doch nicht schlecht«, sagte Max, nachdem er den Lautsprecher ausgeschaltet und den Telefonhörer aufgelegt hatte.

Böhmer nickte und schlug mit der flachen Hand auf die Tischplatte. »Allerdings. Lass uns mal zu dem Geschäft fahren. Vielleicht hat er ja die Aufnahme schon gefunden, wenn wir ankommen.«

Der Laden lag am Rande der Altstadt. Sie hatten Glück, die Aufnahme existierte tatsächlich noch. Man sah den dunkelhaarigen Mann zwar nur von schräg oben, und die Qualität des Bilds ließ auch einiges zu wünschen übrig, aber vielleicht würde trotzdem jemand die Person erkennen, wenn sie einen Screenshot des Videos veröffentlichten.

Max mailte das Foto sofort ans Präsidium, mit der Bitte, es auf die entsprechenden Portale stellen zu lassen.

Als Böhmer das Foto der Fliegenmaske sah, das der Mann ihnen vorsorglich ausgedruckt hatte, schüttelte er den Kopf. »Ich kann mir nicht helfen, aber wer mit einer solchen Maske über dem Kopf herumläuft und Leute killt, der muss doch wirklich mächtig einen am Sender haben.«

Gegen fünfzehn Uhr waren sie zurück, um fünfzehn Uhr zwanzig wurde der Anruf eines Mannes zu Böhmer durchgestellt, der unbedingt den leitenden Ermittler bei den Mordfällen sprechen wollte und sich laut Zentrale nicht abwimmeln ließ.

Böhmer nahm das Gespräch an und schaltete auf Lautsprecher.

»Kriminalhauptkommissar Böhmer.«

»Guten Tag, leiten Sie die Ermittlungen in diesem Fliegen-Fall?«

»Ja. Und wer sind Sie?«

»Kessler ist mein Name, Gerhard Kessler. Ich bin Psychotherapeut und denke, ich kann Ihnen einige wertvolle Hinweise zu dem Fall geben.«

Böhmer sah zu Max hinüber, der mit den Schultern zuckte.

»Aha. Und die wären?«

»Nun, zuerst müsste ich noch ein paar Details wissen. Den genauen Tathergang, zum Beispiel. Die Meldungen im Internet sind doch sehr vage gehalten. Wie sahen die Leichen aus? Hat der Täter sie post mortem auf irgendeine Art verstümmelt? Können Sie mir das genau beschreiben?«

Ein erneuter Blick zu Max, dieses Mal mit gerunzelter Stirn.

»Nein, das kann ich nicht, weil wir …«

»Aber ohne dieses Wissen ist es für mich schwierig …«

»Würden Sie es bitte unterlassen, mich mitten im Satz zu unterbrechen?«

»Natürlich, entschuldigen Sie. Die gleiche Bitte gebe ich allerdings an Sie zurück.«

»Also, wie ist das jetzt mit den Hinweisen?«

»Tja, wie schon gesagt, ohne nähere Details ist das sehr schwierig.«

»Dann vielen Dank für Ihren Anruf.«

»Die Fliegenmaske!«, rief Kessler hastig, bevor Böhmer das Gespräch beenden konnte. »Ich kann Ihnen was zu der Maske sagen.«

»Aha, dann mal los.«

»Ja, also … die Fliege ist sehr symbolträchtig. Sie steht für Krankheit, Tod und Verderben. Wenn Ihr Täter also eine Fliegenmaske trägt, will er damit höchstwahrscheinlich ausdrücken, dass er das Verderben und den Tod über die Menschen bringen wird. Und falls das so ist, müssen wir damit rechnen, dass er noch lange nicht damit fertig ist.«

»Wir? Wer soll *wir* sein?«

»Nun ja, wie Sie ja gerade gehört haben, kann ich durchaus einiges an neuen Perspektiven zu möglichen Hintergründen des Falls beisteuern. Aber natürlich ginge das noch viel detaillierter, wenn ich mehr über die Tathergänge wüsste. Sie sehen, es wäre in Ihrem eigenen Interesse, mir die nötigen Informationen zu geben.«

»Das werde ich ganz sicher nicht tun, Herr Kessler. Was Sie mir da gerade erzählt haben, ist keine hohe Psycho-Kunst, das erfahre ich nach spätestens zehn Sekunden im

Internet. Ich danke Ihnen trotzdem für Ihren Anruf und wünsche Ihnen noch einen schönen Tag.«

Böhmer beendete das Gespräch, bevor Kessler die Möglichkeit hatte, noch etwas zu sagen, und schüttelte den Kopf.

»Warum muss sich bei jedem Fall der gleiche Typus Spinner melden?«

»Weil dieser Typus vielleicht ein bisschen sensationsgeil ist und darauf hofft, mit ein paar Pseudoweisheiten Details zu Morden zu erfahren, die man in der Zeitung nicht lesen kann. Das Zauberwort heißt Voyeurismus.«

Als Böhmers Telefon erneut klingelte, verdrehte er genervt die Augen. »Lass mich mal.« Max griff sich den Hörer, nahm das Gespräch an und schaltete auf Lautsprecher.

»Bischoff.«

»Ja, guten Tag. Mein Name ist Peter Gehlen. Sie suchen über das Internet nach dem Mann auf dem Foto, der in dem Kostümladen eine Fliegenmaske gekauft hat, richtig?«

Die Stimme des Anrufers klang unsicher, fast schüchtern.

»Ja, das stimmt. Kennen Sie den Mann?«

»Ja, das kann man so sagen. Das bin ich selbst.«

Böhmer riss überrascht die Augen auf.

»Sie haben diese Maske gekauft?«, versicherte sich Max.

»Ja.«

»Wann war das?«

»Vor dreieinhalb Wochen. Ich war zu einer Kostümparty bei einem Freund eingeladen und wusste nicht, was ich anziehen soll. Da bin ich in diesen Laden und habe die Fliegenmaske entdeckt. Ich wusste gar nicht, dass es so was gibt, und dachte mir, dass sicher niemand sonst als Fliege kommt. Also habe ich sie gekauft.«

»Was haben Sie denn auf der Party zu der Maske getragen?«

»Wie? Ich verstehe nicht …«

»Was hatten Sie sonst noch an außer der Maske?«

»Oh, das meinen Sie. Eine schwarze Jeans und ein schwarzes T-Shirt. Und ich habe mir einen durchsichtigen Umhang dazu gekauft. Statt Flügel.«

Mittlerweile klang der Mann nicht mehr so zurückhaltend.

»Können wir die Maske mal sehen?«

»Das geht leider nicht, ich habe sie gleich nach der Party weggeworfen, weil sie so schrecklich nach Gummi gestunken hat. Ekelhaft. Ich habe den Geruch noch immer in der Nase.«

Böhmer gestikulierte mit beiden Händen herum und formte mit den Lippen lautlos Worte, doch Max wusste auch so, was er wollte.

»Hm … das ist natürlich dumm. Herr Gehlen, wir würden uns gerne mal mit Ihnen persönlich unterhalten.«

»Ja, klar. Aber ich bin noch im Büro. So gegen fünf bin ich zu Hause. Und hier im Büro … es wäre mir nicht recht, wenn Sie hierherkämen. Die Kollegen würden sicher dumme Fragen stellen. Und mein Chef auch.«

»Es ist ja nur noch eine Stunde, kein Problem. Wir sehen uns dann um siebzehn Uhr. Wie lautet Ihre Adresse?«

Max notierte, was der Mann ihm sagte, legte auf und sah Böhmer an. »Klingt nicht nach einem Spinner.«

»Das werden wir sehen, wenn wir ihn vor uns haben. Das Foto ist zwar ziemlich verpixelt, aber wenn das wirklich der Mann auf dem Video ist, werden wir ihn erkennen. Lass uns mal rüber in die Einsatzzentrale unserer *Soko Fliege* gehen und schauen, wie weit die Kollegen sich schon eingerichtet haben.«

Die Einsatzzentrale war ein etwa sechzig Quadratmeter großer Raum, in dem mehrere Schreibtische in einigem Abstand zu den Wänden zu einem großen U zusammengestellt waren. Die Stühle standen so, dass man von allen Arbeitsplätzen aus in die Mitte des Raumes blickte, wo zwei weitere Tische am Kopfende zusammengeschoben waren. Die Arbeitsplätze von Böhmer und Max. Neben drei anderen Kollegen saßen auch Hilger und Kaufmann bereits an ihren

Plätzen. Sie sahen von ihren Monitoren auf, als Böhmer und Max den Raum betraten. Böhmer blieb in der Mitte stehen und klatschte in die Hände. »Kurze Info: Eben hat sich jemand gemeldet, der behauptet, der Mann auf dem Überwachungsvideo dieses Kostümladens zu sein. Wir werden gleich dort hinfahren und das überprüfen. Zuvor besuchen wir die Frauen der Opfer und zeigen ihnen ein Foto der Maske, die dieser Mann gekauft hat. Mal sehen, ob es vielleicht die gleiche war. Ihr versucht bitte, in der Zwischenzeit herauszufinden, was der Täter mit *den andern* gemeint haben könnte. Fragt im Umfeld des Opfers nach. Freunde, Bekannte …« Und mit einem Grinsen in Max' Richtung fügte er hinzu. »Und den Bruder. Außerdem möchte ich, dass Lipperts Frau ab sofort rund um die Uhr überwacht wird. Vielleicht weiß sie ja doch, wer mit den *anderen* gemeint war, und nimmt mit jemandem Kontakt auf. Verena, du kümmerst dich bitte in der Zwischenzeit um die Anordnung von der Staatsanwaltschaft für den Fall, dass es länger dauert.«

Max fragte sich, ob er sich nur eingebildet hatte, dass Böhmers Stimme sich in dem Moment verändert hatte, als er Hilger ansprach.

Sie fuhren zuerst zu Rosie Lippert. Sie hatte sich für ein paar Tage bei ihrer Nachbarin einquartiert, bis ihr Haus wieder freigegeben und gereinigt worden war.

Wie bei ihrem ersten Aufeinandertreffen saß sie am Küchentisch. Dieses Mal hatte sie allerdings kein Schnaps-, sondern ein Bierglas vor sich, das noch etwa zur Hälfte gefüllt war. Als Böhmer und Max den Raum betraten, sah sie ihnen aus glasigen Augen entgegen.

»Und? Haben Sie den Kerl?«, fragte sie lallend.

»Nein, noch nicht. Aber wir haben eine Bitte.« Böhmer streckte ihr das Foto der Maske entgegen. »Schauen Sie sich das bitte mal an. Ist das die Maske, die der Täter getragen hat?«

Sie nahm ihm das Foto aus der Hand und starrte eine

Weile darauf. Dann nickte sie mehrmals. »Aber hundert Prozent ist das die Maske.«

»Sind Sie ganz sicher?«

»Ganz sicher.«

Böhmer nahm das Foto wieder an sich. »Danke, das war's auch schon für den Moment.«

»Fassen Sie den Scheißkerl.«

Böhmer nickte. »Wir tun unser Bestes. Auf Wiedersehen.«

»Denkst du, die hat in ihrem Zustand überhaupt erkannt, was auf dem Foto abgebildet ist?«, fragte Max, als sie wieder im Auto saßen.

»Ich glaube, schon. Aber wir haben ja noch eine zweite Zeugin, die das Ding gesehen hat.«

Die zweite Zeugin, Beate Darius, war allerdings nicht zu Hause, so dass sie nach dreimaligem Klingeln unverrichteter Dinge wieder abziehen mussten.

Um kurz nach fünf standen sie vor Peter Gehlens Wohnung.

Schon als er die Tür öffnete, war klar, dass es sich tatsächlich um den Mann auf dem Video handelte. Gehlen mochte Anfang dreißig sein. Er war etwas kleiner als Max und schlank. Die kurzen, dunklen Haare rahmten ein sympathisches, ebenmäßiges Gesicht ein.

Seine Wohnung war klein, aber hell und geschmackvoll eingerichtet. Entgegen dem Ruf, der Junggesellenwohnungen vorauseilte, war sie sehr sauber und aufgeräumt.

»Herr Gehlen«, begann Böhmer, nachdem sie auf der braunen Ledercouch Platz genommen hatten, »wir haben der Frau des letzten Opfers ein Foto der Maske gezeigt, die Sie ja leider weggeworfen haben. Sie hat uns bestätigt, dass es sich um die Maske handelt, die der Täter getragen hat.«

Gehlen lächelte unsicher. »Das sieht dann etwas dumm für mich aus, nicht wahr? Aber ich habe nichts damit zu tun, das müssen Sie mir glauben.«

»Können Sie uns den Namen und die Adresse dieses Freundes geben, bei dem die Kostümparty stattgefunden hat?«, fragte Max.

»Ja, natürlich. Er heißt Dirk Seidel und wohnt in der Weingartstraße in Neuss. Es waren ungefähr vierzig Leute auf der Party, die mich mit der Maske gesehen haben.«

»Haben die Sie auch ohne die Maske gesehen?«

»Ähm … nein. Also zumindest nicht am Anfang. Es war ja ein Kostümfest, und man sollte raten, wer unter welcher Verkleidung steckt. Ich habe die Maske zwar zwei-, dreimal ausgezogen, weil sie so streng gerochen hat, aber dazu bin ich zur Toilette gegangen. Die Demaskierung war dann um zwölf.«

»Dann hätte also zuvor jeder unter dieser Maske stecken können.«

Gehlen zuckte mit den Schultern. »Ja, aber … warum sollte jemand so tun, als wäre er ich?«

Die Frage stellte Max sich gerade auch, ohne eine Antwort darauf zu haben.

»Sie sagten am Telefon, Sie hätten die Maske entsorgt. Wo haben Sie das denn getan?«

»Wie meinen Sie das?«

»Ich habe Sie gefragt, wo sie die Maske entsorgt haben. Welchen Teil davon haben Sie nicht verstanden?«

»Ach so, na, ich habe sie einfach in den Mülleimer geworfen.«

»In den normalen Hausmüll?«

»Ähm … ja. Darf man das nicht?«

»Ich weiß es ehrlich gesagt nicht«, gestand Max. »Jedenfalls ist natürlich nicht mehr nachvollziehbar, ob jemand das Ding aus dem Müll gefischt hat. Gut, dann sagen Sie uns doch bitte, was Sie in der Nacht von Dienstag auf Mittwoch in der letzten Woche und in der von gestern auf heute gemacht haben.«

»In der letzten Nacht war ich zu Hause. Ich habe am Abend ferngesehen und bin gegen zwölf ins Bett. Zeugen gibt es dafür allerdings keine. Letzte Woche … warten Sie … Dienstag auf Mittwoch, sagten Sie?«

Max nickte.

»Hm … ach, natürlich. Da war ich bei Dirk.«

»Dem Dirk, bei dem auch die Party stattgefunden hat?«

»Ja, er kann das bestätigen. Wir haben geredet und ein paar Bier getrunken.«

»Worüber haben Sie geredet?«, wollte Böhmer wissen.

Gehlen zuckte mit den Schultern. »Nichts Besonderes. Was man unter Kumpels so redet.« Er verzog den Mund zu einem angedeuteten Grinsen. »Männergespräche halt. Über Frauen und über Gott und die Welt.«

»Und das wird Herr Seidel uns so bestätigen?«

»Ja, klar.«

»Gut. Erst einmal vielen Dank für Ihre Unterstützung. Wir melden uns wieder bei Ihnen.«

»Und?« Max kam seinem Partner im Treppenhaus zuvor. »Was denkst du?«

»Blöd, dass er die Maske nicht mehr hat, aber ich denke, der Mann wäre nicht so dumm, sie in einem Laden in Düsseldorf zu kaufen, wenn er sie beim Morden benutzen wollte.«

»Ja, das sehe ich auch so. Wenngleich es schon ein irrer Zufall ist, dass sein Kumpel sowohl als Einziger bezeugen kann, dass es wirklich Gehlen war, der auf seiner Party mit der Maske herumgelaufen ist, als auch, dass Gehlen ihn in der ersten Tatnacht besucht hat, um *Männergespräche* zu führen.«

9

AM ABEND FUHR MAX NICHT auf direktem Weg nach Hause, sondern machte einen kleinen Umweg zu Kirstens Wohnung. Entgegen seiner Gewohnheit hatte er sich nicht vorher angekündigt, entsprechend überrascht klang sie, als er sich über die Sprechanlage meldete.

»Du? Ich … du hast gar nicht angerufen.«

Da war etwas in ihrer Stimme, das Max alarmierte.

»Darf ich trotzdem rein?«

»Ja, natürlich.«

Er betrat das Haus und ging auf Kirstens Wohnung zu. Kurz bevor er die Tür erreicht hatte, wurde sie geöffnet, und Kirsten sah ihm mit einem Lächeln entgegen, das ihre Augen nicht erreichte.

Max erkannte sofort, dass es ihr nicht gutging. Ihre Augen waren gerötet, die Lider geschwollen. Sie hatte geweint.

Er betrat die Wohnung, schloss die Tür hinter sich und blieb vor Kirsten stehen. »Was ist passiert?«

»Was? Nichts.« Kirsten war mit Abstand die schlechteste Lügnerin, die Max kannte. Sie schaffte es nicht einmal, eine kleine Notlüge über die Lippen zu bringen, ohne dass es ihr Gegenüber sofort bemerkte. Und das wusste sie auch.

Mit gesenktem Blick sagte sie kleinlaut: »Er hat sich wieder gemeldet.«

Max hatte etwas Ähnliches befürchtet. »Wie?«

»Wieder Facebook.«

»Und? Was schreibt er?«

Kirsten wischte sich eine Träne aus dem Augenwinkel und drehte den Rollstuhl um. »Komm, ich zeig's dir.«

Sie fuhr zu ihrem Laptop und öffnete Facebook.
»Hier. Da ist es.«
Max beugte sich nach vorn und las die Nachricht.

Hallo, Zuckerschnecke,
vielleicht wird es langsam Zeit, dass ich dich mal aus deinem Rollstuhl hebe. Ich verspreche dir, du wirst das Gefühl haben zu fliegen, wenn ich zwischen deinen unnützen Beinen liege und wie ein Rammbock tief in dich stoße.

Und wer weiß, vielleicht fliegst du danach ja wirklich? Von einem hohen Gebäude zum Beispiel? ☺

Nein, war nur ein Scherz. Ich will einfach nur Spaß mit dir haben.

Bis ganz bald!

PS: Dein Bruder, der Bulle, wird dir nicht helfen können. Ganz im Gegenteil.

»Dieses Schwein«, stieß Max aus.

»Was meint er mit dem Gegenteil? Dass du mir nicht helfen kannst, im Gegenteil?«

Max starrte die Nachricht noch immer an. »Ich weiß es nicht. Aber ich weiß, dass der Mistkerl sich täuscht. Ich kann und ich werde dir helfen.«

Er zog sein Smartphone aus der Tasche und wählte Böhmers Nummer. »Ja, Max hier«, meldete er sich grimmig, als sein Partner das Gespräch annahm. »Ich brauche deine Hilfe. Meine Schwester hat ein Problem.«

In kurzen Sätzen berichtete er Böhmer von den Nachrichten, die Kirsten nun schon seit über einem halben Jahr erhielt. Die Letzte las er ihm wörtlich vor.

»Wir müssen was tun. Das war eine klare Drohung. Eine Morddrohung. Er hat geschrieben, dass er sie von einem Gebäude werfen will.«

»Und dass das nur ein Spaß war.«

»Was? Denkst du denn …«

»Max! Ich verstehe dich ja, aber du weißt doch selbst, wie das läuft. Diese Nachricht reicht leider nicht aus, um offiziell tätig zu werden.«

»Ja, ich weiß«, knurrte Max. »Ich weiß, dass wir immer erst reagieren können, wenn die Chance, etwas zu verhindern, vertan ist. Aber wenn du denkst, ich warte tatenlos ab, bis schon wieder jemandem, der mir wichtig ist, was passiert, dann hast du dich geschnitten.«

Böhmer schnaufte hörbar ins Telefon. »Ich mache dir einen Vorschlag. Ich telefoniere mit einem Kollegen von der Abteilung für Internetkriminalität. Die können vielleicht inoffiziell ein paar Nachforschungen anstellen, okay? Sag mir den Namen des Facebook-Profils, von dem aus die Nachricht verschickt wurde.«

Ein wenig erleichtert nannte Max ihm den Namen und schickte zudem eine Kopie der Nachricht an Böhmer.

Dann bedankte er sich und legte auf.

»Mein Kollege kümmert sich darum«, sagte er und legte Kirsten eine Hand auf den Unterarm. »Soll ich nicht doch für ein paar Tage hier einziehen?«

»Danke, das ist lieb, aber nicht nötig. Ich komme schon klar.«

Eine Viertelstunde später verließ Max die Wohnung seiner Schwester und machte sich auf den Heimweg. Wohl fühlte er sich dabei allerdings nicht.

Am Mittwochmorgen um halb neun tauchte Gerhard Kessler im Präsidium auf. Max wusste nicht, wie er sich den Psychotherapeuten vorgestellt hatte, aber ganz bestimmt nicht so wie den Mann, der in einem der Besprechungsräume auf sie wartete.

Kessler war hager, die zurückgegelten, dunklen Haare wirkten schmierig, und die Jacketkronen sahen aus, als seien sie eine Nummer zu groß für seinen Mund. Sein blasses Gesicht mit der hakenförmigen Nase hatte etwas von einem Vogelkopf. Er stand auf, und Max stellte fest, dass sie ziemlich genau die gleiche Größe hatten. Als Kessler ihm die Hand reichte, hatte er das Gefühl, in einen feuchten Schwamm zu greifen.

»Toll, Sie persönlich kennenzulernen«, beeilte sich der Therapeut, Max und Böhmer zu versichern.

»Was führt Sie zu uns?« Max ignorierte das anbiedernde Verhalten, was aber leider keinerlei Auswirkungen auf das übertrieben breite Lächeln Kesslers hatte.

»Informationen. Ich habe mir erlaubt, auf Basis meines psychologischen Wissens ein kleines Täterprofil für Sie zu erstellen, das Ihnen sicher eine Hilfe sein wird.«

Die selbstgefällige Art des Kerls ging Max schon nach zwei Sätzen auf die Nerven. Böhmer schien das ähnlich zu empfinden, denn er rollte mit den Augen. »Na, dann lassen Sie mal hören.«

»Sehr gerne. Also: Der Täter scheint eine maximale Verfremdung anzustreben, er möchte sowohl im Aussehen als auch in der Stimme möglichst wenig menschenähnlich sein. Er fühlt sich im wahrsten Sinne des Wortes nicht wohl in seiner Haut. Deswegen trägt er auch den Overall, quasi als Ersatz für seine eigene Haut. Die Fliegenmaske ist nur ein folgerichtiges Teil seiner Verwandlung. Sie müssen also nach jemandem suchen, der sehr unzufrieden mit sich ist und am liebsten jemand anderes wäre. Ein anderes Wesen.« Nach einer Pause von drei, vier Sekunden fügte Kessler dramatisch leise hinzu: »Vielleicht ein nichtmenschliches Wesen.«

Böhmer sah Max ungläubig an und wandte sich kopfschüttelnd wieder an Kessler. Bevor er jedoch etwas sagen konnte, hob Kessler die Hand. »Nein, bitte, keinen Dank. Viel lieber wären mir mehr Details zu den Taten, vielleicht sogar Fotos davon. Ich denke, so viel Vertrauen habe ich mir jetzt verdient.«

Der Blick, mit dem Böhmer Kessler betrachtete, erinnerte

Max an den eines Wissenschaftlers, der ein Labortier beobachtet.

»An welcher Uni haben Sie eigentlich Psychologie studiert?«

Kessler war von der Frage sichtlich überrascht. »Ähm … an keiner, warum?«

»Ach! Ich war der Meinung, man muss zuerst Psychologie studieren, um dann in einer Zusatzausbildung Psychotherapeut werden zu können. Ist das nicht so?«

Kessler hob in einer trotzig wirkenden Bewegung das Kinn.

»Genau genommen ist meine Berufsbezeichnung auch nicht Psychotherapeut, sondern *Freier Psychotherapeut* oder auch *Psychologischer Berater*. Die Ausbildung dazu wird von Heilpraktikerschulen angeboten.«

»Ja, so was in der Art habe ich mir schon gedacht. Die Stammtischpsychologie, mit der Sie uns hier kommen, klingt auch ganz danach.«

»Also, hören Sie …«

»Nein, wir hören nicht«, mischte Max sich nun ein. »Jetzt hören *Sie* zu. Dass der Täter die Fliegenmaske bewusst ausgewählt hat, weil er damit etwas Symbolisches ausdrücken möchte, könnte durchaus sein. Ich betone, es könnte! Alles andere aber ist hanebüchener Unsinn. Einen Overall als Ersatz für die eigene Haut … Wissen Sie, wozu Täter Overalls und Handschuhe tragen? Weil sie kein DNA-Material von sich am Tatort hinterlassen möchten. Und eine Maske und einen elektronischen Sprachmodulator benutzt er wahrscheinlich, damit er von den Überlebenden nicht erkannt wird. Damit habe ich Ihnen jetzt fundamentales Polizeiwissen an die Hand gegeben, das Sie bei der Entwicklung Ihrer nächsten Theorien zugrunde legen können. Und jetzt entschuldigen Sie uns bitte, wir haben einen Fall aufzuklären.«

»Das …« Kessler rang sichtlich um Fassung. »So was ist

mir ja noch nie passiert. Da bietet man uneigennützig seine Hilfe an …«

»Auf Wiedersehen, Herr Kessler.« Böhmer wandte sich ab. »Warten Sie hier, ein Kollege begleitet Sie gleich hinaus.«

Als Max schon fast an der Tür war, rief Kessler ihnen nach: »Denken Sie, ich bemerke nicht, dass Sie mich nicht ernst nehmen? Aber Sie werden schon noch sehen, was Sie davon haben.«

Zurück im Büro, schüttelte Böhmer erneut den Kopf. »Ich komme einfach nicht über diesen Kerl hinweg. Ein nichtmenschliches Wesen.« Er lachte laut auf. »Da sage noch mal einer, unser Job hätte keine komischen Seiten.«

Das Klingeln des Telefons enthob Max einer Antwort. Der Anruf kam von Dr. Reinhardt aus der Rechtsmedizin. Max schaltete den Lautsprecher ein, damit Böhmer mithören konnte.

»Ich bin mit der Obduktion an Lippert durch. Den Bericht schicke ich rüber, sobald er fertig ist. Vorab schon mal so viel: Das Opfer ist erstickt, respektive im eigenen Blut ertrunken. Mit dem tiefen Schnitt in den Hals ist die Luftröhre durchtrennt worden, in die dann Blut gelaufen ist. Außerdem hat er eine Schwellung am Hinterkopf und Hämatome und Abschürfungen an Fersen, Ellbogen und Händen. Sieht so aus, als sei er von hinten niedergeschlagen und dann irgendwo hingeschleift worden. Der Schwere der Verletzungen an den Fersen zufolge kann es sein, dass er eine Treppe hinuntergezerrt wurde.«

»Alles klar, danke für die Info.« Max legte auf und betrachtete das Telefon noch eine Weile nachdenklich.

»Hm … warum schlägt er den Mann nieder, um ihn dann mühsam an eine andere Stelle zu schleifen?«

»Hast du Lipperts Statur gesehen? Wäre ich an der Stelle des Mörders gewesen, hätte ich den Typen auch erst mal außer Gefecht gesetzt, bevor er auf die Idee kommt, sich zur Wehr zu setzen.«

»Ja, da hast du wohl recht. Seine Frau sagte doch aus, sie sei nach unten gegangen, um nach dem Rechten zu sehen, als sie niedergeschlagen wurde. Danach muss der Täter nach oben ins Schlafzimmer geschlichen sein und Lippert im Schlaf einen Schlag auf den Schädel gegeben haben. Das passt zu Reinhardts Theorie, dass er eine Treppe hinabgeschleift wurde.«

»Klingt plausibel. Die Frage ist, womit er …« Erneut klingelte das Telefon, dieses Mal das an Böhmers Platz. Es war Oberkommissar Kaufmann.

»Ich habe hier einen Professor Leuken am Telefon. Er sagt, er leitet die Forensische Psychiatrie in Langenfeld und muss dringend den Chef der Soko sprechen.«

»Aha, und er hat wahrscheinlich eine wichtige Information für mich.«

»Woher weißt du das?«

»Ist das tatsächlich so? Ich glaub's ja nicht. Also los, stell den Herrn Professor mal durch.«

Es klickte zweimal in der Leitung, dann nannte Böhmer seinen Namen.

»Hier spricht Professor Reiner Leuken, guten Morgen. Sind Sie der verantwortliche Ermittler in diesem Mordfall, bei dem die Frau zusehen musste, wie ihr Mann umgebracht wurde?«

»Ja, der bin ich. Was kann ich für Sie tun?«

»Das ist nicht so einfach zu erklären.« Es war Leuken anzuhören, dass er sich bei dem Gespräch nicht wohl fühlte. »Am besten wäre es, sie kämen mich mal besuchen. Oder besser, einen meiner Patienten. Der behauptet nämlich, etwas über die Morde zu wissen.« Kurze Pause. »Er sagt, er kann den nächsten Mord voraussagen.«

Böhmers Lachen bewegte sich irgendwo zwischen erheitert und erbost. »Ach. Und wie macht er das? Mit einer Kristallkugel?«

»Das sicher nicht, aber woher er sein Wissen hat, verrät

er nicht. Er selbst ist ein verurteilter Mörder. Hat vor dreizehn Jahren im schizophrenen Wahn seine Frau zerfleischt. Wirklich, ich denke, Sie sollten sich mal selbst mit ihm unterhalten.«

»Hören Sie, Herr Professor.« Böhmer bemühte sich um einen geduldigen Ton. »Ich bin Ihnen dankbar für Ihren Anruf, aber ich denke nicht, dass ein im Maßregelvollzug einsitzender, schizophrener Killer uns wirklich weiterhelfen kann. Trotzdem – nochmals danke.«

»Nun gut, es ist Ihre Entscheidung. Ich wollte jedenfalls meine Pflicht erfüllen und Sie darauf hinweisen. Zumal der Mann mir schon vorgestern Nachmittag etwas gesagt hat, das mich im Nachhinein ziemlich verblüfft.«

»Ach, und was war das?«

»Er sagte, beim nächsten Mord würde kein Kind getötet.«

10

Professor Leuken war ein großer Mann Mitte fünfzig. Sein schwarzes Haar war von silbernen Fäden durchzogen, der leichte Bauchansatz wäre wahrscheinlich gar nicht aufgefallen, wenn er kein hautenges, weißes Poloshirt getragen hätte. Die runde, randlose Brille verlieh ihm einen gelehrten Ausdruck und rief in Max tatsächlich die Assoziation zu einem Professor hervor.

Leuken empfing sie in seinem Büro, einem hellen, mit modernen Möbeln eingerichteten und mit großformatigen, abstrakten Bildern dekorierten Raum.

»Bevor ich Sie zu Herrn Fissmann bringe, möchte ich Ihnen ein paar Informationen über ihn geben«, begann er mit angenehm sonorer Stimme.

»Siegfried Fissmann ist vierundfünfzig Jahre alt. Seine Lebensgeschichte ist leider typisch für Menschen, die irgendwann hier landen. Sein Vater hat seine Mutter im Suff vor seinen Augen erwürgt. Da war Fissmann vier Jahre alt. Er kam in eine Pflegefamilie und wuchs auf einem Bauernhof auf. Einen Schulabschluss schaffte er nicht, bekam aber im Rahmen von Förderprogrammen einen Ausbildungsplatz. Die Ausbildung brach er nach zwei Monaten ab. Er kam recht früh mit dem Gesetz in Konflikt, meist wegen Körperverletzungsdelikten. Irgendwann lernte er seine spätere Frau kennen. Sie war ein paar Jahre älter als er, hatte ein eigenes Haus und ging die Ehe mit Fissmann wohl aus missionarischem Eifer ein. Sie waren sieben Monate verheiratet, als Fissmann sie in einem Schub von schizophrenen Wahnvorstellungen umbrachte. Er hat sie sorgfältig zerteilt und die einzelnen Körperteile im ganzen Haus versteckt. Die Polizei hat damals Tage gebraucht, alle Teile von Frau Fissmann zu finden. Warum er das getan hat, ist bis heute sein Geheimnis.«

»Scheiße.« Böhmer rieb sich über seinen Bart. »Ist er noch immer gefährlich?«

Leuken schürzte die Lippen. »Herr Hauptkommissar, ich bin gerichtlich bestellter Sachverständiger. Von meinem Urteil hängt es oft ab, ob ein Patient in die Gesellschaft zurück entlassen wird oder nicht. Seit Siegfried Fissmann hier bei uns ist, ist er kein einziges Mal gewalttätig geworden. Er ist ein Einzelgänger, der sich nicht um andere schert. Er hat etliche Ticks, aber Ärger macht er keinen, solange man ihn in Ruhe lässt.« Leuken sah erst Max, dann Böhmer eindringlich an. »Aber entlassen würde ich ihn unter gar keinen Umständen. Er ist wie ein Schläfer. Wenn bestimmte Umstände zusammenkommen, Umstände, die wir leider nicht kennen, könnte er durchaus wieder töten, auf ähnlich grausame Weise.«

»Scheint ja ein putziges Kerlchen zu sein.«

Der Professor wiegte den Kopf hin und her. »Putzig wäre jetzt nicht unbedingt das Wort meiner Wahl, wenn ich Fissmann beschreiben sollte. Wollen wir?«

Sie verließen das Büro und folgten einem Gang, an dessen Ende Leuken eine Zahlenkombination auf einem Tastaturfeld eingab, woraufhin das Türschloss sich mit einem Summen entriegelte. Dann gingen sie über einen kurzen Flur weiter und erreichten durch eine weitere gesicherte Tür einen großen, mit Tischen und Stühlen vollgestellten Raum. Etwa fünfzehn Männer saßen, meist zu zweit oder zu dritt, zusammen, unterhielten sich, spielten Karten oder beschäftigten sich anderweitig.

»Viele unserer Patienten wirken auf den ersten Blick völlig normal«, flüsterte Leuken ihnen zu. »Einige von ihnen sind hochintelligent. Auch Fissmann würde ich überdurchschnittliche Intelligenz bescheinigen. Er hat eine ausgeprägte Fähigkeit zu analytischem Denken. Als normal hinsichtlich seines Verhaltens würde er aber nicht unbedingt durchgehen. Sehen Sie selbst.«

Er deutete auf einen Tisch in der hinteren Ecke des Raumes, der mit Zeitungsschnipseln, Notizzetteln und farbigen Stiften übersät war. Ein einzelner Mann saß daran und kritzelte hektisch irgendetwas auf einen Zettel, durchwühlte dann die Ausschnitte, griff sich einen heraus und malte mit einem Stift darauf herum, um dann wieder etwas auf den Zettel zu kritzeln.

»Bitte« – Leuken deutete auf Fissmann und setzte sich in Bewegung – »kommen Sie.«

Die Patienten, an denen sie vorbeigingen, beachteten sie entweder gar nicht oder sahen nur schnell auf, um sich gleich wieder ihren Beschäftigungen zu widmen.

Als sie Fissmann erreichten, musterte er Böhmer und Max kurz und mit nervösem Blick und konzentrierte sich dann wieder auf seine Ausschnitte.

»Polizei, aha, aha«, murmelte er. »Sehen es nicht. Nein. Sie sehen es nicht, dabei ist es doch klar, so klar.« Wieder blickte er kurz auf. »Aber ihr wisst es nicht, ihr seht es nicht …« Er stieß ein hysterisches Kichern aus und schüttelte den Kopf. »Nein, nein, nein.«

»Siegfried, die Herren von der Kriminalpolizei sind hier wegen der Morde, über die du gesprochen hast. Sie würden sich gerne mit dir unterhalten.«

Erneut schaute Fissmann hoch, doch dieses Mal wirkte sein Blick klarer. »Unterhalten? Unterhalten kostet was.«

»Herr Fissmann«, begann Böhmer, »Sie haben vor zwei Tagen gesagt, dass beim nächsten Mord kein Kind getötet wird. Woher wussten Sie das? Oder haben Sie es nur geraten?«

»Unterhalten kostet.«

Böhmer sah Leuken fragend an. Der nickte und wandte

sich wieder an Fissmann. »Was soll es denn kosten? Was stellst du dir denn vor?«

»Freiheit.« Fissmann lehnte sich zurück und wirkte mit einem Mal wie ein völlig normaler Mann. »Ich kann Ihnen helfen, denjenigen zu fangen, der das tut. Ich weiß, was er tut und warum er es tut.« Er deutete auf Leuken. »Der Chef weiß das. Und dafür will ich Freiheit.«

»Was meinen Sie mit Freiheit?«, fragte Max.

Der Mann lächelte freundlich und machte in diesem Moment fast einen sympathischen Eindruck. »Wissen Sie nicht, was Freiheit ist? Doch, *Sie* wissen das. Ich weiß es fast nicht mehr. Ich will hier raus. In Freiheit.«

Böhmer sah Leuken an, und sein Blick verhieß nichts Gutes. »Wussten Sie davon?«, knurrte er.

»Was?«

»Wussten Sie, was der Mann verlangt? Das ist doch vollkommener Blödsinn.«

»Nein, das höre ich auch zum ersten Mal.« Und wieder an Fissmann gewandt, sagte er: »Siegfried, du kannst hier nicht raus, das weißt du doch.«

»Ich möchte Freiheit«, beharrte Fissmann. »Das ist kein hoher Preis für viele.«

»Viele? Was meinen Sie mit vielen?«

Als hätte er einen geheimen Befehl erhalten, beugte Fissmann sich nach vorn und begann erneut damit, Zeitungsausschnitte zu lesen und zu sortieren. Nun erst bemerkte Max, dass die Ausschnitte und Schnipsel ungleichmäßige Kanten hatten, sie waren nicht ausgeschnitten, sondern ausgerissen worden. Offenbar hielt man es für klüger, dem Mann keine Schere in die Hand zu geben.

»Herr Fissmann.« Nun versuchte es Max. »Wie sollen wir Ihnen glauben, dass Sie wirklich wissen, was passiert, wenn Sie es uns nicht beweisen? Sagen Sie uns, wer diese Morde begeht, wenn Sie es wirklich wissen. Dann kann man über alles andere verhandeln.«

Falls Fissmann Max verstanden hatte, ließ er es sich nicht anmerken. »Sie wissen es nicht, nein, nein. Es ist so klar. Aber sie sind blind. Alle. Es ist die Kalkumer Straße, aber sie sehen es nicht.«

»Was ist in der Kalkumer Straße?«

»Sie sehen es nicht.«

»Lass uns gehen, das ist doch Zeitverschwendung.« Ohne eine Reaktion von Max abzuwarten, wandte Böhmer sich ab. Max beobachtete Fissmann noch einen Moment beim Zettelsortieren, dann folgte er seinem Partner.

»Finsternis und Gestank.«

Max drehte sich zu Fissmann um. »Was haben Sie gesagt?«

»Es ist die Kalkumer Straße. Finsternis und Gestank, und ihr seht es nicht.«

»Was meinen Sie damit?«

»Unterhalten kostet was.«

»Max, komm«, rief Böhmer genervt.

Sie folgten Leuken den gleichen Weg zurück in sein Büro, wo Böhmer den Professor recht harsch anging. »Ich finde es ein starkes Stück, dass Sie uns hier rauskommen lassen, damit wir uns diesen Schwachsinn anhören. Freiheit. Der Herr Mörder möchte raus. Das muss man sich mal vorstellen. Und davon wollen Sie nichts gewusst haben?«

Leuken ließ sich von Böhmer nicht aus der Ruhe bringen. »Nein, das habe ich tatsächlich nicht gewusst. Und auch wenn Sie es vielleicht anders sehen, halte ich es durchaus für möglich, dass Fissmann wirklich weiß, was da vor sich geht.«

»Aber woher will er das denn wissen, verdammt nochmal? Hat er irgendwelche Verbindungen nach draußen?«

»Nein, hat er nicht. Keine Besuche, keine Telefonate, nichts.«

»Also noch mal: Woher soll er dann wissen können, was dort draußen vor sich geht?«

»Vielleicht gibt es einen ehemaligen Patienten, der entlassen worden ist und zu dem Fissmann hier drin Kontakt hatte.« Max dachte laut nach.

Leuken hob die Hände wie zur Entschuldigung. »Natürlich wird immer mal wieder jemand entlassen, aber wie ich schon sagte, Fissmann ist ein Einzelgänger, und das war er schon immer. Er hatte nie zu irgendjemandem hier drinnen Kontakt.«

»Tja, dann …«

»… sollten wir schleunigst wieder zurück ins Präsidium und zusehen, dass wir etwas finden, das uns tatsächlich weiterbringt«, vollendete Böhmer an Max' Stelle den Satz.

Schweigend verließen die beiden Ermittler das Klinikgebäude. Erst als sie ins Auto gestiegen waren, sprach Max aus, was ihm durch den Kopf ging. »Was, wenn er doch etwas weiß?«

Böhmer rieb sich ungeduldig die Stirn. »Ich glaube es zwar nicht, aber ich könnte mir vorstellen, dass uns der Herr Professor dann auf allen Kanälen verkündet, dass wir gewarnt waren und nicht auf ihn gehört haben. Und dann werden wir gegrillt.«

Wieder schwiegen sie eine Weile, bis Böhmer sein Smartphone hervorholte, eine Nummer wählte und sich das Gerät ans Ohr drückte.

»Ja, Böhmer hier. Schickt ein paar Leute in die Kalkumer Straße. Die sollen sich mal dort umsehen, ob ihnen irgendwas Verdächtiges auffällt. Und sie sollen sich mit ein paar Anwohnern unterhalten. Wir haben da einen … Tipp bekommen. Keine Ahnung, ob was dran ist, aber wer weiß. Ja, okay, danke.«

Böhmer ließ das Telefon sinken. »Ich weiß nicht, worauf ich hoffen soll. Darauf, dass Fissmann nur Blödsinn erzählt, oder darauf, dass er wirklich etwas weiß.«

11

KURZ BEVOR SIE das Präsidium erreichten, sagte Böhmer: »Ach übrigens, wegen dieser Sache mit deiner Schwester … Der Kollege, mit dem ich gesprochen habe, ist dran. Das Profil von dem Typen ist natürlich gefakt. Das Problem ist wohl, dass der Kerl mit einem Browser unterwegs ist, der seine Bewegungen im Netz vollkommen anonymisiert. Keine IP-Adresse, nichts.«

»Der Tor-Browser. So was habe ich mir schon gedacht. Wäre sonst ja auch zu einfach.«

»Jedenfalls bleibt er dran. Wann immer sein Dienst es erlaubt, klemmt er sich hinter die Sache.«

»Das gefällt mir alles überhaupt nicht. Wenn das nur irgendein Spinner wäre, würden wir wahrscheinlich recht schnell herausfinden, wer er ist. Aber der Kerl geht überlegt vor und achtet genau darauf, dass wir ihn nicht identifizieren können. Zudem noch der lange Zeitraum … Das wirkt auf mich sehr geplant.«

»Mehr können wir auf jeden Fall im Moment nicht tun.«

»Ja, ich weiß. Danke dir.«

Als Max den Wagen auf dem Parkplatz des Präsidiums abgestellt hatte, rief er gleich Kirsten an und versicherte sich, dass mit ihr alles in Ordnung war. Sie erklärte ihm, dass es ihr gutging und sie auch keine neuen Nachrichten mehr bekommen hätte. Halbwegs beruhigt, beendete Max das Gespräch und folgte Böhmer, der schon im Gebäude verschwunden war.

Als er an dem Besprechungsraum vorbeikam, in dem sie sich am Morgen mit Kessler unterhalten hatten, kreisten seine Gedanken wieder um die Fliegenmaske und die Frage, ob der Täter sie bewusst ausgewählt hatte, weil er damit etwas Bestimmtes ausdrücken wollte, oder ob er einfach irgendeine Maske brauchte, die sein Gesicht verdeckte, und dabei zufällig über den Fliegenkopf gestolpert war.

Die Frage ließ ihn auch im Büro nicht mehr los. Um etwas mehr Ruhe zu haben, ging er nicht zu seinem Schreibtisch im Soko-Einsatzraum, sondern setzte sich an den Computer in seinem Büro und begann zum wiederholten Mal, nach der Symbolik von Fliegen zu suchen, was ihn allerdings auch nicht weiter brachte als die Male zuvor.

Tod, Verderben, Vergänglichkeit …

Gerade wollte er frustriert die Tastatur von sich wegschieben, als Kaufmann den Kopf hereinsteckte. »Kommst du mal rüber? Wir wollen die bisherigen Ergebnisse durchgehen.«

Die bisherigen Ergebnisse bestanden darin, dass es bisher keine Ergebnisse gab. Weder die Observation der Witwe Lippert noch der Abgleich der Bekannten und Verwandten der beiden Opferfamilien hatten irgendein verwertbares Ergebnis gebracht. Die Befragung der Anwohner der Kalkumer Straße war gerade angelaufen, aber Böhmer machte keinen Hehl daraus, dass er sich auch davon keine Ergebnisse erwartete, die sie weiterbringen würden.

Nachdem er mit seiner kurzen Zusammenfassung der Lage fertig war, ließ Böhmer sich frustriert auf den Stuhl fallen.

»Tja, erschreckend, wenn man es mal auf den Punkt bringt, wie wenig wir bisher wissen, oder?«

Max nickte. »Ich möchte noch mal zum Haus der Lipperts, bevor die Tatortreiniger dort durchgehen.«

»Aha. Und was möchtest du da?«

»Ich möchte versuchen, mich in den Kopf des Täters zu versetzen und seine Art zu denken zumindest ansatzweise zu verstehen.«

»Ach … sag mal, hast du mir nicht erst vor ein paar Tagen einen Vortrag darüber gehalten, dass das gar nicht geht?«

Max musste grinsen. »Ja, deswegen benutzte ich auch die Wörter *versuchen* und *ansatzweise*.«

Nun konnte auch Böhmer sich ein Grinsen nicht mehr verkneifen. »Klugscheißer. Stört es deine spirituellen Kreise, wenn ich mitkomme?«

»Wenn du so weitermachst, ja.«

Böhmer hob beide Hände. »Nein, ich stelle mich regungslos und stumm in eine Ecke und beobachte das Tun des Meisters.«

»Horst …«

»Schon gut, ich höre auf. Lass uns fahren, einen Versuch ist es allemal wert. Alles ist besser, als hier zu sitzen und sich klarzumachen, wie wenig wir bisher wissen.«

Bevor sie das Haus betraten, klingelten sie bei der Nachbarin und sahen nach Rosie Lippert. Wie sie von Kollegen wussten, hatte die Frau jegliche psychologische Betreuung abgelehnt.

Als hätte sie sich seit dem Vortag nicht bewegt, saß sie in der Küche am gleichen Platz vor einem fast leeren Bier- und einem leeren Schnapsglas und erklärte ihnen lallend, dass es ihr *beschissen* gehe und dass sie das Haus verkaufen werde, sobald es wieder freigegeben war, was die Nachbarin mit einem »recht so« kommentierte.

»Das war sowieso so eine Schnapsidee von Jochen. Tzz … Jochen, der Hausbesitzer. Und dann diese Bruchbude. Nee, nee, das Ding kommt weg. Ich könnte sowieso nicht mehr da leben, wo Jochen doch da drin umgebracht wurde. Ich hätte das immer vor Augen. Das war schrecklich.« Mit einem beherzten Griff nahm sie die Schnapsflasche vom Tisch, schenkte ihr Glas voll und trank es in einem Zug leer. »Aber ich schaff das, das können Sie mir glauben. Und ich werde die Bude verkaufen. Mit der Kohle kann man 'ne

Menge schöner Dinge tun. Ich werde zuerst mal einen langen Urlaub machen, um mich von dem Schrecken zu erholen. Südsee oder so. Genau das werde ich tun. Ich darf nur nicht immer daran denken, wie Jochens Hals aufgeklappt ist.«

»Ich weiß ja nicht«, sagte Böhmer, als sie auf das Lippert-Haus zugingen, »irgendwie werde ich das Gefühl nicht los, dass es Frau Lippert gar nicht so ungelegen kommt, dass ihr Jochen das Zeitliche gesegnet hat.«

»Zumindest verkraftet sie das Erlebte recht gut.«

»Wobei wir nicht wissen, wie es aussieht, wenn sie nüchtern ist.«

»Ja, das stimmt, nüchtern haben wir sie ja noch nicht erlebt.«

Im Haus hatte sich nichts verändert. Wie angekündigt, nahm Böhmer sich einen Stuhl – die beiden, auf denen Rosie und Horst in der Tatnacht gesessen hatten, rührte er nicht an – und setzte sich in die hinterste Ecke des Wohnzimmers.

Max betrachtete eine Weile die Stelle, an der Jochen Lippert getötet worden war, dann wandte er sich ab und richtete den Blick in Richtung Flur.

»Ich bin durch die Vordertür hereingekommen«, murmelte er. »Es war leicht, das Schloss ist alt. Kenne ich das Haus? Nein, ich bin zum ersten Mal hier. Und ich möchte töten. Ich schaue mich um. Kein Schlafzimmer hier unten. Ich möchte den Mann töten. Nur den Mann. Ich muss ihn außer Gefecht setzen, denn er ist mir körperlich überlegen. Er ist mir körperlich überlegen … Wenn ich das weiß, dann kenne ich ihn. Oder weiß zumindest, wie er aussieht. Wenn ich mich nach oben schleiche und ihn im Schlaf niederschlage, wird seine Frau aufwachen und losschreien. Ich kann sie nicht gleichzeitig in Schach halten, weil ich keine Waffe habe. Nur ein Messer.«

»Wieso hast du eigentlich keine Waffe?«, fragte Böhmer

aus der Zimmerecke. »Das würde es doch viel einfacher machen.«

Max drehte sich zu seinem Partner um und warf ihm einen verärgerten Blick zu, bevor er sich wieder auf seine Überlegungen konzentrierte.

»Also muss ich ihn nach unten locken. Genau wie letzte Woche Rolf Darius. Ich werfe etwas um, verstecke mich hinter der Zimmertür und warte. Nichts passiert. Vielleicht war es zu leise? Ich werfe den Wohnzimmersessel um. Von dem Poltern müssen sie aufwachen. Jemand kommt die Treppe herab. Aber es ist nicht der Mann, sondern die Frau. Damit habe ich nicht gerechnet.«

»Woher weißt du, dass nur einer runterkommt? Wenn beide zusammen runterkommen, hast du ein Problem.«

»Horst!«

»Schon gut, entschuldige.«

»Ich schlage die Frau nieder, fessle sie auf den Stuhl.« Er sah zu Böhmer hinüber. »Sie ist mit einer Statue niedergeschlagen worden, oder? Das stand im Bericht der Kollegen von der Spurensicherung.«

»Ja, mit einer massiven Holzstatue. Etwa dreißig Zentimeter hoch, soll wohl eine Tänzerin darstellen. Sie lag da irgendwo auf dem Boden.«

»Okay. Ich muss mich beeilen, bevor der Mann nachschaut, wo seine Frau bleibt. Also schleiche ich die Treppe hoch. Das ist riskant. Wenn Jochen Lippert mir jetzt entgegenkommt, wird es schwierig. Aber das Risiko gehe ich ein. Warum? Warum breche ich nicht ab, sondern riskiere, dass Lippert die Chance hat, sich gegen mich zu wehren? Weil ich ihn unbedingt töten will. Weil ich ihn töten *muss*.«

Max verließ den Raum und stieg langsam die Treppe hinauf. Beim ersten Knarzen einer Stufe verharrte er kurz, bevor er den Weg nach oben fortsetzte. Auch die übernächste Stufe gab ein lautes, knarrendes Geräusch von sich.

»Ich hoffe, dass Lippert nicht aufwacht. Die Geräusche sind laut. Warum gehe ich trotzdem weiter?«

Als Max oben angekommen war, fiel sein Blick auf die zerknüllte Bettdecke, die neben der obersten Treppenstufe auf dem Boden lag, als ein erneutes Knarren ihn herumfahren ließ. Auf halber Höhe der Treppe stand Böhmer und sah ihm mit unschuldigem Blick entgegen. »Sorry, da unten höre ich nicht mehr, was du sagst.«

Max wandte sich ab und versuchte, den Faden nicht zu verlieren. Er betrat das Schlafzimmer durch die weit offenstehende Tür. »Jochen Lippert liegt noch im Bett. Ich schleiche mich an ihn heran und schlage zu.«

»Und womit tust du das?«

»Horst, verdammt.« In diesem Moment fiel Max' Blick auf die Nachttischlampe. Sie bestand aus einem massiven Metallzylinder, an dessen oberem Ende eine Glühbirne eingedreht war. Der Schirm, der das Licht dämmt, lag neben dem Nachttisch auf dem Boden. Er deutete auf die Lampe. »Damit. Und jetzt sei still.«

Max atmete tief durch und schloss für einen Moment die Augen. »Ich schlage Lippert also nieder. Dann lege ich seine Bettdecke auf den Boden und rolle ihn darauf. Mit der Decke ziehe ich ihn über den Boden bis zur Treppe.« Max verließ das Schlafzimmer und ging zur Treppe zurück. »Den schweren Kerl über die Stufen nach unten zu ziehen, das wird anstrengend. Er ist besinnungslos. Ich könnte ihn auch einfach die Treppe runterrollen lassen, ihn bei jeder Stufe mit dem Fuß anstoßen, bis er unten ist. Ist doch egal, ich will ihn ja sowieso töten. Aber das tue ich nicht. Ich packe ihn unter den Achseln und ziehe ihn Stufe für Stufe nach unten, dann ins Wohnzimmer, wo ich ihn auf einem Stuhl festbinde und ihm die Kehle durchschneide.«

Max drehte sich zu Böhmer um, der anerkennend die Lippen schürzte. »Nicht schlecht, Kollege. Zumindest einige Dinge sehe ich jetzt etwas klarer. Zum Beispiel, dass der

Täter Lippert vielleicht gekannt hat, wenn er wusste, dass er ihm körperlich unterlegen ist. Auch die Sache mit der Waffe – darüber habe ich bisher nicht nachgedacht. Aber ich verstehe es tatsächlich nicht. Wenn ich mehrere Leute killen möchte, warum habe ich dann keine Schusswaffe?«

»Tja. Aber da gibt es auch noch andere Fragen und mögliche Antworten. Warum ist er das Risiko eingegangen, von Lippert überwältigt zu werden? Ich denke, weil er so fanatisch darauf aus war, ihn zu töten, dass er quasi jedes Risiko eingegangen wäre. Fanatismus ist hier das Zauberwort. Oder:

Warum hat er Lippert die Treppe heruntergeschleift, statt ihn einfach hinunterzustoßen? Ich denke, weil er vermeiden wollte, dass Lippert sich das Genick bricht oder sonst irgendwie ernsthaft verletzt wird. Ihm war wichtig, dass Lippert genau so stirbt, wie er gestorben ist. Und dass seine Frau dabei zusieht, damit sie den *anderen* davon berichten kann. Auch hier: Fanatismus.«

»Tja, aber was ist, wenn der Täter Lippert doch nicht gekannt hat und nicht wusste, dass er so ein Muskelprotz war? Was ist, wenn es einfach seine Masche ist, jemanden aus dem Bett zu locken und ihn aus dem Hinterhalt niederzuschlagen? Dann ist er aus seiner Sicht auch kein Risiko eingegangen, als er die Treppe hinaufgeschlichen ist.«

»Das ist der Nachteil einer Theorie. Es gibt immer auch andere Möglichkeiten. Allerdings gibt es etwas, das keine Theorie, sondern Gewissheit ist.«

»Ach, und das wäre?«

Bevor Max antworten konnte, wurde er vom Läuten von Böhmers Telefon unterbrochen. Böhmer nahm das Gespräch an, sagte: »Ja, okay« – »das dachte ich mir« – »gut, überprüfen Sie das, aber ich wette, das war nur ein Besoffener«, und erklärte Max dann: »Die Kollegen, die sich in der Kalkumer Straße umgesehen haben. Nichts außer jemand, der einen Besoffenen dabei beobachtet hatte, wie er gegen

Mülltonnen trat. So, und jetzt kommen wir noch mal zurück zu Theorie und Gewissheit. Was ist gewiss?«

»Dass du bei meinem nächsten Versuch, mich in den Kopf eines Täters hineinzudenken, nicht mehr dabei bist.«

12

Nele weiss nicht, wovon sie aufgewacht ist. Vielleicht war es ein Traum, den sie in dem Moment wieder vergessen hat, als sie die Augen aufgeschlagen und im Mondlicht die Geborgenheit ihres Zimmers erkannt hat. Jetzt liegt sie auf dem Rücken, spürt, wie der Schlaf mit sanften Händen wieder nach ihr greift, und schaut Goliath dabei zu, wie er seine Äste und Blätter leicht im Wind bewegt.

Goliath ist die große Eiche direkt vor ihrem Fenster, und auch wenn Nele mittlerweile zwölf Jahre alt ist und genau weiß, dass es weder gute noch böse Geister gibt, betrachtet sie Goliath als ihren Freund, der sie beschützt. Es käme ihr nie in den Sinn, die Jalousien vor ihrem Fenster herunterzulassen und Goliath damit auszusperren. Sein vertrauter Anblick begleitet sie schon ihr ganzes junges Leben lang.

Im letzten Jahr hat Papa mit ihr und ihrer zwei Jahre älteren Schwester Sarah ein Baumhaus in eine von Goliaths kräftigen Vergabelungen gebaut. Die ganzen Sommerferien waren sie damit beschäftigt und haben keinen einzigen Nagel in Goliath geschlagen, weil Papa ihnen erklärt hat, dass ein rostender Nagel Goliath vielleicht krank machen würde.

Das Ergebnis kann sich sehen lassen. Eine stabile Hütte, die man über eine Strickleiter erreicht, zwei Meter über dem Boden. Und wenn man mal seine Ruhe haben möchte, kann man die Strickleiter einfach einziehen und ist allein. Das hat sie schon oft gemacht und sich dabei vorgestellt, sie lebe in einem Urwald wie Tarzan, und wenn sie aus ihrem Haus im Wipfel eines Urwaldriesen schaut, kann sie unten die Tiere sehen, die alle ihre Freunde sind. Affen und Elefanten und bunte Vögel.

Nele ist glücklich und genießt Momente wie diesen. Wenn sie auf Goliath schaut und daran denkt, wie schön das Leben …

Geräusche reißen sie aus ihren Gedanken, ganz nah vor ihrer Tür. Schritte, seltsam klingende Laute, ein Poltern … Für einen kurzen Moment schlägt Neles Herz etwas schneller, doch dann sagt sie sich, dass es töricht ist, Angst zu haben. Das werden ihre Eltern sein, die zu Bett gehen. Vielleicht hat Papa ein Glas Wein zu viel getrunken und ist gestolpert. Das kommt schon mal vor.

Sie schaut auf ihren Radiowecker. Drei Uhr siebzehn. Eine ungewöhnliche Zeit, so spät gehen ihre Eltern sonst nie ins Bett.

Der Schrei kommt so unvermittelt, dass Nele erschrocken zusammenfährt. Er ist laut und grell. Sie rutscht in ihrem Bett weiter nach unten, zieht sich die Bettdecke bis zum Kinn hoch. Ihr Herz wummert mit einem Mal so heftig, als wolle es ihr aus der Brust springen. Als ein weiterer, fürchterlicher Schrei durch das Haus hallt, beginnt Nele zu wimmern und leise nach ihrer Mama zu rufen. Gleichzeitig weiß sie genau, dass ihre Mama ihr nicht helfen kann, weil sie selbst im Moment … Probleme hat.

»Nein, nicht. Lassen Sie mich.« Das ist Sarahs Stimme, direkt vor ihrer Tür, panisch, sich überschlagend. »Mama! Papa! Was haben Sie mit meinen Eltern gemacht? Lassen Sie mich los, Sie tun mir weh.« Neles Gedanken rasen. Was geht da draußen vor sich? Da müssen Fremde im Haus sein. Einbrecher wahrscheinlich, die irgendwas mit Mama und Papa angestellt haben und jetzt Sarah festhalten. Verzweifelt überlegt Nele, was sie tun soll, während Tränen über ihre Wangen laufen. Ihr Atem geht stoßweise. Sie wimmert. Sie muss Sarah helfen. Aber wie? Sie ist doch viel zu jung und vor allem zu schwach, um etwas gegen Einbrecher unternehmen zu können. Aber vielleicht kann sie sich verstecken? Natürlich. Sie muss sich verstecken, und sie muss sich beeilen. Gleich wird ihre Zimmertür aufgehen. Während sie vorsichtig die Beine aus dem Bett schiebt, denkt sie daran, dass ihre Mama immer darauf besteht, dass sie die Handys unten in der Küche ans Ladegerät hängen, bevor sie zu Bett gehen. Jetzt kann sie noch nicht mal die Polizei anrufen.

Sie sitzt auf der Bettkante, schaut sich in ihrem vom Mondlicht erhellten Zimmer um und überlegt, ob sie in den Schrank oder unter das Bett schlüpfen soll. Ihr Blick fällt durch das Fenster auf Goliath. Goliath! Wenn sie sich von außen auf ihre Fensterbank stellt, kann sie einen seiner starken Äste erreichen und sich daran auf das Dach des Baumhauses schwingen. Das hat sie im Sommer schon mal gemacht. Dann kann sie runterklettern und rüber zu den Friedrichs laufen. Die können dann … Sie steht auf, macht zwei Schritte auf das Fenster zu.

»Hallo, Kleine.« Nele zuckt heftig zusammen. Eine so schreckliche Stimme hat sie noch nie gehört. Sie ist nicht menschlich. Neles Mund öffnet sich wie in Zeitlupe, sie atmet tief ein, zwei, drei Sekunden vergehen in absoluter Stille, dann schreit sie ihre ganze Angst heraus, bis alle Luft aus ihren Lungen herausgepresst ist.

»Dreh dich um zu mir«, befiehlt die Stimme kalt, während Nele wieder Sauerstoff in ihren Körper pumpt.

Alles in ihr wehrt sich dagegen, aber Nele ahnt, sie sollte tun, was die Stimme ihr sagt. Widerwillig möchte sie sich umdrehen, doch ihre Beine gehorchen ihr mit einem Mal nicht mehr. Sosehr sie sich auch bemüht, ihr Körper regt sich keinen Millimeter. Es ist, als sei sie zu Stein erstarrt.

»Na los!« Obwohl die elektronische Stimme monoton ist und jedes Wort gleich laut klingt, glaubt Nele, Ungeduld herauszuhören. Sie denkt an Sarah, von der nichts mehr zu hören ist, und an Mama und Papa. Ihre Angst wird so groß, dass ihre Blase sich entleert, ohne dass sie es aufhalten könnte. Sie spürt, wie es plötzlich warm an den Innenseiten ihrer Oberschenkel wird und von dort weiter nach unten läuft. Es ist ihr egal. Dafür kehrt die Kontrolle über ihren Körper zurück.

Bevor der Fremde die Geduld verliert und ihr etwas antut, dreht Nele sich mit Schwung um und stößt erneut einen Schrei aus, so lang und laut, dass sie fast ohnmächtig wird. Und in diesem Moment wünscht sie sich sehnlichst, einfach umzufallen und nichts mehr zu sehen.

Dort in ihrer Zimmertür, vom Mondlicht wie auf einer Bühne angestrahlt, steht das grauenvollste und ekelhafteste Wesen, das sie je gesehen hat. Groß, unförmig, mit dem Kopf einer Fliege.

Nele schreit und schreit. Sie sinkt auf die Knie, legt sich die Hände auf die Ohren, schließt die Augen, um dem Anblick zu entkommen, und schreit und schreit.

Plötzlich wird sie von einer Hand gepackt und wieder auf die Beine gezogen. Der Fliegenkopf ist ihr jetzt so nah, dass ein ekelhafter Geruch ihr in die Nase steigt. Ihr wird übel. Der dicke Rüssel bewegt sich zitternd hin und her. Nele hat das Gefühl, vor Angst den Verstand zu verlieren. Wieder stößt sie einen grellen Schrei aus, verstummt aber schlagartig, als das Monster eine Hand hebt und ihr klatschend ins Gesicht schlägt.

»So ist's brav«, schnarrt die unheimliche Stimme. »Und jetzt komm mit, ich werde dir etwas zeigen, das du dir gut merken wirst.«

Nele zittert am ganzen Körper, als das Fliegenmonster sie am Oberarm aus ihrem Zimmer zieht. Bevor sie durch die Tür ist, schaut sie sich noch einmal um, wirft einen letzten Blick auf Goliath, der sie jetzt auch nicht mehr beschützen kann. In einem Winkel ihres bis an die Grenzen des Erträglichen verängstigten Verstandes registriert sie, dass die Nässe an ihren Oberschenkeln schon nach wenigen Schritten kalt und klebrig wird. Sie ignoriert es, starrt wie hypnotisiert auf den Fliegen-Hinterkopf vor sich, von dem Büschel dicker, borstiger Haare abstehen. Als sie die Treppe hinabgezogen wird, hebt sich ihr Magen. Sie übergibt sich im Gehen.

Im Erdgeschoss geht es um die Ecke zur nächsten Treppe, hinab in den Keller. »Bitte, tun Sie mir nicht weh«, fleht Nele und erkennt ihre eigene Stimme nicht. »Bitte, bitte, nicht.«

Das Monster zieht sie unbeirrt weiter die Treppe hinab und dann in den großen Raum, in dem die Tischtennisplatte steht. Es ist heiß hier drinnen. Durch das einzige schmale, vergitterte Fenster direkt unter der Decke fällt nur wenig Mondlicht, doch es reicht aus, um die Szene zu erkennen, die sich ihr bietet.

Die Tischtennisplatte steht zusammengeklappt auf der rech-

ten Seite. Vor der Wand, die dem Eingang gegenüberliegt, hat jemand drei Stühle nebeneinandergestellt, und auf diesen Stühlen sitzen Mama, Papa und Sarah. Nele erkennt, dass sie gefesselt sind und Knebel im Mund haben. Das Gesicht ihres Vaters ist mit etwas Dunklem verschmiert. Alle drei brüllen dumpf gegen die Knebel und starren Nele mit panisch aufgerissenen Augen an.

»Nein«, ruft sie aus und wehrt sich gegen den Griff an ihrem Oberarm, der daraufhin schmerzhaft fester wird.

»Was haben Sie mit meiner Familie gemacht? Bitte, binden Sie sie los. Wir haben Ihnen doch nichts getan. Bitte.«

Das Monster deutet zur Seite auf einen weiteren Stuhl, den Nele jetzt erst entdeckt. Er steht den drei anderen gegenüber. »Setz dich.«

»Bitte …« Es ist nur noch ein heiseres Flüstern, das aus ihrer wunden Kehle kommt. Unnachgiebig wird sie zu dem Stuhl gezerrt und daraufgedrückt. Dann greift die Gestalt nach einem Seil auf dem Boden und beginnt, Nele zu fesseln. Als sie so weit verschnürt ist, dass sie sich kaum noch bewegen und unmöglich selbst befreien kann, steckt das Monster auch ihr einen Knebel in den Mund und befestigt ihn mit einem breiten Klebeband.

»Ihr habt gedacht, ich sehe die Zeichen nicht, habe ich recht? Ihr seid so verblendet … elendes Gewürm.«

Der Fliegenkopf wendet sich ruckartig Nele zu. »Du wirst jetzt genau aufpassen, damit du den anderen sagen kannst, was hier geschehen ist. Sie sollen wissen, dass sie entdeckt wurden. Sag ihnen, ich werde alle auslöschen, wenn sie nicht aufhören. Ich sehe die Zeichen.«

Die Gestalt geht an Nele vorbei, verschwindet aus ihrem Sichtfeld. Nele und Sarah schauen sich mit weit aufgerissenen, nassen Augen an, dann spürt Nele einen Ruck. Ihr Stuhl wird nach vorn geschoben, auf ihren Vater zu, so nah, dass ihre Knie sich fast berühren.

»Was tun Sie?« Sie drückt die Worte gegen den Knebel, unverständliche, abgehackte Laute.

»Schau her und merke dir, was du siehst. Sag es den anderen.«

Ohne dass Nele sehen konnte, woher es kam, liegt plötzlich ein Messer mit langer, schmaler Klinge in der rechten Hand des Fliegenmonsters. Nele beobachtet, wie es um ihren Vater herumgeht und hinter ihm stehen bleibt. »Nun schau …«

Die Hand mit dem Messer hebt sich und bewegt sich um den Kopf ihres Vaters herum. Die Spitze zeigt dabei auf sein Gesicht. Neles Vater beginnt, wie verrückt gegen den Knebel anzubrüllen, er versucht, sich zu bewegen, dreht das Gesicht zur Seite, doch das Monster greift mit der freien Hand in seine Haare und zieht seinen Kopf mit einem Ruck in den Nacken. Das Messer hebt sich, die Spitze nähert sich dem rechten Auge. Nele möchte schreien, doch kein Ton verlässt ihren Mund. Langsam senkt sich die Spitze auf das Auge ihres Vaters. Er presst die Lider aufeinander, versucht verzweifelt, den Kopf wegzudrehen, doch die Hand in seinen Haaren hält ihn fest. Der Griff verlagert sich, mit zwei behandschuhten Fingern zieht das Fliegengeschöpf das Lid des rechten Auges hoch. Nele hört auf zu atmen, starrt wie gebannt auf die Messerspitze, die nur noch Millimeter über dem Auge ihres Vaters schwebt. Sieht, wie sie sich bewegt, das Auge berührt. Plötzlich ist es, als blicke sie durch einen Tunnel. Alles um sie herum ist schwarz, nur das Auge ihres Papas wird wie mit einem Spot aus der Dunkelheit hervorgehoben. Überdeutlich sieht Nele, wie die Messerspitze die Oberfläche des Auges ein wenig eindrückt und dann, als gäbe es plötzlich keinen Widerstand mehr, in den Augapfel eindringt. Sie sieht, wie der Kopf ihres Vaters hin und her zuckt, während eine gallertartige Flüssigkeit aus der Augenhöhle quillt und über seine Wangen läuft. Wie erstarrt ist ihr Blick auf das Gesicht ihres Vaters gerichtet, ihr Kopf ist leer, sie denkt nicht mehr, weiß nicht einmal, ob sie noch atmet. Sie sieht das Messer zum anderen Auge ihres Vaters wandern, sieht es auch dort eindringen. Sie hört, dass die Stimme sagt: »Finsternis«, und schaut dann dabei zu, wie das Messer den Hals ihres Vaters durchtrennt.

Nele sieht das alles, aber sie fühlt nichts anderes als kalte Leere.

13

DIE LETZTEN BEIDEN TAGE hatten Böhmer und Max mit Berichten verbracht, mit Recherche und Vernehmungen im Freundes- und Bekanntenkreis der Lipperts, was teilweise zu skurrilen Begegnungen führte, sie aber ebenso wie bei der Familie Darius nicht wirklich weiterbrachte. Am Freitagnachmittag dachte Max gerade darüber nach, ob er den Abend mit Kirsten verbringen sollte, als Böhmer mit versteinerter Miene von Gorges zurückkam, mit dem er die Reaktion auf die Kritik der Presse an den ausbleibenden Ermittlungserfolgen besprochen hatte. Er blieb in der Tür stehen und sah Max mit einem Blick an, der ihn Schlimmes ahnen ließ.

»Was ist passiert?«

Böhmers Stimme war rau und leise. »Wir haben einen Dreifachmord. Und jetzt rate mal, wo.«

Das durfte einfach nicht wahr sein. »In der Kalkumer Straße? Nein, oder?«

»Doch.«

»Ach du Scheiße«, entfuhr es Max.

»Eine Katastrophe. Vater, Mutter, Tochter. Los, komm, wir müssen los.«

»Wie alt?«, wollte Max wissen, als er hinter Böhmer das Büro verließ. »Die Tochter, meine ich.«

»Vierzehn. Ihre zwölfjährige Schwester hat er am Leben gelassen. Mehr weiß ich auch noch nicht.«

»Fissmann hatte also recht.«

»Sieht so aus. Den werden wir uns noch vorknöpfen.«

Während der Fahrt sprachen sie kaum ein Wort. Max

zwang sich dazu, seine Gedanken auf Fissmann zu konzentrieren und möglichst nicht an das vierzehnjährige Mädchen zu denken, das getötet worden war. Und nicht darüber nachzugrübeln, wie es getötet worden war. Das würde er früh genug erfahren.

Noch während er sich den Kopf darüber zerbrach, woher in aller Welt Fissmann gewusst haben konnte, wo die nächste Tat stattfinden würde, fasste er einen Entschluss. Er würde jemandem einen Besuch abstatten, auf den er große Stücke hielt. Vielleicht konnte der ihm einen entscheidenden Hinweis geben.

Sie erreichten das Haus nach zehn Minuten. Es hatte zwei Stockwerke und war freistehend. Der Abstand zu den Nachbarhäusern betrug auf jeder Seite gute zwanzig Meter.

Nach dem Zustand zu schließen war es noch relativ neu.

Zwei Streifenwagen und die Zivilfahrzeuge der Spurensicherung parkten bereits davor, und Max erkannte auch das Fahrzeug von Dr. Reinhardt. »Wie schaffen die es nur immer, vor uns da zu sein?«, überlegte er laut.

Böhmer stieß ein humorloses Lachen aus. »Das ist die pure Angst davor, dass wir ihnen den Tatort verunreinigen, wenn wir zuerst vor Ort sind.«

Im Flur des Hauses trafen sie Patschett, der die Kellertreppe hochkam. Er sah bleich aus. »O Mann, macht euch auf was gefasst. Ich bin ja einiges gewohnt, aber das da unten …« Er ließ den Satz unvollendet. »Ich muss mal an die frische Luft.«

Als sie den großen Kellerraum betraten, wusste Max, was der Kollege gemeint hatte. Nicht nur das Bild, das sich ihnen bot, auch der Gestank, der ihnen entgegenschlug, war grauenhaft. Zudem war es unerträglich heiß in dem Raum.

Nebeneinander aufgereiht saßen auf drei Stühlen eine Frau, ein Mann und ein junges Mädchen. Allen dreien waren die Kehlen durchtrennt worden. Wie schon bei Lippert waren die Schnitte so tief, dass die Köpfe zur Hälfte vom

Körper abgetrennt waren und weit in die Nacken hingen. Dem Mann waren zusätzlich die Augen ausgestochen worden. Die linke, dunkle Höhle sah aus, als glotzte sie an die Kellerdecke. Die rechte Wunde hingegen bot einen bizarren Anblick, denn dort, wo normalerweise der Augapfel saß, steckte eine Blume. Eine weiße Lilie.

Max sah zu Böhmer hinüber, der ebenfalls auf die Blume starrte, und verscheuchte dabei einige Fliegen, die sich auf sein Gesicht setzen wollten. Sie waren überall. Im ganzen Raum surrte es, sie saßen in den aufgeschnittenen Hälsen der Opfer und in der leeren Augenhöhle des Mannes und bildeten dort dicke, schwarze Klumpen.

Böhmer drückte sich ein Taschentuch auf den Mund, sah zu Dr. Reinhardt hinüber und knurrte: »Irre ich mich, oder steigert er sich?«

»Zumindest, was die Opferzahl betrifft«, stimmte Dr. Reinhardt zu. »Wobei das auch unerheblich sein könnte. Ich bin zwar kein Ermittler, aber mir fällt auf, dass er immer einen Zeugen am Leben lässt. Vielleicht ist ihm die Zahl der Opfer egal, und sie richtet sich einfach nach der Größe der Familie? Wichtig könnte ihm sein, dass einer am Leben bleibt. Oder besser gesagt, *eine*. Bisher waren es ja ausschließlich Frauen, die überlebt haben. Und jetzt ein Mädchen.«

»Seit wann sind sie tot?«, fragte Max und bemühte sich, so flach wie möglich zu atmen, um sich nicht übergeben zu müssen.

»Nun, wenn ich mir den Fliegenbefall hier so anschaue … die Wunden sind voller Eier. Dann die hohe Temperatur durch die bis zum Anschlag aufgedrehte Heizung … Also ich würde sagen, etwa sechsunddreißig Stunden.«

»Das heißt, das zwölfjährige Mädchen hat sechsunddreißig Stunden hier gesessen und ihre tote Familie anschauen müssen? Ihren Vater mit der Blume in der Augenhöhle? Und die Fliegen, die …«

»Ja.«

»Mein Gott … Wo ist sie?«

»Sie ist vollkommen traumatisiert. Spricht kein Wort. Ein Arzt und eine Psychologin sind mit ihr oben und kümmern sich um sie, der Krankenwagen müsste jede Minute hier sein.«

»Wenn es dir recht ist, gehe ich schon mal hoch«, schlug Max vor. Er wollte schnellstmöglich aus diesem Raum verschwinden. Vor allem der Anblick der Vierzehnjährigen war für ihn kaum zu ertragen. Böhmer musterte ihn ein paar Sekunden, bevor er sagte: »Ja, tu das, ich komme gleich nach.«

Das Kind lag in der ersten Etage auf dem Bett eines typischen Mädchenzimmers. Poster von Teenie-Bands hingen an den Wänden, auf einer weißen Kommode standen Pferdefiguren in allen Regenbogenfarben, der Schreibtisch war übersät mit Tütchen voller bunter Perlen, Nylonschnüren und Schachteln mit Glitzersteinen.

An einem Bügel über ihr hing eine Infusionsflasche, deren Inhalt durch einen durchsichtigen Schlauch in die Armvene des Kindes rann. Der Arzt war gerade dabei, seine Tasche zusammenzupacken, auf dem Bettrand saß eine junge, braunhaarige Frau und sprach mit sanfter Stimme auf das Mädchen ein.

Als Max sich leise vorstellte, sah die Frau ihn traurig an.

»Sie spricht kein Wort und reagiert auf nichts. Sie ist schwersttraumatisiert. Schrecklich.«

»Sie ist vollkommen dehydriert«, erklärte der Arzt mit sorgenvoller Stimme. »Wir werden sie gleich in ein Krankenhaus schaffen. Ich würde ihren Zustand in jeder Hinsicht als bedenklich bezeichnen.«

Das Mädchen lag regungslos da wie eine Puppe, den glasigen Blick gegen die Decke gerichtet, die langen, blonden Haare wie einen großen Fächer um den Kopf herum ausgebreitet. Nicht einmal die Augenlider bewegten sich. Sie war schmal und wirkte so zerbrechlich, dass Max das Bedürfnis hatte, sie vor jedem zu beschützen, der ihr zu nahe kam.

»Hat sie gar nichts gesagt? Kein Wort?«

»Nein, keinen Ton, und ich bezweifle auch, dass sie das so bald wieder tun wird. Das ist ein Schutzmechanismus. Ihr Verstand kann nicht verarbeiten, was sie gesehen hat, also hat er sich zurückgezogen und blockt jetzt alles ab, was von außen an sie herangetragen wird.«

Max nickte und verließ den Raum.

Im Erdgeschoss begegnete er einem Kollegen in Uniform, den er ansprach. »Wer hat sie gefunden?«

»Die Reinigungskraft. Sie hat sich gewundert, dass niemand zu Hause war, als sie kam, aber sie hat einen eigenen Schlüssel und hat angefangen, sauberzumachen. Vor der Kellertür ist ihr dann der penetrante Geruch aufgefallen. Sie ist nach unten gegangen, hat den Raum geöffnet und die Familie vorgefunden.«

»Ist die Frau vernehmungsfähig?«

»Das kann ich schlecht einschätzen, sie ist nebenan in der Küche.«

Böhmer kam aus dem Keller herauf und blieb vor ihnen stehen. Max zog ihn zur Seite.

»Das Mädchen können wir erst mal vergessen. Sie spricht kein Wort, ist vollkommen weggetreten, das arme Kind. Der Arzt sagt, ihr Zustand ist kritisch. Ich will mich jetzt mit der Frau unterhalten, die die Leichen gefunden hat.«

»Da wollte ich auch gerade hin. Da unten hält man es nicht länger als ein paar Minuten aus.«

Die Frau saß am Küchentisch. Sie war etwa sechzig Jahre alt, hatte die schwarzgefärbten Haare zu einem unordentlichen Dutt zusammengesteckt und sah ihnen aus geröteten Augen entgegen. Ihr Blick zuckte hektisch zwischen Böhmer und Max hin und her. Ihr gegenüber saß eine Notärztin. Böhmer tauschte einen Blick mit ihr, woraufhin sie ihm mit einer Kopfbewegung andeutete, dass sie nicht sicher war, ob die Frau vernehmungsfähig war.

»Guten Tag, mein Name ist Böhmer, ich bin der leitende Ermittler. Darf ich wissen, wer Sie sind?«

»Es ist so furchtbar. Das arme Kind. So schrecklich.«

»Sie heißt …«, setzte die Ärztin an, als die Frau zaghaft sagte: »Reuter.« Nervös verknotete sie die Finger ineinander. »Maria Reuter.«

»Sie sind bei der Familie …« Böhmer sah hilfesuchend zu Max, dem nun auch auffiel, dass sie den Namen der Familie noch gar nicht kannten.

»Hallstein«, half Maria Reuter und fing im gleichen Augenblick an zu schluchzen. »Sie waren gute Menschen. Und das arme Kind. Wie sie da gesessen hat … und dieser schreckliche Anblick. Mein Gott, dieses arme, arme Kind. Es ist so furchtbar alles.«

Aus dem Schluchzen wurde ein lautstarker Weinkrampf, der ihren fülligen Körper durchschüttelte. Sie warteten geduldig, bis die Frau sich wieder ein wenig beruhigt hatte.

»Können Sie sich vorstellen, wer der Familie Hallstein das angetan haben könnte?«, fragte Böhmer mit ruhiger Stimme. »Gibt es jemanden, mit dem sie Streit hatten? Haben Sie mal irgendetwas Derartiges mitbekommen?«

Maria Reuter sah Böhmer an, als hätte er ihr gerade ein unsittliches Angebot gemacht, während ihr weiterhin die Tränen über das nasse Gesicht rannen. »Nein, es gab niemanden, der die Familie nicht mochte.« Erneut vergrub sie das Gesicht in ihrem Taschentuch. »Sie waren gut zu jedem. Das arme Kind … grauenhaft.«

»Frau Reuter, ich möchte Ihnen eine Frage stellen, die Ihnen vielleicht etwas sonderbar vorkommen wird, aber es muss sein. Hatte das Ehepaar Hallstein irgendwelche … seltsamen Hobbys, oder taten Sie irgendetwas, das Sie für außergewöhnlich hielten? Waren sie vielleicht Mitglieder in einem Club?«

Böhmers fragender Blick und der der Frau richteten sich gleichzeitig auf ihn.

»Ich verstehe nicht …«

»Was ich meine, ist, ob Ihnen irgendwann mal etwas an

der Familie aufgefallen ist, das sie als außergewöhnlich beschreiben würden.«

»Nein, das sagte ich doch schon. Sie waren zu allen nett. Immer. Darf ich jetzt bitte gehen? Ich bin mit den Nerven vollkommen am Ende. Dieses Bild werde ich in meinem ganzen Leben nicht mehr vergessen. Ich weiß gar nicht, was ich jetzt machen soll.«

»Ich schlage vor, wir fahren Sie in ein Krankenhaus, wo sie sich von dem Schock erholen können.« Die Ärztin hatte sich erhoben und streckte der Frau ihre Hand entgegen.

»Ich … aber meine Familie …« Maria Reuter sah hilfesuchend zu Böhmer auf. »Ich muss doch … Großer Gott, ich kann nicht glauben, was passiert ist. Es ist so entsetzlich.«

»Ihre Familie wird von unseren Kollegen benachrichtigt und zu Ihnen ins Krankenhaus kommen. Hören Sie auf die Ärztin, es ist besser für Sie.«

Als sie den Raum verlassen hatten, stellte sich Böhmer Max in den Weg. »Sag mal, was sollte die Frage nach irgendwelchen außergewöhnlichen Dingen, die die Familie trieb? Habe ich was verpasst?«

»Ach, ich dachte nur wieder daran, dass der Täter von den *anderen* sprach, die gewarnt werden sollen. Könnte ja sein, dass die Opfer doch etwas gemeinsam hatten, das wir bisher noch nicht herausgefunden haben. Ein außergewöhnliches Hobby, zum Beispiel. Es war nur ein Versuch.«

»Okay. Noch mehr würde mich allerdings interessieren, was es mit dieser Blume auf sich hat, die er bei den letzten beiden Malen dagelassen hat. Und ob sie in Verbindung mit der Fliegenmaske etwas ausdrücken soll. Ich werde mal ein paar Kollegen dransetzen.«

Zwei Sanitäter kamen die Treppe herunter, zwischen sich eine Trage, auf der das Mädchen lag. Als der Kopf der Kleinen auf gleicher Höhe mit seinem war, sah Max, dass ihr leerer Blick noch immer gegen die Decke gerichtet war.

»Horst? Max?« Die Stimme kam aus der ersten Etage. »Kommt ihr mal bitte hier rauf?«

Max schaute den Sanitätern nach, bis sie das Haus verlassen hatten, dann folgte er Böhmer nach oben. Dort stand Martin Kaufmann in der Tür zum hintersten Zimmer und nickte ihnen zu. »Hier drinnen, das solltet ihr euch mal ansehen.«

Der Raum war das Elternschlafzimmer. Er war recht groß und mit einem breiten, dunklen Polsterbett und einem fünftürigen, deckenhohen Kleiderschrank ausgestattet. Die mittlere Tür des Schrankes stand offen und verdeckte die Sicht auf das Innere, auf das Kaufmann zeigte.

»Das war die einzige Tür, die abgeschlossen war. Der Schlüssel lag in einem der Nachttische.«

Sie machten ein paar Schritte in den Raum, bis sie sehen konnten, was in den Regalen des mittleren Segmentes lag.

»Siehst du«, sagte Max leise, und er hatte dabei das Gefühl, eine Faust bohre sich in seinen Magen, »So was habe ich mit meiner Frage eben gemeint.«

14

NOCH WÄHREND MAX in den Schrank starrte, wanderten seine Gedanken über ein halbes Jahr zurück, und das Bild eines anderen Raumes drängte sich ihm auf. Ein Zimmer in einem Haus abseits der Straße, am Ende eines Schotterweges, der zwischen engstehenden Bäumen in den Wald führte. Auch dieser Raum hatte in der ersten Etage gelegen … Sie hatten ihn im Rahmen ihrer Ermittlungen in einem anderen Fall entdeckt, bei dem es ebenfalls um bestialische Morde ging und bei dem …

»Alle Achtung«, stieß Böhmer aus. Max zuckte zusammen. »Das nenne ich mal eine beachtliche Sammlung.«

Max schüttelte die Gedanken ab und zwang seine Konzentration in die Gegenwart. Das Schrankteil war mit fünf Regalböden ausgestattet, die allesamt vollgestopft waren mit Sexspielzeugen aller Art. Von Vibratoren in allen Formen und Farben über Handschellen, Peitschen, Latexmasken und mit Stacheln besetzten Lederbändern bis hin zu einer ganzen Menge an chromblitzenden oder auch gummiüberzogenen Gerätschaften, von denen Max nicht mal ahnte, was man damit anstellen konnte.

Böhmer hielt mehrere verschieden dicke, glänzende Metallstäbe in der Hand und betrachtete sie von allen Seiten. »Sieht ganz so aus, als hätte das Ehepaar Hallstein tatsächlich ein nicht ganz gewöhnliches Hobby gehabt.«

Max atmete tief durch. »Das könnte ein Ansatzpunkt für uns sein. Wenn sich herausstellen sollte, dass die Lipperts und vielleicht auch das Ehepaar Darius ebenfalls diese besonderen sexuellen Vorlieben hatten …«

Böhmer legte die Stäbe an ihren Platz zurück. »Das werden wir herausfinden. Auf geht's.«

Zuerst statteten sie Rosie Lippert einen Besuch ab, weil ihr Haus, oder besser das Haus ihrer Nachbarin, auf dem Weg zu dem von Beate Darius lag. Mittlerweile war es schon später Nachmittag, was die Unterhaltung mit Rosie Lippert nicht gerade einfacher gestaltete. Sie hatte dem Alkohol bereits derart ausgiebig zugesprochen, dass ihre Worte nur noch schwer zu verstehen waren.

»Wir müssen Ihnen eine sehr private Frage stellen.« Böhmer kam ohne Umschweife zum Thema, nachdem die Frau sich wütend über ihren ermordeten Ehemann ausgelassen und ihnen erklärt hatte, dass *der Idiot*, wie sie ihn nannte, bei einem Buchmacher offenbar Schulden in beträchtlicher Höhe hatte, die dieser nun nebst Zinsen eintreiben wollte. Damit wäre ein Großteil des vom Verkauf der *Bruchbude* erhofften Geldes bereits weg, noch bevor Rosie Lippert es überhaupt in den Händen hatte.

»Was'n für private Fra'n?« Sie bemühte sich, Böhmer mit ihren glasigen Augen zu fixieren.

»Hatten Sie und ihr verstorbener Mann …«

»Der Idiot!«

»Hatten Sie … sagen wir mal … ausgefallene Sexpraktiken?«

»Was?«

»Mein Kollege möchte wissen, ob sie sich in der SM-Szene bewegt haben«, erklärte Max.

»Sessualprakn … SM? Ham Sie sie nich' mehr alle?

Wir ham' uns in kein'm Ssenendings rumgetrieben. Jochn – der Idiot – un ich … Sessu … tzzz … wir ham's schon ewich nich getrieben. Jahre nich. Gar nich.« Sie zog die Brauen zusammen. »Was stell'n Sie überhaupt für Fragen?«

»Tut uns leid, dass wir Sie damit belästigt haben, aber es ist wichtig.« Böhmer signalisierte Max, dass er gehen wollte. »Wir lassen Sie jetzt auch wieder in Ruhe.«

»Sessualpraktn … nich mit dem.«

Sie hörten noch Rosie Lipperts Stimme, als sie schon an der Wohnungstür waren. »Nich mit dem Idioten.«

Dieses Mal hatten sie bei Beate Darius mehr Glück. Sie trafen sie zu Hause an. Als die Frau ihnen die Tür öffnete, machte sie auf Max den Eindruck, als habe sie geschlafen. Es war ihm unangenehm, ihr diese Frage stellen zu müssen, denn immerhin war es erst ein paar Tage her, dass sie ihren Mann und ihr Kind verloren hatte.

Im Wohnzimmer angekommen, lehnten die beiden Ermittler die angebotenen Plätze auf der Couch ab. Nachdem sie sich eine Weile wortlos gegenübergestanden hatten, bedeutete Böhmer Max durch ein aufforderndes Kopfnicken, dass er das Gespräch übernehmen sollte.

»Frau Darius«, begann Max vorsichtig. »Wir müssen Ihnen eine Frage stellen, die Ihnen vielleicht merkwürdig vorkommt, die für die Aufklärung der Verbrechen aber wichtig sein könnte. Ist das in Ordnung?«

»Natürlich, fragen Sie.«

»Sie ist wirklich sehr intim, und …«

»Herr Bischoff, jemand hat meinen Mann und mein Kind vor meinen Augen umgebracht. Denken Sie wirklich, es gäbe eine Frage, die ich nicht beantworten würde, wenn ich dabei helfen kann, den Wahnsinnigen zu fassen, der das getan hat?«

»Sie haben recht, entschuldigen Sie bitte. Was wir wissen möchten, ist, ob Sie und Ihr Mann in der SM-Szene aktiv waren.«

Max sah der Frau an, dass sie trotz seiner einleitenden Worte mit einer solchen Frage nicht gerechnet hatte.

Sie atmete tief durch. »Das ist wirklich eine sehr intime Frage. Nein, damit hatten wir nichts zu tun. Unser Liebesleben war sicher nicht mehr so aufregend wie zu Anfang unserer Beziehung und auch nicht mehr so intensiv, aber es war … harmonisch. Wir begnügten uns mit uns selbst und hatten Ausschweifungen in irgendeine Richtung nicht nötig, um miteinander zufrieden zu sein. Beantwortet das Ihre Frage?«

Einerseits war Max enttäuscht, dass seine Vermutung sich nicht bestätigte, andererseits war er nicht sicher, dass sie mit der Erklärung von Beate Darius bereits aus der Welt war.

»Ja«, antwortete Böhmer. »Und das war auch schon alles. Vielen Dank für Ihr Verständnis.«

Wieder im Auto, sagte Böhmer: »Das war es dann mit der Gemeinsamkeit. Vorausgesetzt, die Frauen haben nicht gelogen.«

»Ich denke nicht, dass sie gelogen haben, bin mir aber noch nicht ganz sicher, ob die Theorie damit wirklich vom Tisch ist. Erinnere dich daran, was Lipperts Bruder gesagt hat. Jochen Lippert war mit der Frau seines Arbeitskollegen im Bett. Wenn das stimmt, was sollte ihn dann daran hindern, ohne seine Rosie auch ein bisschen die Peitsche zu schwingen? Für diese Bedürfnisse gibt es genügend Clubs in der Stadt. Und das, was Frau Darius uns gerade erklärt hat, heißt doch übersetzt nichts anderes, als dass es im Bett bei ihnen ziemlich langweilig geworden ist. Vielleicht ist ihr Mann irgendwann auf die Idee gekommen, sich außerhalb des heimischen Schlafzimmers ein bisschen auszutoben?«

»Hm …«, brummte Böhmer. »Vielleicht spielt diese verdammte Blume, die der Scheißkerl zurücklässt, ja auch eine Rolle in dieser Szene? Möglich ist alles.«

»Warum hat er wohl beim ersten Mal keine weiße Lilie dagelassen?«

Böhmer seufzte. »Ich weiß, das wird dir jetzt nicht gefallen, weil du hinter allem, was diese durchgeknallten Arschlöcher tun, einen tieferen Sinn vermutest. Aber ist dir schon mal der Gedanke gekommen, dass ihm das beim ersten Mal schlicht noch nicht eingefallen ist? Dass es einfach eine spontane Idee von dem Kerl war, den Opfern eine Blume irgendwohin zu stecken? Und dass er sich bei dem Gedanken daran, dass wir uns tagelang den Kopf darüber zerbrechen, was er uns damit sagen möchte, vielleicht einen runterholt?«

»Nein, der Gedanke ist mir noch nicht gekommen.«

Böhmer nickte grimmig. »Dann lass dir von einem alten Hasen sagen, dass du ihn zumindest in Betracht ziehen solltest. Jetzt möchte ich mich allerdings noch mal mit unserem Maskenkäufer unterhalten. Irgendwie traue ich dem Kerl nicht recht. Ich bin gespannt, ob er in dieser jüngsten Tatnacht wieder bei seinem Kumpel Dirk war.«

War er nicht, wie sich herausstellte. Als Böhmer ihn noch an der Wohnungstür fragte, was er in der fraglichen Nacht gemacht hatte, schüttelte er den Kopf. »Es ist nicht zu glauben. Man könnte meinen, dieser Irre richtet seine Taten danach aus, wann ich allein zu Hause bin.«

»Das heißt, Sie haben für die Tatzeit also kein Alibi.«

»Nein, habe ich nicht«, blaffte Gehlen gereizt. »Wenn ich gewusst hätte, dass ich eines brauchen würde, hätte ich dafür gesorgt, dass jemand bei mir ist, der das bezeugen kann.«

»Ihr Kumpel Dirk Seidel, zum Beispiel«, schlug Max vor.

»Ja, zum Beispiel. Hören Sie, ich hätte mich nicht bei Ihnen melden müssen. Das habe ich freiwillig getan, weil ich der Polizei helfen wollte.«

»Oder weil Sie befürchtet haben, dass jemand anderes Sie erkennt und uns informiert. Das hätte für Sie dann noch dümmer ausgesehen.«

Gehlen hob in einer gespielt hilflosen Geste die Hände und ließ sie wieder sinken. »Tja, so läuft das also. Wenn Sie jemanden verdächtigen möchten, dann kann derjenige tun, was er will. Für Sie ist alles verdächtig. Soll ich mir einen Anwalt besorgen?«

Böhmer zuckte gleichgültig mit den Schultern. »Ich kann Ihnen nicht sagen, was Sie tun oder lassen sollen. Aber ich schlage vor, Sie verreisen in den nächsten Tagen nicht und halten sich zu unserer Verfügung.«

»Ich bin also wirklich verdächtig?«

»Sie sind Teil unserer Ermittlungen in einer Reihe von Morden«, antwortete Max, der keine Lust mehr auf Gehlens Gerede hatte. »Deswegen möchten wir Sie jederzeit erreichen können, falls wir noch Fragen an Sie haben.«

Auf dem Weg zum Auto sah Böhmer auf die Uhr. »Gleich sieben. Statten wir Fissmann noch einen Besuch ab.«

»Auf jeden Fall«, antwortete Max grimmig. »Ich möchte, verdammt nochmal, wissen, woher er seine Informationen hat.«

Auf dem Weg nach Langenfeld bemerkte Max, dass Böhmer ihn aus den Augenwinkeln ansah. »Was?«, fragte er, ohne den Blick von der Straße abzuwenden.

»Irre ich mich, oder bist du gerade auf Krawall gebürstet?«

»Ach, es hängt mir einfach zum Hals raus. Da werden Menschen gequält und regelrecht abgeschlachtet, sogar Kinder, und wir müssen uns das dämliche Gequatsche von irgendwelchen Idioten anhören, die es vorziehen, Spielchen zu spielen, statt uns dabei zu helfen, dieses Schwein zu fassen.«

»Pass ein bisschen auf dich auf.« Böhmers Stimme hatte einen väterlichen Klang angenommen. »Vor allem achte darauf, wie du dich bei Befragungen verhältst. Ich weiß ja, dass dir das alles besonders an die Nieren geht … Pass einfach ein bisschen auf, okay?«

Max antwortete nicht, nickte aber nach einer Weile.

Das Gebäude der Forensischen Psychiatrie wirkte verlassen. Einige Scheinwerfer warfen ihr grelles Licht auf den Bereich um den Eingang. Abweisend, kalt.

Es dauerte eine Weile, bis sich auf ihr Klingeln hin eine männliche Stimme blechern über die Gegensprechanlage meldete.

»Böhmer und Bischoff hier, Kripo Düsseldorf. Wir möchten zu einem Ihrer Patienten. Fissmann.«

»Das geht nicht.«

»Wie, das geht nicht? Haben Sie nicht gehört, wer wir

sind? Wir ermitteln in einem … Ich möchte Professor Leuken sprechen. Holen Sie ihn mal her.«

»Tut mir leid, der Herr Professor hat die Klinik schon verlassen.«

»Dann lassen Sie uns eben rein, verdammt nochmal.«

»Dazu habe ich nicht die Befugnis, auch nicht, wenn Sie von der Polizei sind.«

»Hören Sie …«

Max schob Böhmer zur Seite und beugte sich zu der Sprechanlage hinab. »Geben Sie uns mal die Telefonnummer ihres Chefs. Vielleicht erreichen wir ihn ja …«

»Tut mir leid, auch dazu bin ich nicht befugt.«

»Verdammt nochmal«, schimpfte Böhmer. »Glauben Sie, wir haben an einem Freitagabend nichts Besseres zu tun, als mit jemandem zu diskutieren, der keinerlei Befugnisse hat? Wenn Sie zu nichts befugt sind, warum sitzen Sie denn überhaupt noch hier rum? Gehen Sie doch nach Hause, oder sind Sie dazu auch nicht befugt?«

Ein Klicken deutete darauf hin, dass die Gegensprechanlage abgeschaltet worden war.

Max konnte sich ein Grinsen nicht verkneifen. »Vor allem achte darauf, wie du dich bei Befragungen verhältst«, ahmte er Böhmer nach. Dann zog er sein Telefon hervor und rief auf dem Präsidium an. Zwei Minuten später hatte er die Telefonnummer und die Adresse des Professors.

Max ließ es zehnmal klingeln, legte auf und versuchte es erneut – mit dem gleichen Ergebnis. Schließlich steckte er das Handy wieder weg. »Nichts. Scheint nicht zu Hause zu sein.«

»Oder er geht nicht ans Telefon, weil er denkt, er hat jetzt Wochenende. Los, wir fahren zu ihm und schauen nach, ob er wirklich nicht zu Hause ist. Dieser Fissmann ist wahrscheinlich der Schlüssel zu dem Ganzen, denn der landet nicht bloß Zufallstreffer. Wenn er kooperiert, können wir vielleicht die nächsten potentiellen Opfer retten. Ich gebe nicht auf, nur weil der Herr Professor nicht ans Telefon geht.« Und mit einem Blick auf das hohe Gebäude fügte er hinzu: »Oder weil irgendeiner ohne Befugnisse hier als Nachtwächter eingesetzt wird.«

Sie brauchten zwanzig Minuten bis zum Haus des Klinikleiters, einer feudalen Villa am Rande von Meerbusch, die von einer hohen Mauer umgeben war. Durch das doppelflügelige, schmiedeeiserne Tor sahen sie, dass in verschiedenen Räumen des Hauses Licht brannte, aber auf ihr mehrmaliges Klingeln hin tat sich nichts.

»Entweder er ist wirklich nicht zu Hause und hat wegen möglicher Einbrecher das Licht brennen lassen, oder er hat irgendwo eine Kamera versteckt und sitzt jetzt mit einem Glas Cognac in der Hand vor einem Monitor, betrachtet sich unsere dummen Gesichter und lacht sich eins. Komm.« Böhmer wandte sich ab und lief zum Wagen. »Gehen wir wenigstens ein Bier zusammen trinken.«

Max zögerte und dachte an sein Vorhaben, seiner Schwester einen Besuch abzustatten, doch das konnte er in einer Stunde immer noch tun. Also nickte er und folgte seinem Partner. »Gute Idee.«

Sie entschieden sich für das *Schalander*, eine urige, zweigeschossige Kneipe in der Kölner Landstraße, in der es neben verschiedenen Biersorten auch eine kleine, aber feine Speisekarte gab. Beide hatten seit dem Morgen nichts mehr gegessen und bestellten sich Flammkuchen zum Bier.

»Wie läuft es mittlerweile eigentlich bei dir zu Hause?«, fragte Max. »Du hast lange nichts mehr erzählt, und ich wollte dich nicht mit Fragen bedrängen.«

Das Letzte, das Max über das Privatleben seines Partners erfahren hatte, war, dass Böhmers Frau ein Verhältnis mit einem Kollegen hatte. Das war aber schon über ein halbes Jahr her.

Die Kellnerin stellte die Getränke vor ihnen ab. Böhmer

prostete Max zu und nahm einen großen Schluck. Als er das Glas wieder abgesetzt hatte, wischte er sich mit dem Handrücken über den Mund. »Nun, seit meine Frau ausgezogen ist, verstehen wir uns prächtig. Was natürlich damit zusammenhängen könnte, dass wir uns nicht mehr sehen.«

»Ihr wohnt nicht mehr zusammen?«

»Nein. Sie meinte, es wäre eine unnötige Quälerei für mich, wenn sie abends spät oder gar nicht nach Hause käme und ich wüsste, dass sie bei ihm ist.«

»Das tut mir leid.«

»Ja, mir auch. Aber sie hat schon recht. Jetzt, wo ich weiß, dass sie nicht nur abends, sondern jeden Tag und jede Nacht mit ihm zusammen ist, geht es mir gleich viel besser.«

»So ein Mist. Du hast nie was erwähnt.«

»Ach komm. Du kämpfst seit einem halben Jahr mit dieser Sache von damals und bist erst seit ein paar Wochen wieder im Dienst. Sollte ich dir zwischen deinen Therapiesitzungen auch noch mit meinen privaten Problemchen kommen? Außerdem ist die Trennung die logische Konsequenz der letzten Jahre. Ich musste damit rechnen.«

»Musstest du, im Nachhinein betrachtet, damit rechnen, oder hast du damit gerechnet?«

»Ah, da kommt der Herr Professor wieder zum Vorschein.« Böhmer versuchte ein Grinsen, was allerdings misslang. Er schien es selbst zu bemerken und wurde in der nächsten Sekunde wieder ernst.

»Nein, ich hätte trotz allem nicht gedacht, dass sie mich wirklich verlässt. Sie hat mich damit kalt erwischt.«

Eine Weile schwiegen sie.

»Sag mal, du und Verena … Ich meine, es geht mich ja nichts an, aber … läuft da was?«

Böhmers Gesicht verzog sich zu einem schiefen Grinsen. »Du hast recht, es geht dich nichts an.« Dann griff er sich sein Glas und trank es in einem Zug leer.

15

Um sieben Uhr am Samstagmorgen hielt Max es nicht mehr aus und rief bei Professor Leuken an. Tatsächlich meldete sich nach einer Weile der verschlafen klingende Klinikleiter. Er zeigte sich zwar wenig begeistert davon, am Wochenende um diese Uhrzeit geweckt zu werden, willigte aber sofort ein, in die Klinik zu kommen, nachdem Max ihm von dem Dreifachmord in der Kalkumer Straße berichtet hatte. Max informierte Böhmer, der einen ausgeschlafenen Eindruck machte. Um acht Uhr betraten sie Leukens Büro.

»Wo waren Sie eigentlich gestern Abend?« Böhmer kam mal wieder ohne Umschweife zur Sache. »Wir haben versucht, sie zu erreichen, nachdem ihr Nachtwächter uns mitgeteilt hat, dass er keinerlei Befugnisse hat.«

»Ja, ich habe heute Nacht Ihre Mitteilung auf meiner Sprachbox gehört. Wir waren nicht zu Hause.«

»Das haben wir bemerkt. Wir waren vor Ihrem Haus. Das Licht hat gebrannt.«

»Computergesteuert. Zu unterschiedlichen Zeiten gehen in verschiedenen Räumen die Lampen an und aus. Einbruchschutz.«

Er griff nach einem Stift, der vor ihm auf dem Schreibtisch lag, drehte ihn zwischen den Fingern und wandte sich Max zu. »Fürchterlich, was Sie mir da eben am Telefon erzählt haben. Ich hatte davon noch gar nichts mitbekommen. Sie sagten, Mutter, Vater und ein Mädchen sind umgekommen?«

»Nein, ich sagte, sie sind bestialisch ermordet worden.«

»Und das geschah tatsächlich in der Straße, die Siegfried genannt hat?«

»Genau. Können wir jetzt mit dem Mann reden?«

»Ja, natürlich.« Leuken sprang regelrecht von seinem Stuhl auf und deutete zur Tür. »Bitte.«

Fissmann saß im Aufenthaltsraum am gleichen Platz wie bei ihrem letzten Besuch. Auch die Zeitungsausschnitte und Notizzettel waren wieder über den ganzen Tisch verteilt. Allerdings widmete er sich nicht seinen Ausschnitten, sondern kritzelte hastig auf einem Schreibblock herum, beugte sich immer wieder auffällig weit nach links hinüber, wo zwei andere Patienten ein angeregtes Gespräch führten, und kritzelte weiter. Wie es aussah, machte er sich Notizen zu dem, was sie sagten.

Als der Arzt und die beiden Ermittler an seinen Tisch herantraten und er sie bemerkte, bedeckte er den Block mit beiden Händen und begann zu kichern. »Schon, da, sie sind schon da. Ging schnell. Hihi. Aber sie wissen nichts.«

»Herr Fissmann, Ihnen ist aber schon klar, warum wir wieder hier sind?« Böhmer steckte die Hände in die Hosentaschen und schaute den Mann forschend an.

»Sie wissen nichts. Aber ich sehe die Zeichen. Ich weiß es. Hihi.«

Es war Böhmer anzusehen, dass es ihn Kraft kostete, ruhig zu bleiben. »Eine ganze Familie ist getötet worden. In der Kalkumer Straße. Sie haben vorausgesagt, dass dort ein Verbrechen passieren wird, und wir möchten von Ihnen wissen, woher Sie diese Information hatten.«

Als sei ein Schalter umgelegt worden, verschwand der irre Ausdruck vollkommen aus Fissmanns Gesicht.

»Ich habe Ihnen gesagt, was meine Bedingungen sind.« Seine Stimme klang nun wieder wie die eines normalen Mannes. »Freiheit. Keine Unterhaltung ohne Bezahlung. Meine Bezahlung ist Freiheit.«

»Herr Fissmann.« Max bemühte sich, ruhig zu bleiben.

»Bevor wir über irgendetwas verhandeln können, müssen wir eines wissen: Werden weitere Morde geschehen?«

Fissmann sah ihm in die Augen und schien zu überlegen, was er preisgeben konnte, ohne seine Verhandlungsposition zu schwächen. »Viele.«

»Viele? Wissen Sie auch, wie viele?«

»Viele. So lange, bis sie aufhören.«

»Bis wer womit aufhört?«

Max sah an Fissmanns Gesichtsausdruck, dass der klare Moment im Kopf seines Gegenübers verstrichen war. Fissmanns Stimme wurde wieder schriller. »Hihi. Sie wissen es nicht. Ich kenne die Zeichen. Hihi. Ich erkenne sie. Nur gegen Bezahlung.«

»Herr Fissmann, wir erwarten von Ihnen, dass Sie uns sagen, was Sie wissen.« Max hätte den Mann am liebsten am Kragen gepackt und durchgeschüttelt.

Fissmann beachtete ihn allerdings schon nicht mehr, seine Aufmerksamkeit galt wieder dem Gespräch am Nachbartisch. Professor Leuken legte Max die Hand auf den Oberarm und sagte leise. »Das bringt nichts. So kommen Sie ganz bestimmt nicht weiter.«

Max schüttelte die Hand mit einer schnellen Bewegung ab und wandte sich wieder Fissmann zu. »Herr Fissmann, wir können dafür sorgen, dass Sie hier alle Vergünstigungen verlieren, wenn Sie uns nicht augenblicklich sagen, was Sie wissen.«

»Aber Sie wissen nichts. Hihi.«

Nach einem erneuten Versuch des Professors, Fissmann durch gutes Zureden dazu zu bewegen, ihnen seine Informationsquelle zu verraten, gaben sie schließlich auf und gingen zurück in Leukens Büro.

»Sie kennen Fissmann wahrscheinlich besser als jeder andere«, sagte Böhmer, während Leuken hinter seinem Schreibtisch Platz nahm. »Haben Sie vielleicht eine Idee, wie man ihn dazu bringen könnte, uns zu sagen, was er weiß?«

»Siegfried lebt in einer Realität, die nur eine geringe Schnittmenge mit unserer hat. Sie haben ja eben selbst bemerkt, wie sich das auswirkt. Er kann in einem Moment völlig normal wirken, um schon im nächsten wieder in sein eigenes Universum zurückzufallen. Wenn er sich in den Kopf gesetzt hat, nichts ohne *Bezahlung* zu sagen, wird er kaum davon abzubringen sein.«

»Was ist mit Medikamenten? Oder Hypnose?«, schlug Max vor.

Leukens Miene wurde steinern. »Sie erwarten ernsthaft von mir, dass ich einen meiner Patienten unter bewusstseinsverändernde Medikamente setze, die bei ihm vielleicht eine dauerhafte Störung hervorrufen können?«

»Ach, habe ich da etwas falsch verstanden?« Max' Ton war schärfer geworden. »Ich dachte, die dauerhafte Störung hätte er bereits. Und ja, verdammt nochmal, ich erwarte allerdings, dass Sie uns dabei unterstützen, die bestialischen Morde an drei Familien aufzuklären und – noch wichtiger – weitere Morde zu verhindern. Und wenn es dafür nötig sein sollte, jemanden, der ebenfalls einen bestialischen Mord begangen hat, unter Drogen zu setzen, dann, verdammt nochmal, erwarte ich das tatsächlich von Ihnen, Herr Professor.«

Leuken erhob sich. »Nun, das scheint mir einer der elementaren Unterschiede unserer Berufe zu sein. Sie würden alles dafür tun, *eventuelle* Opfer zu schützen, und ich tue alles dafür, kranken Menschen zu helfen und sie davor zu schützen, wie Tiere behandelt zu werden. Als Arzt bin ich an gewisse ethische Grundsätze gebunden, das sollten Sie eigentlich wissen. Jetzt entschuldigen Sie mich bitte, es ist Wochenende, und das wollte ich mit meiner Frau verbringen. Meine Möglichkeiten, Ihnen behilflich zu sein, sind ausgeschöpft. Auf Wiedersehen.«

»Überhebliches Arschloch«, brummte Böhmer, als sie das Gebäude verlassen hatten. »Diese Psychofritzen sind doch alle gleich. Halten sich für gottähnliche Wesen und haben dabei meist selbst einen Sprung in der Schüssel.«

»Lass uns mit dem Chef reden«, warf Max ein. »Vielleicht kann der über die Staatsanwaltschaft was erreichen. Irgendwie muss es doch möglich sein, herauszufinden, woher Fissmann sein Wissen hat.«

Polizeirat Gorges war zu Hause, sagte aber zu, sich um zehn Uhr mit ihnen im Präsidium zu treffen.

Dort hörte er sich geduldig an, was sie zu berichten hatten, und sah dann nachdenklich aus dem Fenster. »Damit brauche ich dem Staatsanwalt gar nicht erst zu kommen. Das Problem ist, dass dieser Professor Leuken als Leiter der Forensischen Psychiatrie die alleinige Entscheidungsgewalt darüber hat, was einem seiner Patienten zugemutet werden kann und was nicht. Und wenn er etwas als schädlich und der Behandlung entgegenwirkend betrachtet, wird kein Staatsanwalt der Welt etwas dagegen unternehmen können.«

Böhmer schüttelte den Kopf. »Da läuft doch was gehörig falsch. Wir schützen geisteskranke Mörder vor irgendeinem Schaden – das muss man sich mal auf der Zunge zergehen lassen – und gehen damit bewusst das Risiko ein, dass weitere unschuldige Menschen bestialisch umgebracht werden. Und warum? Weil ein vor Selbstüberschätzung fast platzender Psychoonkel beweisen will, dass er am längeren Hebel sitzt. Manchmal könnte ich …«

»Ich bin ganz Ihrer Meinung.« Auch Gorges' Stimme war die Anspannung anzumerken, unter der alle standen. »Aber das ändert nichts an der Gesetzeslage. Und noch was …« Sein Blick wanderte von Böhmer zu Max. »Ich möchte, dass kein Wort davon nach draußen dringt. Wenn die Presse Wind davon bekommt, dass es einen Psychiatriepatienten gibt, der die Taten vorhergesagt hat, machen die uns noch mehr die Hölle heiß, als sie es sowieso schon tun. Der Staatsanwalt ruft zweimal am Tag hier an und will von mir Ermittlungsergebnisse hören, weil ihm wiederum das Innenministerium auf den Füßen steht. Der Fall hat mittlerweile internationale Beachtung gefunden. Wenn wir nicht bald etwas vorweisen können, haben wir alle ein Riesenproblem.«

»Ja, okay. Ich werde es in der Soko noch mal extra betonen«, versicherte Böhmer, nicht mehr so aufgebracht.

»Gut. Was ist mit dem überlebenden Mädchen?«

»Traumatisiert. Spricht kein Wort mehr und starrt nur noch gegen die Decke.«

»Das arme Kind.«

»Ja, armes Kind. Und eine tote Vierzehnjährige und ein toter Zwölfjähriger. Unschuldige, wehrlose Kinder. Dafür müsste man dem Scheißkerl …« Max ließ den Satz unvollendet, als er bemerkte, dass sowohl Böhmer als auch Gorges ihn überrascht ansahen.

»Sorry, aber das macht mich wirklich wütend.«

»Ist alles okay mit Ihnen, Bischoff?«

»Ja, mir geht es gut. Es ist doch wohl normal, dass die Emotionen manchmal mit einem durchgehen, oder? Auch wenn man Polizist ist.«

»Ja, das ist es. Solange Sie diese Emotionen im Griff haben und sachlich bleiben, ist es in Ordnung.«

»Keine Sorge. Ich habe sowohl meine Wut als auch den Rest von mir im Griff.«

Nachdem Max am späten Nachmittag das Präsidium verlassen hatte, stattete er seiner Schwester einen kurzen Besuch ab und versicherte sich, dass bei ihr alles in Ordnung war, bevor er nach Hause fuhr und sich erschöpft auf die Couch fallen ließ.

In seinem Kopf tobte das Chaos; die fieberhaften Überlegungen zum aktuellen Fall lieferten sich mit den Gedanken an das überlebende Mädchen und den Erinnerungen an die letzte Mordserie einen schwer zu ertragenden Wettkampf um die Vorherrschaft.

Nach einer Weile sprang Max auf und mixte sich in der Küche einen Gin Tonic. Anschließend ging er mit dem Glas in der Hand ins Badezimmer, öffnete den Medikamentenschrank und betrachtete die Tablettenschachteln im untersten Fach.

Er wusste nicht, wie lange er dort gestanden und zwischen Zugreifen und Seinlassen geschwankt hatte, als er die Tür schließlich wieder zuklappte und zurück ins Wohnzimmer ging.

Er würde es auch ohne Tabletten schaffen. Er *musste* es schaffen, an einem Fall zu arbeiten, ohne sich unter Drogen zu setzen. Max wusste, dass er, wenn er in seinem Beruf als Ermittler scheiterte, den Boden unter den Füßen verlieren und in einen Strudel geraten würde, der nur abwärts führen konnte.

Als er zwei Gläser Gin später auf der Couch einschlief, sah er Jenny vor sich, die auf dem Rand eines Bettes saß und einem zwölfjährigen, traumatisierten Mädchen liebevoll über die Stirn streichelte. Jenny war nackt. Als er näher kam, stand sie auf, drehte sich zu ihm um und streckte die Arme zur Seite aus, als wolle sie sagen: *Schau her, sieh mich an.*

Was er sah, raubte ihm fast den Verstand. Jennys Körper war eine einzige, große Wunde.

16

ALS MAX AM SONNTAGMORGEN im Präsidium aus dem Fahrstuhl stieg, spürte er bereits die hektische Betriebsamkeit. Auf dem Gang kamen ihm Kaufmann und Hilger entgegengeeilt, die offenbar auf dem Weg in den Einsatzraum waren. Auf seine Frage, was denn los sei, rollte Verena Hilger mit den Augen und winkte ab. »Geh mal in euer Büro, Böhmer rotiert.«

»Nein, das kann ich nicht«, blaffte Böhmer gerade ins Telefon, als Max den Raum betrat. »Wie oft soll ich Ihnen das denn noch sagen? Auf Wiederhören.«

Er knallte den Hörer hin und sah zu Max auf. »Gut, dass du da bist. Hier klingeln im Sekundentakt die Telefone.«

»Was ist denn los?«

»Presse«, antwortete Böhmer knapp und griff nach dem Telefonhörer, als es erneut klingelte. »Böhmer … Nein, ich kann Ihnen dazu nichts sagen. Ermittlungstaktische Gründe … Das weiß ich nicht … Ja, ich weiß, wie das aussieht, aber das ändert nichts daran, dass ich nichts sagen kann … Ja, tun Sie das. Tschüs.«

Böhmer stieß prustend die Luft aus und strich sich mit der Hand über den Bart. »Die Presse hat Wind davon bekommen, dass die Kollegen einige Anwohner in der Kalkumer Straße befragt haben, und zwar bevor die Morde passiert sind. Jetzt wollen die natürlich wissen, was wir dort zu suchen hatten und ob wir etwas wussten und die Tat trotzdem nicht verhindert haben.«

»Mist. Wie sind sie an diese Information gekommen?«

»Keine Ahnung, das spielt jetzt auch keine Rolle. Wichtig

ist, dass keine Info über Fissmann durchsickert, sonst grillen die uns.«

»Ähm ... kommt ihr mal bitte?« Kaufmann stand in der Tür und deutete in Richtung des Flurs. »In den Einsatzraum. Im Fernsehen läuft gerade eine Sondersendung, die euch auch interessieren dürfte.«

Sie folgten Kaufmann in den Soko-Einsatzraum, wo die Kolleginnen und Kollegen vor dem riesigen Flachbildschirm standen und das Geschehen dort verfolgten.

Auf einem halbrunden Sofa saß eine im Privatfernsehen bekannte Moderatorin neben einem Paar, beide um die fünfzig. Eine Einblendung am unteren Bildschirmrand gab an, dass es sich um Rudolf und Cäcilia Krahmer handelte, die in kursiver Schrift als *Anwohner der Kalkumer Straße* vorgestellt wurden. »... mit den Nachbarn geredet«, sagte der Mann gerade, »aber die wussten auch nicht, was diese Fragerei sollte. Von uns hat jedenfalls niemand bei der Polizei angerufen, nicht wahr.«

Die Moderatorin nickte verständnisvoll und mit der dem Thema angemessenen betretenen Miene. »Haben Ihnen die *Polizeibeamten* denn wenigstens erklärt, warum sie Ihnen diese Fragen stellen?«

»Nein. Sie sagten nur, wir bräuchten uns keine Sorgen zu machen. Ja, das hat man ja jetzt gesehen, dass wir uns keine Sorgen machen müssen, nicht wahr?«

»Ich kann nachts nicht mehr schlafen«, fügte seine Frau hinzu. »Drei Menschen, so grausam ermordet. Und was tut die Polizei? Nichts!«

»Nicht wahr«, bestätigte Rudolf Krahmer und nickte nachdrücklich in die Kamera.

»Das hat uns noch gefehlt«, brummte Böhmer und schüttelte den Kopf.

»Herr Böhmer!« Eine junge Kommissarin, die erst wenige Wochen zum KK11 gehörte, lehnte an einem der Schreibtische und hielt ein Telefon in der Hand. »Ich habe hier die

Kinderpsychologin in der Leitung, die das Mädchen betreut. Sie sagt, die Kleine hat gesprochen.«

»Wir kommen sofort.« Böhmer stupste Max an und verließ mit schnellen Schritten das Büro.

Das Zimmer, in dem Nele Hallstein lag, war hell und freundlich eingerichtet, doch weder die pastellfarbenen Möbel noch das Sonnenlicht, das durch die große Fensterscheibe in den Raum fiel, schafften es, die gedrückte Stimmung aufzuhellen.

Die Psychologin stand von ihrem Stuhl auf und kam ihnen entgegen, als sie die Tür öffneten.

»Gut, dass Sie so schnell kommen konnten«, sagte sie leise. »Nele hat heute Morgen plötzlich angefangen zu sprechen. Sie wollte wissen, warum sie hier ist und wann ihre Eltern sie besuchen.«

»Ihre Eltern?«, fragte Böhmer ungläubig.

»Ja, das ist nicht ungewöhnlich. Ihr Verstand hat das, was sie erlebt hat, vollkommen ausgeblendet. Sie weiß nicht, dass ihre Eltern und ihre Schwester …«

»Hat sie irgendetwas gesagt, das für uns wichtig sein könnte?«

Die junge Frau zuckte mit den Schultern. »Nicht, soweit ich es beurteilen kann, aber deshalb habe ich Sie ja angerufen. Vielleicht hören Sie etwas heraus, das Ihnen …«

»Geben Sie es endlich auf. Sie müssen doch sehen, was passiert. Er weiß Bescheid.« Die Worte waren klar und deutlich aus dem Mund des Mädchens gekommen, das ihnen den Kopf zugewandt hatte.

»Was?«, fragte Böhmer und ging zu dem Bett hinüber. »Was hast du gerade gesagt?«

Die Augen des Kindes richteten sich auf ihn, aber es schien, als blicke sie durch Böhmer hindurch. »Er weiß Bescheid.«

Ihre Lippen bewegten sich weiter, aber aus ihrem Mund kam kein Ton mehr. Böhmer beugte sich zu ihr hinunter, sein

Ohr dicht vor ihren Lippen, gab es aber nach einer Weile auf. Als er sich wieder aufgerichtet hatte, drehte das Mädchen den Kopf und starrte gegen die Decke genau wie zuvor.

»So was hat sie bisher noch nicht gesagt«, erklärte die Psychologin und verschränkte die Arme vor der Brust. »Es scheint, als würde sie Ihnen tatsächlich ganz gezielt etwas mitteilen wollen.«

»Tja, wer weiß.« Böhmer zog sich einen Stuhl heran und bedeutete Max, es ihm gleichzutun. »Wir bleiben eine Weile hier, wenn es in Ordnung ist. Darf ich versuchen, ihr ein paar Fragen zu stellen?«

Die Frau schüttelte den Kopf. »Ich halte das für problematisch.«

»Aber sie ist eine Zeugin, die uns vielleicht einen entscheidenden Hinweis geben kann.«

»Sie hat diese Nacht ausgeblendet, weil sie die Erinnerung daran nicht verkraftet. Wenn Sie ihr nun Fragen dazu stellen, kann es sein, dass Sie diesen Schutzmechanismus aushebeln. Das könnte fatale Folgen für sie haben. Irreparable Schäden, zusätzlich zu dem Trauma, das Nele ohnehin ein Leben lang begleiten wird.«

Max fand es fürchterlich, dass sie über das Mädchen sprachen, als sei sie nicht anwesend.

»Nele«, begann Böhmer trotz der Warnung der Psychologin mit ruhiger Stimme, »kannst du mich hören?«

Sie zeigte keine Reaktion, nicht einmal ein Blinzeln.

»Nele, wir müssen jemanden finden, der schlimme Dinge getan hat.«

Eine Träne löste sich aus ihrem Augenwinkel und rann langsam über ihre Schläfe.

»Und jetzt müssen wir …«

»Horst!«, unterbrach Max seinen Partner ärgerlich. »Hör auf! Siehst du nicht, dass du sie noch mehr quälst?« Mit einem Ruck stand er auf. »Los, wir gehen.«

Er wusste nicht, ob die Überraschung in Böhmers Gesicht seinem Befehlston galt oder der Tatsache, dass er die Befragung des Mädchens unterbrochen hatte. Es war ihm auch egal. Jedenfalls erhob sich Böhmer tatsächlich und folgte ihm nach draußen.

»Was sollte das gerade?« Sie gingen nebeneinander den Flur entlang.

»Die Psychologin hat dir doch gesagt, dass du dem Mädchen schadest, wenn du ihm zu diesem Zeitpunkt solche Fragen stellst. Wie kannst du das einfach ignorieren? Die Kleine ist vollkommen hilflos. Ist es dir denn scheißegal, was aus ihr wird?«

Böhmer machte ein paar schnelle Schritte und stellte sich Max in den Weg. »Nein, ist es nicht. Aber wir sind, verdammt nochmal, Polizisten und haben eine Pflicht den Leuten da draußen gegenüber. Wir müssen sie davor beschützen, dass sie die Nächsten sind, denen die Augen ausgestochen und die Kehlen durchgeschnitten werden. Ist *dir* denn *das* scheißegal?«

Sie sahen sich in die Augen, vier, fünf Sekunden lang, bis Max den Blick senkte. »Nein, ist es nicht, und das weißt du auch. Aber ich kann einfach nicht dabei zusehen, wie ein Opfer weiter gequält wird, noch dazu ein Kind. Und sei es nur durch unsere Fragen.«

Er trat einen Schritt zur Seite und ging an Böhmer vorbei.

Nach wenigen Metern hatte dieser ihn wieder eingeholt. »Okay. Und was schlägst du stattdessen vor?«

»Fissmann.« Max hörte selbst, mit welcher Wut er diesen Namen aussprach. »Wir knöpfen uns Fissmann noch mal vor. Der weiß nämlich, im Gegensatz zu dem armen Kind da drinnen, tatsächlich etwas, das uns weiterbringen kann. Falls er den Mund aufmacht.«

»Okay, fahren wir wieder in die Klinik, aber nur unter einer Bedingung: Ich führe das Gespräch. Und *du* hältst dich zurück. Abgemacht?«

»Okay«, antwortete Max. *Wir werden sehen*, dachte er.

In der Klinik hatten sie zum ersten Mal die Möglichkeit, ohne Professor Leuken mit Fissmann zu reden, da der Klinikleiter an diesem Sonntag nicht anwesend war.

Anders als der Pfleger am Freitagabend hatte die stellvertretende Leiterin, eine Frau Dr. Meurer, keine Probleme damit, sie zu dem Patienten zu lassen, und zwar ohne Aufsicht.

Fissmann saß auf einem Stuhl nur zwei Meter vor dem Fernseher, in dem Nachrichten liefen. Er hatte seinen Block auf den Oberschenkeln liegen und schrieb eifrig mit.

»Herr Fissmann«, begann Böhmer, als sie hinter ihm standen, »wir möchten uns noch mal mit Ihnen unterhalten. Sie sollten gut zuhören und uns ehrlich antworten, denn davon hängt es ab, ob wir eine Chance haben, Ihre Belohnung durchzusetzen. Haben Sie das verstanden?«

»Natürlich«, erwiderte Fissmann klar, ohne dass er seine Beschäftigung unterbrach.

»Fangen wir mal mit Fliegen an. Was wissen Sie über Fliegen?«

Fissmann überlegte nicht lange. »Fliegen fressen totes Fleisch. Und sie sind laut.« Er sah zu Böhmer hoch und leckte sich die Lippen. »Wissen Sie, wie laut Fliegen sein können?«

»Wie? Was meinen Sie damit?«

»Wissen Sie, wie laut Fliegen sein können?«, wiederholte Fissmann stoisch.

»Ähm … nein. Wie laut denn?«

»Sehr laut!« Mit furchteinflößendem Augenrollen wandte er sich wieder dem Fernseher zu.

»Gut, also Fliegen sind laut und fressen totes Fleisch. Wissen Sie sonst noch etwas über Fliegen?«

»Sie wissen es nicht. Nein. Nichts. Hihi.«

Die Wut schoss so schnell in Max hoch, dass er das Gefühl hatte, von einer Hitzewelle durchflutet zu werden. »Hören Sie endlich auf mit diesem dämlichen …«

»Max!«

Böhmers Blick ließ keinen Zweifel daran, dass er das Gespräch sofort abbrechen würde, wenn Max sich nicht beherrschte. Max hob eine Hand und trat einen Schritt zurück. »Schon gut.«

»Hihi«, kicherte Fissmann und kritzelte auf seinem Block herum. Böhmer wandte sich ihm erneut zu. »Wissen Sie, ob wieder ein Mord passiert?«

»Natürlich«, antwortete Fissmann in einem verblüffend gleichen Tonfall wie zuvor, so dass Max glaubte, gerade ein Déjà-vu-Erlebnis zu haben.

»Wann?«

»Hihi.«

»Herr Fissmann! Wann?«

»Fliegen sind sehr laut.«

»Okay. Wenn Sie uns nichts sagen, gibt es auch keine Belohnung. Keine Freiheit. Das war's.«

»Und Sie wissen noch immer nichts. Gar nichts. Das war's.«

Und nach einer Weile fügte er hinzu: »Hihi.«

17

Sie waren etwa zehn Minuten unterwegs, als Böhmer irritiert zu beiden Seiten aus den Fenstern blickte. »Wo fährst du hin? Zum Präsidium ist das hier ein ziemlicher Umweg.«

»Ich fahre nicht zum Präsidium, sondern zu mir nach Hause.«

»Hm …«, brummte Böhmer nur, deshalb fügte Max hinzu: »Ich habe die Schnauze voll für heute. Wir kommen keinen Schritt weiter. Das Kind wird uns nicht weiterhelfen können, und wenn ich in den nächsten Stunden noch einmal Fissmanns *Hihi* höre, kann es sein, dass ich ihm an die Gurgel springe.«

Er warf Böhmer einen schnellen Blick zu, um sich sofort wieder auf den Verkehr zu konzentrieren. »Ich brauche ein bisschen Abstand. Nur ein paar Stunden, verstehst du das?«

»Ob ich das verstehe? Und wie ich das verstehe. Mir geht es ganz genauso. Ich übernehme bei dir den Wagen und mache mich dann auch auf den Heimweg. Wenn was ist, werden sich die Kollegen schon melden.«

In seiner Wohnung angekommen, warf Max den Schlüssel auf die Kommode im Flur, nahm sich in der Küche ein Bier aus dem Kühlschrank und hockte sich auf die Arbeitsfläche. Die Hände um die kalte Flasche gelegt, starrte er auf den kleinen Tisch an der gegenüberliegenden Wand. Er fühlte sich zerschlagen und deprimiert, weil nichts in diesem Fall einen Sinn zu ergeben schien, allerdings rumorte tief in ihm eine unbändige Wut gegen den Wahnsinnigen, der diese Morde begangen hatte. Und gegen alle anderen Mörder dieser Welt. Erfahrene Kollegen hatten ihm bereits kurz nach der Ausbildung prophezeit, dass der Moment kommen würde, in dem er am Sinn seines Berufes zweifelte, weil die Polizei durch die Gesetze derart geknebelt war, dass man das Gefühl bekommen konnte, der Schutz der Täter und ihrer Rechte hätten Vorrang vor dem Schutz der Opfer. Und selbst wenn ein Mörder überführt worden war, war noch lange nicht sichergestellt, dass dieser auch seine Strafe erhielt, weil irgendein findiger Anwalt vielleicht eine Gesetzeslücke fand, durch die sein Mandant schlüpfen konnte.

Er dachte wieder an das Mädchen, Nele. Er sah sie vor sich, den leeren Blick gegen die Decke gerichtet, sah ihren regungslosen Körper, mehr eine Hülle.

Er dachte an diesen Traum, in dem Jenny nackt an ihrem Bett saß, den Körper so grauenvoll verstümmelt wie beim letzten Mal, als er sie gesehen hatte. Und die Wut wurde größer und größer. Er *musste* dieses verdammte Schwein fassen, bevor es weitermorden konnte. Für Sarah und Nele Hallstein, für Manuel Darius … für Jenny. Und für seinen Seelenfrieden.

Er trank die Bierflasche leer, nahm ein Glas aus dem Schrank und mixte einen Gin Tonic. Nicht, weil er sich betrinken wollte, sondern weil er irgendwie seine Wut betäuben musste, die ihn mittlerweile derart ausfüllte, dass er das Gefühl hatte, bald zu platzen.

Noch bevor er den ersten Schluck trinken konnte, läutete das Telefon. Kirsten. Max hörte sofort, dass etwas nicht stimmte, und alle seine Alarmglocken begannen zu schrillen. »Was ist bei dir los, Kirsten?«

»Ach, es ist nur … ich …« Sie begann zu schluchzen. »Entschuldige. Ich benehme mich wie eine Zehnjährige. Es tut mir so leid, ich weiß ja, dass du bis zum Hals in dieser schrecklichen Sache steckst und wirklich keine Zeit …«

»Kirsten, was ist los?«

»Er … hat sich wieder gemeldet.«

Max straffte sich. »Was hat er geschrieben?«

»Nichts, das ist es ja. Er hat ein Foto geschickt.«

Max hatte sofort eine Vorstellung davon, um welche Art von Foto es sich dabei handelte. Es kam häufiger vor, dass Stalker ihren Opfern Nahaufnahmen ihrer Genitalien schickten. »Was ist darauf zu sehen?«, fragte er trotzdem.

»Ich.«

»Was?«

»Ich, wie ich gerade aus der Haustür herauskomme. Er war vor meinem Haus, Max, und hat mich fotografiert. Er will mir damit zeigen, dass er mich jederzeit erwischen kann. Ich habe alle Jalousien heruntergelassen und traue mich nicht mehr vor die Tür.«

»Okay, ich packe jetzt ein paar Sachen zusammen und komme zu dir.«

»Max …«

»Ich schlafe auf der Couch, das ist für mich überhaupt kein …«

»Max!«

»Was denn?«

»Das ist nicht nötig. Erinnerst du dich noch an Petra Schwiering? Wir sind zusammen zur Schule gegangen und waren eng befreundet. Wir haben auch heute noch regelmäßig Kontakt.«

»Nein, der Name sagt mir nichts, aber egal. Was ist mit ihr?«

»Sie lebt seit einigen Jahren mit ihrem Mann in München. Sie hat dort einen Friseursalon und kommt morgen für eine Woche nach Düsseldorf, weil sie hier eine Fortbildung besucht. Vor ein paar Tagen hat sie angerufen und gefragt, ob sie vielleicht bei mir übernachten kann. Ich werde also ab morgen nicht mehr allein sein.«

»Hm … und was ist mit heute Nacht?«

»Wie gesagt, ich habe alles abgeschlossen und an allen Fenstern die Jalousien heruntergelassen. Kein Problem. Ich habe dich auch nur angerufen, weil ich mich gefürchtet habe und mit jemandem reden wollte. Jetzt geht's mir schon wieder besser.«

»Kannst du mir das Foto schicken?«

»Ja klar. Was tust du damit?«

»Ich weiß es selbst noch nicht so genau, aber ich werde morgen mal sehen, ob es irgendwie dabei helfen kann, den Kerl ausfindig zu machen. Wenn ich den zwischen die Finger bekomme, kann er sich auf was gefasst machen.«

»Mein großer Bruder.« Fast klang Kirsten ein wenig belustigt, was Max weitaus besser gefiel als der Klang ihrer Stimme zu Beginn ihres Telefonats. Trotzdem nahm er sich vor, an der Sache dranzubleiben und sich selbst mal mit Böhmers IT-Kollegen zu unterhalten.

Max betrachtete das volle Glas vor sich, wollte schon danach greifen, überlegte es sich dann aber anders.

Er warf einen Blick auf die Uhr. Zehn vor fünf. Nach kurzem Zögern griff er erneut nach dem Telefonhörer, wählte eine Nummer und wartete, bis das Gespräch angenommen wurde.

»Bormann.«

»Bischoff hier. Herr Professor, ich weiß, es ist Sonntag, aber …«

»Ich habe davon gelesen und mich gewundert, dass Sie sich noch nicht gemeldet haben. Kommen Sie vorbei, wenn Sie möchten.«

Bormann bewohnte mit seiner Frau ein liebevoll renoviertes Bauernhaus im Stadtteil Volmerswerth, das von einem großen Grundstück umgeben war. Max wusste, dass sie eine erwachsene Tochter hatten, die mit ihrer Familie aber in Köln lebte.

Nachdem Max die Frau seines ehemaligen Dozenten begrüßt hatte, begleitete er Bormann in dessen Büro, einen gemütlich eingerichteten Raum mit dicken, freiliegenden Holzbalken an der Decke.

»Bitte, nehmen Sie Platz.« Bormann deutete auf einen der beiden schweren, braunen Ledersessel mit hoher Rückenlehne.

Max ließ sich in das weiche Kissen sinken, während Bormann stehen blieb. »Kann ich Ihnen etwas anbieten? Kaffee? Tee? Wasser? Oder vielleicht einen wunderbar weichen, alten Cognac?«

»Nein danke, das ist sehr freundlich.«

Nun setzte sich auch der Professor, schlug die Beine übereinander und sah Max mit ernstem Blick an.

»Also los, erzählen Sie mir einfach alles, was Sie für wichtig erachten.«

Und Max erzählte, beginnend mit dem, was sie im Haus der Familie Darius vorgefunden hatten, über die Fliegenmaske und die paar Sätze, die der Täter dort gesagt hatte, bis hin zu der weißen Lilie, Fissmann und dem traumatisierten zwölfjährigen Mädchen. Bormann unterbrach ihn nur einmal, als Max davon berichtete, dass der Täter die letzten beiden Male von den *anderen* gesprochen hatte, die gewarnt werden sollten, und fragte nach, ob vielleicht Rosie Lippert eine Vorstellung davon hatte, wer diese anderen sein könnten, was Max verneinen musste.

»Hm …«, brummte Bormann, nachdem Max seinen Bericht beendet hatte. »Ich habe mich gedanklich schon eine Weile mit diesem Fall auseinandergesetzt, basierend auf den Informationen, die in der Presse zu lesen waren. Was zuerst auffällt, das ist diese außergewöhnliche Maske. Die Fliege steht meist für Tod und Verwesung, was ja auch zu den Morden passt. Aber Sie kennen sicher auch das Buch *Herr der Fliegen* von *William Golding.*«

»Natürlich sagt der Titel mir was, aber gelesen habe ich es leider nicht.«

»Darin geht es um die soziale Entwicklung einer Gruppe Jugendlicher, die fernab jeder Einflussnahme durch Erwachsene auf einer einsamen Insel gestrandet sind. Golding thematisiert die angeborene Gewaltbereitschaft des Menschen, was er noch zuspitzt, indem er sich als Hauptakteure *unschuldige* Kinder ausgesucht hat. Es bilden sich zwei Gruppen, die immer mehr zu Feinden werden. Je länger die Kinder auf der Insel sind, umso weiter entfernen sie sich von den in der Zivilisation geltenden Gesetzen und von der *Unschuld*, die von Erwachsenen immer in sie hineininterpretiert wurde, bis einzig und allein das Recht des Stärkeren gilt und sie sich gegenseitig sogar umbringen. Ich halte es durchaus für möglich, dass Ihr Täter auf dieses Buch Bezug nimmt und in seinem Wahn eine vermeintlich verfeindete Gruppe meint, wenn er von den *anderen* spricht, die gewarnt werden sollen.«

»In diese Richtung habe ich noch gar nicht gedacht.«

Bormann zeigte die Andeutung eines Lächelns. »Es ist Ziel eines jeden Austauschs, die Gedanken des anderen zu erfahren und gegebenenfalls die eigenen zu hinterfragen.«

»Und wie passt die weiße Lilie in dieses Bild?«

»Das kann in alle Richtungen gehen. Wobei ich es merkwürdig finde, dass sie bei den ersten Morden nicht aufgetaucht ist, wie Sie sagten. Aber wenn wir das mal außer Acht lassen und uns der Symbolik der weißen Lilie zuwenden, passt sie durchaus ins Bild. Der Blume werden Eigenschaften wie Liebenswürdigkeit, Reinheit, Liebe, Fruchtbarkeit und Weiblichkeit zugesprochen. Die meisten dieser Deutungen stammen aus dem Altertum. Noch nicht ganz so lange ist es her, dass man die klare Ausstrahlung der Blüte für Beerdigungen entdeckte, weswegen sie auch für die Vergänglichkeit steht. Legt man das zugrunde, könnte Ihr Täter mit der Blume seine Warnung an die *anderen* unterstreichen. Aber …« Bormann hob einen Finger, während sich auf seinem Gesicht der Anflug eines Lächelns zeigte. Das tat er auch in seinen Vorlesungen, wenn er mit seinen Studenten gerade eine komplizierte Theorie entwickelt hatte und sie, eingeleitet durch den erhobenen Finger, anschließend mit zwei, drei Sätzen selbst widerlegte.

»Es kann natürlich auch sein, dass hinter dieser Blume keinerlei Bedeutung steckt und der Täter sie einfach als kleine Denksportaufgabe zurückgelassen hat, an der Sie sich die Zähne ausbeißen sollen.«

Was exakt Böhmers Theorie entsprach.

18

Am Montagmorgen kam Max sein Partner ungewohnt hektisch vor. Bevor er auch nur die Chance hatte, Böhmer von dem Gespräch mit seinem ehemaligen Dozenten zu berichten, legte er gleich los. »Morgen. Schön, dass du kommst. Wir haben gleich Besprechung, danach können wir uns auf den Weg machen.«

Max' Magen zuckte. »O nein, sag jetzt bitte nicht …«

»Nein, nein, kein weiterer Mord. Zumindest bisher. Aber ich bin gestern doch noch nicht nach Hause gefahren, weil ein Gedanke zu Fissmann mich nicht mehr loslässt, der quasi die einzige Möglichkeit darstellt, die denkbar ist. Zumindest bei unserem jetzigen Kenntnisstand.«

Max setzte sich an seinen Schreibtisch. »Aha. Und der wäre?«

»Ein ehemaliger Patient, der erst vor kurzem entlassen wurde, arbeitet eine Liste ab. Nach welchen Kriterien er die erstellt hat, weiß ich nicht. Aber er hat Fissmann gesteckt, wann er welche Taten begeht.«

»Warum sollte er das tun?«

Böhmer zuckte übertrieben mit den Schultern. »Was weiß denn ich? Bei diesen durchgeknallten Typen kann man keine normalen, logischen Maßstäbe für ihr Verhalten zugrunde legen, das weißt du doch am besten. Jedenfalls war ich so frei, bei dem Herrn Professor zu Hause anzurufen, wo seine Frau mir aber sagte, dass er in die Klinik gefahren sei, weil es dort wohl Schwierigkeiten mit einem Patienten gegeben hatte. Also habe ich mich auf den Weg in die Klinik gemacht.«

Dass Böhmer allein dorthin gefahren war, fand Max ungewöhnlich. »Warum hast du mich nicht angerufen?«

Böhmer verzog das Gesicht. »Warte mal, wie war das … Zitat Kollege Bischoff: *Wenn ich in den nächsten Stunden noch einmal Fissmanns Hihi höre, kann es sein, dass ich ihm an die Gurgel springe.* Zitat Ende. Sonst noch Fragen?«

»Ist ja schon gut.«

»Okay, ich habe Leuken also in der Klinik angetroffen und ihn nach Patienten gefragt, die in den letzten vierundzwanzig Monaten entlassen worden waren und mit denen Fissmann Kontakt hatte, auch wenn es nur flüchtig war. Während der Herr Professor seinen Computer befragt hat, kam seine Stellvertreterin herein und berichtete, der Patient sei nun ruhiggestellt. Was glaubst du wohl, wer dieser Patient war, der Schwierigkeiten gemacht hat?«

»Fissmann«, sagte Max sofort.

»Genau. Ich habe nachgebohrt und bemerkt, dass es dem Herrn Professor unangenehm war, darüber zu sprechen. Laut seiner Aussage hat Fissmann einen Tobsuchtsanfall bekommen, weil ihm niemand die Bezahlung für seine Tipps geben wollte. Also hat Leuken angeordnet, ihn zu sedieren.«

»So viel also zum Thema: *Sie erwarten ernsthaft von mir, dass ich einen meiner Patienten unter bewusstseinsverändernde Medikamente setze?*« Dabei äffte Max den Tonfall des Klinikleiters nach.

»Genau. Aber das nur am Rande. Jedenfalls hat Leuken mir vier Namen von entlassenen Patienten gegeben. Drei davon müssen wir abarbeiten. Der vierte hat sich selbst von der Liste gestrichen. Er ist letzte Ostern vor einen Zug gehüpft. Ich habe die Adressen.« Er warf einen Blick auf die Uhr. »Aber erst mal Besprechung im Einsatzraum, auf geht's.«

Nachdem Gorges den Kollegen der *Soko Fliege* eindringlich geschildert hatte, dass ihm neben dem Staatsanwalt und dem Bürgermeister mittlerweile sogar ein Vertreter des Innenministers im Nacken saß, übernahm Böhmer und fasste noch einmal alle Fakten zusammen, die sie bisher in Erfahrung gebracht hatten. Ebenso informierte er die Kollegen über seinen sonntäglichen Besuch und gab ihnen die Namen der drei ehemaligen Mitpatienten Fissmanns. »Ich möchte die komplette Vita der drei haben. Von ihrem Geburtsgewicht bis zur Adresse, an der sie sich gestern aufgehalten haben. Und jetzt los.«

»Wir beginnen mit Ernst Zeller«, erklärte Böhmer auf dem Weg nach unten. »Ende vierzig. Er hat seine Eltern getötet, weil seiner Meinung nach ihr Leben aufgrund ihrer mangelnden Intelligenz nicht lebenswert war. Hat vierzehn Jahre in der Psychiatrie verbracht und wurde aufgrund eines Gutachtens des Herrn Professors entlassen. Er lebt in einer betreuten Wohngemeinschaft.«

Zeller saß in seinem Zimmer, einem trostlosen Raum mit einem winzigen Fenster und dem Charme einer Todeszelle. Als sie hereinkamen, sank er tiefer in seinen zerschlissenen Sessel, ohne seinen Blick vom Fernseher abzuwenden, in dem irgendeine Soap lief. Alle paar Sekunden wurden die gleichen Lacher eines imaginären Publikums vom Band eingespielt. Für einen Mann war Zeller verhältnismäßig klein und zierlich, fand Max.

Es war einer der Betreuer gewesen, der die Tür geöffnet hatte und Böhmer und Max eintreten ließ, ein rundlicher Mann Mitte dreißig namens Bauer. Er sah Zeller kurz und unfreundlich an, bevor er ihn mit dem Finger gegen die Schulter stupste.

»Besuch für dich, Ernst«, sagte er auf eine Weise, als sei es für ihn eine Zumutung, den Weg über den Flur zu Zellers Zimmer gehen zu müssen.

Max sah sich in dem Raum um, betrachtete den fleckigen, modrig riechenden Teppich, den zerkratzten Holzschrank und den nackten Holztisch und stellte sich die Frage, ob die Freiheit für Zeller wirklich eine gute Alternative zur Klinik war.

»Diese Art von Fernsehsendungen ist eine Erfrischung

für den Geist«, sagte der Mann plötzlich, ohne den Blick vom Bildschirm abzuwenden. Er sprach ein gestochenes Hochdeutsch mit angenehmer Sprachmelodie. »Das Gehirn kann währenddessen ruhen, denn um die Banalität der Scherze zu erfassen, ist es nicht vonnöten.«

Böhmer rollte mit den Augen. »Herr Zeller, wir würden uns gerne mit Ihnen einen Moment über einen ehemaligen … Mitpatienten von Ihnen unterhalten. Siegfried Fissmann.«

»Fissmann, ja … er ist ein Suchender.«

»Herr Zeller, würde es Ihnen etwas ausmachen, sich uns zuzuwenden, während wir uns unterhalten?«

»Oh, entschuldigen Sie bitte, natürlich.« Er sah Max an. »Manchmal vergesse ich, dass Menschen wie Sie nicht in der Lage sind, Informationen aus verschiedenen Quellen gleichzeitig zu verarbeiten. Tut mir wirklich leid.«

Max überging die Bemerkung. »Sie sagten, Fissmann sei ein Suchender. Was genau sucht er denn Ihrer Meinung nach?«

»Diese Information habe ich leider nicht. Ich habe ihn diverse Male danach gefragt, aber niemals eine Antwort erhalten.«

»Hatten Sie engen Kontakt zu ihm?«, wollte Böhmer wissen.

»Nein. Niemand hat engen Kontakt zu Siegfried Fissmann. Er ist ein schizophrener Soziopath, nicht unintelligent, aber zu keiner sinnvollen Unterhaltung, geschweige denn zur Kontaktpflege fähig. Und bevor Sie nun auf den Gedanken kommen, ich könne mir kein Urteil über ihn erlauben, weil ich selbst vierzehn Jahre dort verbracht habe … Das ist etwas vollkommen anderes. Fissmann hat seine Frau ohne Grund umgebracht, einfach aus Lust am Töten. Ich hingegen musste mich meiner Erzeuger aus einer Notlage heraus entledigen. Sie hätten mit ihrer Dummheit meinen reinen Geist vergiftet. Ich hoffe doch sehr, Sie erkennen den eklatanten Unterschied und scheren mich nicht mit Siegfried Fissmann über einen Kamm.«

»Können Sie uns etwas über Fliegen sagen?«

Max konnte genau sehen, wie sich Zellers Miene verfinsterte. Zu überraschen schien ihn die Frage nicht. »Sie wissen es also. Nun gut, da sie diese Information ja offensichtlich schon haben … Ja, es stimmt. Nachdem ich dem unrühmlichen Leben meiner Eltern ein Ende bereitet habe, war ich noch zwei Wochen mit Ihnen zusammen im gleichen Raum. Ich habe Fliegen auf ihnen gezüchtet. Ihre verwesenden Körper waren der optimale Nährboden für die Maden der Musca domestica. Stubenfliege. Ich habe sie aus ihren aufbrechenden Körpern geerntet wie Kirschen von einem Baum und in einem großen Aquarium gesammelt. Nach zwei Wochen hatte ich Abertausende von ihnen, und in allen steckte ein Teil meiner Eltern.«

Er blickte von Böhmer zu Max, die ihn beide sprachlos und entsetzt anstarrten. Plötzlich verzog sich sein Mund zu einem breiten Lachen. »Das haben Sie jetzt tatsächlich geglaubt, oder? Sehen Sie, das ist der Triumph des erhabenen Geistes über den gewöhnlichen. Er kann ihn lenken, wohin er möchte. Aber um Ihre Frage abschließend wahrheitsgemäß und mit der gebührenden Ernsthaftigkeit zu beantworten: Nein, ich kann Ihnen nichts Außergewöhnliches über Fliegen sagen.«

»Vielleicht bemerkt Ihr erhabener Geist dann auch, dass wir Ihren Sinn für Humor nicht teilen. Können Sie uns vielleicht sagen, wo Sie in der letzten Woche die Nacht von Mittwoch auf Donnerstag verbracht haben?«

Böhmers Stimme war deutlich anzuhören, was er von Zellers Spielchen hielt.

»Natürlich. Ich war hier und habe gelesen, so wie fast jeden Abend. Das wird man Ihnen bestätigen. Und jetzt« – er deutete zum Fernseher – »entschuldigen Sie mich bitte.«

Sie gingen und knöpften sich Bauer vor, der bestätigte,

dass Zeller tatsächlich alle Nächte, in denen die Morde geschehen waren, in seinem Zimmer verbracht hatte.

Bevor sie dem nächsten Expatienten einen Besuch abstatteten, legten sie eine Pause in einer Pizzeria ein. Böhmer erklärte, am Morgen nichts gefrühstückt zu haben und dringend etwas essen zu müssen.

Etwa eine Stunde später machten sie sich dann auf den nur wenige Straßen weiten Weg zu Bernhard Kutscher, der bei einer alten Dame zur Miete wohnte. Kutscher war um die fünfzig und zwölf Jahre zuvor in der Forensischen Psychiatrie gelandet, weil er zwei Prostituierte umgebracht und sich anschließend zwei Tage lang an ihren Leichen vergangen hatte. Leuken hatte sich für seine Entlassung ausgesprochen, da der Mann einer chemischen Kastration zugestimmt hatte, womit sein bizarrer Trieb ausgeschaltet war. Das war acht Monate her.

»Siegfried Fissmann …« Die Augen des Mannes begannen zu glänzen, als er den Namen wiederholte. »Ein guter Mensch.«

»Hatten Sie engen Kontakt zu ihm?«

»Nein.« Kutscher schüttelte mehrmals den Kopf. »Den hatte keiner. Überhaupt keiner. Siegfried wollte das nicht. Aber er hat mir geholfen. Er hat mir gezeigt, wie man die schlimmen Gedanken auch ohne Tabletten wegbekommt.«

»Aha, und wie geht das?«, fragte Böhmer.

»Mit Schmerzen.« Kutscher schob den Ärmel seines blauen Sweatshirts nach oben und zeigte ihnen seinen Unterarm, der mit kleinen, seltsamen Dellen übersät war. »Da, sehen Sie? Wenn diese Gedanken gekommen sind, habe ich mir einen Stift genommen und mir die Spitze so lange fest in den Arm gestochen, bis sie verschwunden waren. Das war Siegfrieds Idee.«

Ein netter Mensch. Max konzentrierte sich darauf, dass seine Stimme neutral blieb. »Können Sie uns sonst noch etwas über ihn sagen?«

»Er hat viele Zeitungen gelesen und viel ausgeschnitten.«

»Aha. Hatte er spezielle Interessen?«

Kutscher zuckte mit den Schultern. »Ich weiß es nicht. Artikel über Politiker oder andere berühmten Leute. Alles hat er ausgeschnitten und irgendwelche Anmerkungen dazugeschrieben.«

Auf ihre Nachfrage hin behauptete auch Kutscher, in den Tatnächten zu Hause gewesen zu sein, allerdings konnte das niemand bestätigen, da die alte Dame, bei der er wohnte, schwerhörig war und nicht mitbekam, wann Kutscher ging oder kam.

»Was, wenn es umgekehrt ist?«, dachte Max laut nach, als er sich wenig später auf dem Fahrersitz anschnallte.

»Wie? Was meinst du mit umgekehrt?«

»Was, wenn Fissmann der Drahtzieher ist, der hinter alldem steckt, und jemand wie Kutscher die Morde für ihn begeht? In seinem Auftrag.«

»Kutscher? Du hast ihn doch gerade erlebt. Der soll die Leute umgebracht und diese Sätze gesagt haben? Glaubst du das wirklich?«

»Ich weiß nicht mehr, was ich glauben kann und soll. Was ich aber weiß, ist, dass wir noch keinen Schritt weitergekommen sind und deshalb die Sache vielleicht mal von einer anderen Seite aus betrachten sollten.«

»Lass uns erst zum nächsten Exinsassen fahren. Mal sehen, was der zu erzählen hat.«

Udo Finck, der dritte von Fissmanns lockeren Klinikkontakten, bewohnte eine Souterrainwohnung in Garath, nur zwei Straßen vom Haus der Lipperts entfernt. Nach Auskunft des Professors hatte er wegen Mordes erst in einer normalen JVA gesessen. Seine Lebensgefährtin hatte ihn verlassen, nachdem er sie mehrfach krankenhausreif geprügelt hatte. Daraufhin hatte er dem neuen Freund der Frau ein Messer in die Brust gerammt.

Im Gefängnis tat er sich dann durch ausgeprägten Sadismus hervor. Unstimmigkeiten löste er, indem er Kontrahenten brennende Zigaretten auf dem Körper ausdrückte oder ihren Kopf in die Toilette steckte und so lange abzog, bis sie fast ertranken. Als er einen neuen Zellennachbarn erst die halbe Nacht hindurch folterte und ihm dabei mit einem selbstgebastelten Messer alle Finger einer Hand abtrennte, wurde er in die Forensische Psychiatrie überwiesen, wo er elf Jahre verbrachte. Als er entlassen wurde, war er dreiundfünfzig.

Auch er war zu Hause. Als er auf ihr Klingeln hin die Tür öffnete, musterte er sie von oben bis unten. »Bullen, stimmt's?«, blaffte er, zog an der Zigarette, die er zwischen Daumen und Zeigefinger hielt, und blies ihnen provokant den Rauch entgegen. »Was gibt's?«

»Wir möchten uns mit Ihnen unterhalten«, entgegnete Böhmer ruhig.

»Ach ja? Und worüber?«

»Dürfen wir vielleicht reinkommen?« Max zeigte an Finck vorbei in den Flur.

»Nein.«

»Okay, dann also hier.« Max bewunderte die ruhige Art, mit der Böhmer mit dem Mann sprach. »Kennen Sie Siegfried Fissmann?« Ein gemeines Grinsen legte sich auf das stoppelige Gesicht. »Klar, das war der Idiot, der alles mitgeschrieben hat.«

»Wie würden Sie Ihren Kontakt zu Fissmann beschreiben?«

Das Grinsen wurde noch breiter. »Spaßig. Ich habe ihm ein paarmal dabei geholfen, mit dem Kopf gegen die Wand zu laufen. Wenn er mich bei Gesprächen belauscht hat, zum Beispiel.«

»Sonst nichts?«

»Wie – sonst nichts? Was denn noch? Wollen Sie wissen, ob er mir einen geblasen hat? Nein, hat er nicht, er hatte Mundgeruch.«

»Was können Sie uns über Fliegen sagen?«

Der abrupte Themenwechsel brachte Finck aus dem Konzept, auf seiner Stirn bildeten sich tiefe Falten. »Wollen Sie mich verarschen? Fliegen? Was, zum Teufel, denn für Fliegen? Ah … jetzt weiß ich. Diese Morde, die in den Nachrichten waren. Der Typ mit der Fliegenmaske. Moment mal … Sie glauben, Fissmann hat damit was zu tun? Das glauben Sie echt?« Finck brach in schallendes Gelächter aus, so laut, dass davon auszugehen war, dass sich gleich alle Türen der Nachbarhäuser öffnen würden. »Fissmann ist ein wirrer Idiot, der sich daran aufgeilt, Zeitungsartikel auszuschneiden und einzukleben. Was sollte der mit dieser Mordserie zu tun haben? Ist der überhaupt schon raus? Mann, ihr seid ja noch unfähiger, als ich es eh schon immer wusste.«

»Wo waren Sie in der Nacht von Mittwoch auf Donnerstag letzte Woche?« Nun wurde Böhmers Ton doch etwas schärfer.

»Was weiß ich? Vielleicht im Puff, vielleicht hier. Geht euch aber einen Scheiß an.«

Einen kurzen Moment lang spürte Max eine heiße Welle in sich, dann hatte er Finck auch schon mit beiden Händen am Shirt gepackt und gegen die Wand gedrückt. »Hör zu, du Mistkerl, wenn du denkst, du kannst hier unbegrenzt deine Gülle ablassen, dann hast du dich getäuscht. Wir sind zu zweit, du bist allein. Wie wäre es, wenn ich dir mal dabei helfe, mit dem Kopf gegen die Wand zu laufen? Ich werde behaupten, es war Notwehr, weil du mich angegriffen hast. Bei deiner Vergangenheit glaubt mir das jeder. So, und jetzt noch mal zum Mitschreiben für dich: Wir ermitteln in einer Mordserie und erwarten, dass du jetzt unsere Fragen beantwortest, ist das klar?«

Eine Weile starrten sie einander in die Augen. Max rechnete jeden Moment damit, dass sein Partner ihn von dem Mann wegziehen würde, doch das geschah nicht.

Irgendwann drehte Finck den Kopf zur Seite und spuckte neben Max auf den Boden. »Fick dich, Arschloch.«

In diesem Moment tauchte Böhmers Hand doch noch an Max' Schulter auf und hielt ihn zurück. »Nicht …«

Max wandte sich ab und atmete tief durch. Hinter seinem Rücken hörte er Böhmer sagen: »Sie haben sich keinen Gefallen getan, das wird Ihnen noch klarwerden. Sie haben für die Tatzeiten kein Alibi und weigern sich zu kooperieren. Wir werden uns ganz schnell wiedersehen, darauf können Sie sich verlassen.«

»Du kannst mir den Schwanz lutschen, darauf kannst *du* dich verlassen.« Im nächsten Moment wurde die Tür zugeknallt.

19

»Los, fahren wir«, grummelte Böhmer, während er an Max vorbeiging. Max folgte seinem Partner, nachdem er sich noch einmal umgedreht und die Tür betrachtet hatte, hinter der Finck wohnte.

»Mann«, stieß Max aus, als er Böhmer erreicht hatte. »Ich darf als Polizist gar nicht laut sagen, was ich mit diesem Arschloch am liebsten tun würde.«

»Das ist auch nicht nötig.« Böhmer ging um den Wagen herum zur Beifahrerseite. »Was immer es auch ist – ich würde dir mit Freuden dabei helfen. Ich werde besser die Kollegen zu ihm schicken, um ihn zu vernehmen. Entweder in seiner Wohnung oder auf dem Präsidium.«

»Wohin jetzt?«

»Zu Leuken in die Klinik. Ich möchte mich mit ihm noch mal über diese drei Vögel unterhalten.«

»Hm … vielleicht rufst du besser vorher erst mal an, bevor wir da rausfahren.«

Es zeigte sich, dass das eine gute Idee war, denn in der Klinik sagte man Böhmer, dass der Herr Professor schon zu Hause sei. Am Montagnachmittag sei er selten in der Klinik.

Sie verzichteten darauf, sich bei Leuken zu Hause anzukündigen, die Fahrt war kein großer Umweg.

Leukens Frau öffnete ihnen die Tür und bat sie herein, nachdem Böhmer sich selbst und Max vorgestellt hatte. Max schätzte sie gute fünfzehn Jahre jünger ein als ihren Mann. Sie war schlank und recht attraktiv, wenngleich ein strenger Zug um ihren Mund lag.

»Oh …« Leuken kam ihnen durch eine der Türen entgegen, die von der großen Diele abgingen. »Ich hätte nicht gedacht, dass ich Sie so schnell wiedersehen werde.« Der Hauch eines Vorwurfs in seiner Stimme war nicht zu überhören. »Und dann auch noch bei mir zu Hause …« Er deutete auf seine Frau. »Meine Frau Jeanette muss ich Ihnen ja dann nicht mehr vorstellen, die haben Sie ja gerade kennengelernt.«

»Ursprünglich wollten wir Sie auch in der Klinik besuchen, aber dort waren Sie ja leider nicht mehr anzutreffen«, säuselte Böhmer mit einem Lächeln, das so falsch war wie die weißen Zähne des Professors. »Aber schön, dass Sie dieses Mal zu Hause sind. Ach, und wo wir schon dabei sind« – er wandte sich an Jeanette Leuken –, »dürfen wir erfahren, wo Sie am Freitagabend waren, als wir vor Ihrem hell erleuchteten Haus standen?«

Max sah den erschrockenen Ausdruck, der über das Gesicht der Frau huschte. »Am Freitag? Ja, also …«

»Im Theater«, kam der Professor seiner Frau zu Hilfe. Der Blick, den sie ihm daraufhin zuwarf, ließ Max vermuten, dass Leuken gerade gelogen hatte. Das schien auch Böhmer aufgefallen zu sein. »Im Theater, das ist toll. Ich liebe Theater. Was gab's denn?« Seine Scheinheiligkeit war nicht zu überbieten. Fast schien es Max, als mache es Böhmer Spaß, dabei zuzusehen, wie unangenehm die Situation sowohl Leuken als auch seiner Frau war.

»Das weiß ich nicht. Die Vorstellung war ausverkauft, da sind wir gleich weiter. Wir fahren öfter mal einfach so ins Theater, ohne zu wissen, was gespielt wird.«

Böhmer nickte und warf Jeanette Leuken einen langen Blick zu. »Verstehe. Und dann? Was haben Sie dann gemacht?«

»Wir waren spazieren. In der Altstadt und am Rheinufer. Da haben wir auch noch was getrunken. Aber … warum möchten Sie das denn alles wissen?«

»Ach, Sie müssen entschuldigen.« Mit einer lässigen Handbewegung winkte Böhmer ab. »Sie haben natürlich recht. Das ist so eine Berufskrankheit …«

»Herr Professor, wir wüssten gerne ein bisschen mehr über die drei ehemaligen Patienten, die Sie meinem Kollegen genannt haben. Besonders dieser Udo Finck interessiert uns.«

»Ich weiß nicht, was ich Ihnen noch sagen könnte, das Sie nicht schon wissen und das nicht meine ärztliche Schweigepflicht verletzt. Zudem kann ich mich für alle drei verbürgen, aber das ist ja klar, denn andernfalls hätte ich mich nicht dafür ausgesprochen, sie zu entlassen.«

»Sie könnten uns zum Beispiel das Gutachten zeigen, das Sie über Udo Finck erstellt haben und das dazu geführt hat, dass er entlassen wird.«

»Tut mir leid, aber das habe ich nicht hier. Zudem fällt auch das unter die ärztliche Schweigepflicht und ist nur für den Gebrauch vor Gericht erstellt worden.«

»Wir können uns natürlich auch einen richterlichen Beschluss besorgen.«

Leuken nickte. »Ja, bitte tun Sie das, dann sind wir alle auf der sicheren Seite. Ich bitte um Ihr Verständnis. Und was Siegfried betrifft … Ich weiß, dass Sie dringend wissen möchten, woher er seine Informationen hat und …«

»Noch viel dringender möchten wir wissen, was er weiß«, fiel Böhmer ihm ins Wort. »Ob, wann und wo es weitere Morde geben wird.«

»Ich kann Ihnen versichern, ich werde alle meine Möglichkeiten ausschöpfen, um ihm diese Informationen zu entlocken.«

»Was war denn gestern Abend mit Fissmann los?«

Leuken hob bedauernd die Schultern. »Tut mir leid …«

»Ja, ja, die Schweigepflicht.« Böhmer wandte sich an Max. »Gehen wir.«

Als sie schon aus der Tür waren, sagte Leuken: »Ach, ich

habe mich noch gar nicht erkundigt, was bei den Gesprächen mit den drei Männern herausgekommen ist.«

Böhmer schüttelte den Kopf und ging weiter, ohne sich umzudrehen. »Tut mir leid. Laufende Ermittlungen.«

Nachdem Max Böhmer zu Hause abgesetzt hatte, machte auch er sich auf den Heimweg. Kurz dachte er daran, Kirsten einen Besuch abzustatten, aber er fühlte sich zu ausgelaugt, um sich mit ihrer Freundin zu unterhalten. Also begnügte er sich mit einem Anruf, bei dem er erfuhr, dass sich der Stalker nicht mehr gemeldet hatte.

Zu Hause setzte er sich an den Computer, gab aber schon nach fünf Minuten wieder auf, in denen er lustlos auf der Tastatur herumgetippt hatte. Er schaltete den Fernseher ein, zappte durch alle Programme, schaltete ihn wieder aus und warf die Fernbedienung auf die Couch.

Einerseits war er vollkommen fertig, andererseits aber von einer inneren Unruhe getrieben, die es ihm an diesem Abend unmöglich machte, sich auf eine Sache zu konzentrieren. Einer Eingebung folgend, griff er nach dem Telefonhörer und rief seine Eltern an. Seine Mutter nahm das Gespräch so schnell an, dass der Hörer direkt neben ihr gelegen haben musste.

»Hallo, ich bin's. Ich wollte mal hören, wie es euch geht.«

»Ach, so wie meistens.« Ihre Stimme klang fröhlich. »Und wie ist es bei dir? Du arbeitest an dieser schrecklichen Sache, stimmt's?«

»Ja.«

»Ach, Max, ich habe dir ja schon immer gesagt, dass das kein Beruf für dich ist. Du kommst nur mit dem Abschaum unserer Gesellschaft zusammen und siehst so viele schreckliche Dinge …«

Max kannte diese Gespräche, er hatte sie oft genug mit seiner Mutter geführt.

»Aber wenn niemand diesen Beruf machen wollte, würde dieser Abschaum alle anderen terrorisieren, weil keiner mehr da wäre, der ihm Einhalt gebietet. Lass uns über was anderes reden, okay?«

»Na gut. Wann hast du zum letzten Mal mit deiner Schwester gesprochen?«

»Vor ein paar Stunden.«

»Ah, gut, dann weißt du ja, dass sie Besuch hat.«

»Ja, das hat sie mir erzählt.«

»Ist dir auch aufgefallen, dass sie in letzter Zeit nicht mehr so fröhlich ist wie sonst? Ich bin mir sicher, sie vermisst Jan immer noch.«

»Das kann schon sein«, stimmte Max ihr zu, obwohl er es besser wusste. »Aber jetzt ist sie ja mal für ein paar Tage abgelenkt. Und ich melde mich täglich bei ihr.«

»Sie kann froh sein, einen Bruder wie dich zu haben.«

»Ich denke, wir haben beide großes Glück gehabt.«

»Wolltest du deinen Vater auch noch sprechen?«

»Ja, warum nicht? Gib ihn mir mal.«

»Das geht nicht, er ist noch nicht zu Hause.«

»Aber … warum hast du mich dann gefragt, ob ich ihn sprechen möchte?«

»Na, weil ich es wissen wollte und um dir zu sagen, dass er nicht zu Hause ist, falls du ihn sprechen wolltest. Das ist eine komische Frage. Ich sag's ja, dieser Beruf macht dich noch ganz wirr.«

Max schüttelte lächelnd den Kopf, auch wenn seine Mutter das nicht sehen konnte.

»So, und jetzt muss ich mich um das Abendessen kümmern. Es war schön, dass du dich gemeldet hast.«

»Okay. Mach's gut und grüße bitte Papa von mir. Sobald er zu Hause ist.«

Noch immer lächelnd, legte er sich auf die Couch, betrachtete die klaren Linien der Deckenlampe und versuchte, seine Gedanken bei seinen Eltern zu halten oder auf etwas zu lenken, das nichts mit dem aktuellen oder dem letzten Fall zu tun hatte.

Irgendwann schlief er ein. Als er hochschreckte und auf die Uhr sah, war es kurz vor halb neun am Abend. Benommen richtete er sich auf, wartete einen Moment, bis er das Gefühl hatte, wach zu sein, und ging dann ins Bad, wo er sich auszog und unter die Dusche stellte.

Während er mit geschlossenen Augen das heiße Wasser über sich laufen ließ, erwachten seine Lebensgeister wieder, und er beschloss, noch auf ein oder zwei Bier in eine Kneipe zu gehen, die ganz in der Nähe lag und gut zu Fuß zu erreichen war.

Gegen zehn Uhr trank er den ersten Schluck von einem frisch gezapften Alt, stellte das Glas auf der Theke ab und sah sich um.

Die Frau saß ein paar Meter weiter an der Theke und schien ihn schon länger zu beobachten. Als sich ihre Blicke trafen, lächelte sie ihm zu. Max versuchte ebenfalls ein Lächeln und hoffte, dass es nicht so misslungen aussah, wie es sich anfühlte.

Sie hatte lange, hellblonde Haare und – soweit Max es sehen konnte – eine üppige, aber sportliche Figur, die durch ein eng anliegendes, hellblaues Kleid betont wurde. In einem Nebensatz dachte Max, dass sie in vielerlei Hinsicht das Gegenteil von Jenny war.

Sie deutete auf den Platz neben Max und machte dazu eine Geste, die wohl die Frage beinhalten sollte, ob sie sich zu ihm setzen dürfe. Er nickte und kam sich dabei linkisch und unbeholfen vor. Souveränität sah mit Sicherheit anders aus.

»Guten Abend.« Ihre Stimme war samten und dunkler, als er erwartet hatte, ihr Lächeln gewinnend. Sie stellte ihr Cocktailglas auf der Theke ab und schob sich auf den Hocker neben Max, der ihr fasziniert zusah. »Ich hoffe, es verschreckt Sie nicht, dass ich so geradeheraus bin.«

»Nein, auch wenn es ungewöhnlich ist.«

»Mein Name ist Maria. Ich war heute Abend hier verabredet und …« Sie zuckte mit den Schultern. »Kein Kompliment für eine Frau, aber er hat mich versetzt.«

»Das war nicht sehr schlau von ihm.« Max nahm lächelnd sein Glas und prostete ihr zu. »Max.«

»Als Abkürzung von Maximilian?«

Er nickte ergeben. »Ich habe mich schon erkundigt, eine Klage gegen meine Eltern hätte wahrscheinlich keinen Erfolg.«

»Ach, ich finde es süß.«

»Was wiederum nicht unbedingt ein Kompliment für einen Mann ist.«

Sie lachten beide, dann entstand eine Pause. Sekundenlang. Sie sahen sich an, wandten die Blicke ab, schauten auf ihre Gläser. Max überlegte fieberhaft, was er sagen konnte, doch alles, was ihm einfiel, war entweder banal oder würde die aufkommende Peinlichkeit nur noch verschlimmern.

Schließlich gab er sich einen Ruck und sah Maria offen an. »Hören Sie … Es tut mir leid. Bitte, verstehen Sie mich nicht falsch, ich finde Sie sehr sympathisch, aber …«

»Liebeskummer?« Sie klang keinesfalls beleidigt, allerdings hatte sich ihr Lächeln ein wenig verändert.

Max nickte. »So was in der Art. Ich bin offenbar aus der Übung, wenn es darum geht, eine Unterhaltung mit einer attraktiven Frau zu führen.«

»Ist wohl noch sehr frisch?«

»Ja.« Mit einem Mal verspürte er den Drang, das Gespräch zu beenden und zu gehen. »Bitte, nehmen Sie es nicht persönlich.«

»Doch, das tue ich, aber ich kann Sie verstehen.« Sie stand auf, nahm ihr Glas in die linke Hand und streckte ihm die rechte entgegen. »Auch wenn ich es schade finde. Vielleicht ein anderes Mal.«

Max nahm ihre Hand und sagte: »Ja, vielleicht«, obwohl

er wusste, dass es für eine lange Zeit für ihn kein anderes Mal geben würde. Mit niemandem.

Er sah Maria nach, bis sie wieder ihren Platz erreicht hatte, bevor er sich dem Barkeeper zuwandte.

»Zahlen bitte.«

20

Nach einer unruhigen Nacht mit kleinen Schlafinseln, keine länger als eine Stunde, gab Max es um kurz nach sechs Uhr auf und schlurfte ins Bad. Er hatte Kopfschmerzen und war verkatert, obwohl er am Vorabend fast nichts getrunken hatte.

Nach der Dusche fühlte er sich schon etwas besser, und als er sich nach einem Frühstück, bestehend aus einem Ei, einer Scheibe Vollkornbrot und einem großen Glas Orangensaft, auf den Weg zum Präsidium machte, waren Müdigkeit und Kopfschmerzen halbwegs erträglich. Davon, dass es ihm gutging, war er jedoch weit entfernt.

Um halb acht war er als einer der Ersten im Einsatzraum. Lediglich zwei junge Kolleginnen und Hauptkommissar Manfred Hauck, der dienstälteste Ermittler des KK11, saßen schon an ihren Schreibtischen.

»Morgen«, grüßte Max knapp und ging zu der breiten Stellwand, an der Zusammenfassungen von Berichten sowie Vernehmungsprotokolle und Zeugenaussagen zu der Mordserie chronologisch und mit Schlagworten versehen angepinnt waren. Er überflog die Dokumente und Fotos und versuchte herauszufinden, ob etwas hinzugekommen war.

Als Hauck plötzlich neben ihm auftauchte, ohne dass er ihn hatte kommen hören, zuckte Max zusammen.

»Darf ich dir eine persönliche Frage stellen?« Hauck sprach so leise, dass die beiden Kolleginnen ihn nicht verstehen konnten.

Max wandte sich ihm zu. »Ja, klar.«

»In meinem Büro?« Mit einer kaum erkennbaren Bewegung des Kopfes deutete Hauck zu den beiden Kolleginnen hinüber.

»Ähm … ja, okay.« Max folgte Hauck aus dem Einsatzraum und fragte sich, was ihn wohl erwartete. Wie jeder im KK11 wusste er, dass Hauck zahlreiche Seminare zu den Themen gewaltfreie Kommunikation und Konfliktmanagement besucht hatte und besonderen Wert auf freundlichen und *wertschätzenden Umgang*, wie er es bezeichnete, legte. Er hatte nur noch ein knappes Jahr bis zu seiner Pensionierung und diese restliche Dienstzeit offenbar ganz dieser Aufgabe gewidmet. Davon abgesehen, besaß er eine ausgesprochene Gabe, Zusammenhänge zu erkennen, die außer ihm kaum jemand sah, weswegen er als Mitglied jeder Sonderkommission gesetzt war.

»Max, ich bemerke seit einiger Zeit, dass du mit dir selbst nicht im Reinen bist«, begann Hauck, nachdem er die Bürotür geschlossen hatte. »Das führt dazu, dass du manchmal recht aggressiv kommunizierst. Du bemerkst die emotionalen Schwingungen der Kollegen nicht mehr und kannst deshalb auch nicht darauf eingehen. Das macht die Kommunikation mit dir schwierig und bringt für alle Beteiligten Spannungen mit sich, die sicher ganz leicht vermeidbar wären.«

»Also, entschuldige bitte, Manfred.« Max bemühte sich, ruhig zu bleiben, obwohl er sich am liebsten nach Haucks Geisteszustand erkundigt hätte. »Ich weiß ja, dass du dich mit diesen Kommunikationsdingen beschäftigst, aber es wäre vielleicht ganz gut, wenn du dabei nicht außer Acht lassen würdest, dass da draußen ein durchgeknallter Serienkiller herumläuft und wir weder eine Ahnung haben, wer er ist, noch welches Motiv er für seine Taten hat. Ich denke, da kann man es einem Polizisten nicht verübeln, wenn seine Antennen hinsichtlich der emotionalen Schwingungen von Kollegen nicht so aufnahmefähig sind wie sonst.«

Hauck sah ihm eine Weile ernst in die Augen, dann nickte er. »Siehst du, genau das ist es, was ich meine. Du spürst nicht einmal, dass ich es nur gut mit dir meine. Du fühlst dich angegriffen, und das finde ich sehr schade. Zudem beobachte ich das nicht erst seit diesem Fall.«

Max hob die Hände. »Mag sein. Aber noch einmal: Im Moment versuche ich, mich darauf zu konzentrieren, einen Psychopathen zu fassen.«

»Darf ich dir trotzdem zwei kleine Weisheiten mitgeben, die wirklich ganz einfach umzusetzen sind?«

»Okay.« Max gab sich geschlagen, denn er wusste, Hauck würde ihn damit verfolgen, bis er sich zumindest anhörte, was er ihm zu sagen hatte.

»Gut. Erst einmal etwas ganz Allgemeines: *Hinter jedem aggressiven Verhalten steckt ein unerfülltes Bedürfnis*. Für dich aber viel wichtiger ist das Folgende: *Es macht Sinn, die Verantwortung für sich selbst und die eigenen Entscheidungen zu übernehmen, aber gleichzeitig die Verantwortung für das Verhalten anderer auch bei den anderen zu lassen*.«

Max dachte eine Weile darüber nach, was Hauck gerade gesagt hatte. »Was meinst du damit?«

Hauck lächelte. »Das findest du selbst heraus, wenn du es dir in Ruhe durch den Kopf gehen lässt. So, und nun sollten wir versuchen, diesen kranken Menschen zu finden.«

Hauck öffnete die Tür und verließ das Büro. Eine Weile blieb Max noch stehen und sah auf die offene Tür, dann folgte er ihm.

Er ahnte tatsächlich, was ihm sein Kollege sagen wollte. Es hatte mit Jenny zu tun, mit dem, was mit ihr geschehen war, und mit der Frage, die Max sich seitdem jeden Tag aufs Neue stellte: ob er es hätte verhindern können.

Und auch wenn er vieles von dem, was Manfred Hauck zu seinem Lieblingsthema von sich gab, eher belächelte, kam er nicht umhin, in diesem Moment sein Einfühlungsvermögen zu bewundern.

Als Max in den Einsatzraum zurückkam, saß Böhmer an seinem Schreibtisch. Auch Verena Hilger war mittlerweile eingetroffen. Sie stand neben Böhmer und sprach mit ihm. Als sein Partner ihn bemerkte, winkte er ihn heran: »Guten Morgen, komm gleich mal dazu. Verena hat die Ergebnisse der Spurensicherung zusammengefasst.«

Hilger wartete, bis Max neben ihr stand. »Also: Ein Vergleich der an den Tatorten gefundenen DNA-Spuren hat bisher keine einzige Übereinstimmung ergeben. Das heißt noch nicht, dass es auch so bleibt, denn bei der Masse an Material kann es noch einige Tage dauern, bis auch die letzte Probe ausgewertet worden ist.«

»Also nichts Neues«, kommentierte Max und setzte sich auf seinen Stuhl.

»Nein.« Hilger legte den vorläufigen Bericht auf Böhmers Schreibtisch ab. »Aber ich habe gestern Abend zu Hause noch einige Zeit recherchiert und bin auf eine Parallele zu einem Fall in den USA gestoßen.«

»Was?« Böhmer richtete sich auf.

»Ja. Na ja, zumindest gibt es Ähnlichkeiten. Dort hat ein Mann zwölf Leute getötet, nur Frauen über fünfundsechzig. Dabei hat er eine Spinnenmaske getragen. Nachdem er die Frauen umgebracht hat, machte er Polaroids – Selfies von sich mit dem jeweiligen Opfer – und ließ die dann am Tatort zurück.«

Mit einem Seufzen sank Böhmer wieder gegen die Rückenlehne. »Und? Haben sie ihn erwischt?«

»Nein, erwischt haben sie ihn damals nicht, er hat irgendwann von selbst aufgehört.«

»Das ist sehr spannend, Verena. Nur leider bringt es uns nicht wirklich weiter.«

Sie zuckte mit den Schultern. »Na ja, ich wollte es nur mal erwähnen. Ach, und noch etwas: Das Anlegen einer Maske ist wahrscheinlich gleichzusetzen mit dem Ablegen der eigenen Identität. Der Mord wird also nicht vom eigenen *Ich* begangen.«

»Hoppla. Hast du das von diesem *Freien Psychotherapeu-*

ten, Herrn Kessler, aufgeschnappt?«, fragte Max und zwang sich zu einem Grinsen.

»Nein, das war eine Theorie des FBI, aber apropos: Der Gute hat sich gestern Nachmittag wieder gemeldet, hat man euch das schon gesagt?«

»Nein«, brummte Böhmer. »Und ehrlich gesagt interessiert der Spinner mich auch nicht mehr.«

»Na ja, vielleicht ja doch. Er meinte nämlich, er fände es eine Frechheit, dass ihr sein Hilfsangebot ignoriert und ihm nach wie vor Details zu den Morden verweigert, nachdem er uns freiwillig und uneigennützig geholfen hat. Und er denke darüber nach, ein paar Interviews zu geben, in denen er erzählt, dass er den ermittelnden Beamten wertvolle Hinweise zu dem Täter geliefert hat, die allerdings ignoriert werden, weil die Polizei sich nicht eingestehen will, dass sie auf fremde Hilfe angewiesen ist. Und dass …«

»Stopp!«, unterbrach Böhmer sie harsch. »Ruf ihn an und zitiere ihn hierher. Und zwar schnellstmöglich.«

»Okay …« Hilger war sichtlich irritiert. »Mache ich. Ist alles in Ordnung mit dir?«

»Ja, ich freue mich geradezu auf die Unterhaltung mit Herrn Kessler.«

»Was hast du vor?«, wollte Max wissen, nachdem Hilger gegangen war.

»Ich werde mich ein wenig mit dem Herrn Freien Psychotherapeuten unterhalten.« Die Art, in der er das sagte, ließ Max vermuten, dass das Gespräch für Kessler nicht sehr angenehm werden würde.

»Da fällt mir gerade ein, dass ich dir noch gar nichts von meinem Gespräch mit Professor Bormann erzählt habe.«

Böhmer rollte mit den Augen. »Ach, du meine Güte. Jetzt bekomme ich aber die geballte Ladung Psychokram ab, was? Also los, raus mit der Sprache. Was hat er gemeint?«

Max berichtete ihm von der Unterhaltung mit seinem ehemaligen Dozenten. Als er fertig war, strich Böhmer mit der flachen Hand über seinen Bart. »Hm … *Herr der Fliegen* … Es ist zwar schon eine ganze Weile her, aber ich habe das Buch gelesen. Gute Geschichte. Was der Professor gesagt hat, kann ich in Bezug auf die Fliegenmaske sogar noch nachvollziehen. Aber dass mit den anderen, von denen dieser Fliegenspinner gesprochen hat, eine Analogie zu der zweiten Gruppe Jugendlicher im Buch hergestellt werden soll … Ich weiß nicht.«

»Zumindest ist es ein interessanter Ansatz, den wir noch nicht in Betracht gezogen haben und den man nicht vollkommen von der Hand weisen sollte.«

Böhmer stieß ein zischendes Lachen aus. »Das sollte man in diesem Fall mit gar keiner Idee tun.«

»Ich freue mich, dass Sie sich doch noch entschlossen haben, mich ins Boot zu nehmen«, begann Kessler mit breitem Lächeln, als Böhmer und Max eine knappe Stunde später den Raum betraten, in dem er auf sie wartete.

»Ach ja?« Böhmer nahm ohne Umschweife ihm gegenüber Platz.

»Das wird sich noch zeigen.«

Max wunderte sich über Kessler. Böhmers Miene hätte ihn warnen müssen, aber nach wie vor grinste er breit.

Max nahm neben Böhmer Platz und beobachtete Kessler genau.

»Wie ich hörte, haben Sie also vor, Interviews zu geben, falls wir uns nicht von Ihnen erpressen lassen?« Böhmer schlug ihm die Worte regelrecht um die Ohren.

Kesslers Grinsen verschwand im Bruchteil einer Sekunde. »Also Moment, so war das nicht …«

»Haben Sie das gesagt oder nicht?«

»Ich habe gesagt, dass ich darüber nachdenke, vielleicht ein paar Interviews zu geben …«

»Wenn wir Ihnen keine Details und Fotos der Morde zeigen.«

Nach einigem Zögern nickte der Mann. »Ich heiße es zwar nicht gut, dass Sie mich keinen Satz zu Ende sprechen lassen, und Sie haben da Fragmente dessen, was ich gesagt habe, aus dem Zusammenhang gerissen und verkürzt wieder zusammengesetzt … aber wenn Sie es so wollen, ja. Wenn Sie meine Hilfe nicht zu schätzen wissen, was mich sehr kränkt, fände ich es gerecht, wenn die Öffentlichkeit davon erfährt und sich selbst ein Urteil bildet. Vor allem, wenn sich herausstellen sollte, dass ich richtiggelegen habe. Und dass weitere Morde geschehen, weil Sie meine Meinung ignoriert haben.«

»Woher wissen Sie, dass weitere Morde geschehen?« Böhmer schoss die Frage regelrecht ab.

»Das ist doch naheliegend. Warum sollte ein Serienmörder inmitten seiner Serie aufhören?«

»Vielleicht, weil er seine Aufgabe als erfüllt ansieht?«, warf Max ein.

»Das bezweifle ich.«

»Noch einmal.« Böhmer beugte sich nach vorn, so dass sein Gesicht nur noch einen knappen Meter von Kesslers entfernt war. »Woher wollen Sie das wissen?«

»Weil ich Psychotherapeut bin und mich mit den Abgründen der menschlichen Seele auskenne.«

»Sind Sie nicht.«

»Was?«

Böhmer schlug unvermittelt mit einem derart lauten Knall auf die Tischplatte, dass Kessler erschrocken zusammenfuhr. »Sie sind kein Psychotherapeut, verdammt nochmal. Und Ihre Pseudo-Psychoanalysen sind nicht mehr als wichtigtuerisches Stammtischgelaber. Und jetzt sollten Sie sehr gut zuhören, denn jetzt kommt der wirklich wichtige Teil: Sie haben versucht, uns mit der Androhung von Interviews zu erpressen. Wenn ich mitbekomme, dass Sie auch nur ein einziges Interview geben, in dem Sie uns auf egal welche Weise diffamieren oder auch nur erwähnen, werde *ich* der Presse stecken, dass Sie ein verklemmter Perverser sind, der dieses ganze Theater nur veranstaltet, um möglichst schreckliche Leichenfotos von Originaltatorten zu bekommen, wobei ich gar nicht wissen möchte, wozu Sie die benutzen wollen. Außerdem werde ich Ihnen unter anderem wegen versuchter Erpressung gleich mehrerer Polizeibeamter so viele Schwierigkeiten bereiten, dass Sie sich für den Rest Ihres Lebens wünschen werden, Sie hätten niemals die Idee gehabt, uns mit Ihren Weisheiten zu beglücken. Haben Sie das verstanden?«

Wütend sprang Kessler auf. »Das ist ja … Sie drohen mir?«

»Nein, Sie haben uns gedroht, Herr Kessler. Und ich habe Ihnen die Konsequenzen klargemacht, wenn Sie Ihre Drohung umsetzen.«

Nun stand Böhmer ebenfalls auf, und Max tat es ihm gleich. »Sie dürfen sich wieder setzen und warten, bis ein Kollege Sie nach unten begleitet.«

Tatsächlich setzte Kessler sich wieder hin und sagte leise, aber bestimmt: »Sie werden sehen, was Sie davon haben.«

21

Am Nachmittag erhielten sie einen Anruf von Professor Leuken, der ihnen mitteilte, dass Fissmann bester Laune sei und sie gerne sprechen möchte. Er wisse etwas, das sie sicher interessieren würde.

Sie machten sich gleich auf den Weg. Während der Fahrt versprach Max, sich Fissmann gegenüber zurückzuhalten und alles dafür zu tun, die Informationen von ihm zu bekommen, die er angeblich hatte.

Eine Dreiviertelstunde später betraten sie Professor Leukens Büro. Er stand auf und kam auf sie zu. »Gut, dass Sie so schnell hier sein konnten. Bei Siegfried weiß man nie, wann seine Stimmung wieder umschlägt.«

»Sie sagten, er hat Informationen für uns?«, begann Böhmer. »Wissen Sie, was das sein könnte? Hat er irgendwelche Andeutungen gemacht?«

»Nein, er ist heute ausgesprochen gut gelaunt und meinte, er wolle Ihnen etwas mitteilen. Mehr kann ich Ihnen auch nicht sagen.«

Böhmer wandte sich zur Tür, machte aber an der Schwelle wieder kehrt. »Ach, bevor wir zu Fissmann gehen, habe ich noch eine Frage an Sie. Sie betrifft den Freitagabend, an dem Sie nicht zu Hause waren, Sie erinnern sich? Sie sagten, die Vorstellung im Theater, die Sie gemeinsam mit Ihrer Frau besuchen wollten, sei ausverkauft gewesen, richtig?«

»Ähm, der Freitag … ja, doch. Das stimmt.«

Max bemerkte, dass die Frage dem Professor höchst unangenehm war.

»Hm … das ist seltsam. Ich habe im Theater nachgefragt. Die sagten mir dort, dass die Vorstellung an diesem Freitag bei weitem nicht ausverkauft war.«

»Das … das verstehe ich nicht, ich …« Leukens Gesicht rötete sich erkennbar. »In welchem Theater haben Sie denn nachgefragt?«

»In welchem waren Sie denn?«

»Moment mal.« Der Professor hatte sich wieder gefangen. »Was ist das hier überhaupt? Ein Verhör? Ein Spiel? Das ist ja lächerlich. Sie sagen mir nicht, in welchem Theater Sie nachgefragt haben, also kann ich Ihnen auch nicht sagen, ob es das ist, in dem wir waren. Zudem dachte ich, Sie sind hier, um mit meinem Patienten zu reden, und nicht, um mir aufdringliche Fragen zu stellen. Können wir also jetzt zu Siegfried gehen? Oder soll ich meinen Anwalt anrufen, damit er bei diesem … *Verhör* dabei ist?«

Böhmer bedachte Leuken mit einem langen, nachdenklichen Blick. Dann nickte er. »Gehen wir.«

»Wie geht es Ihnen heute?«, begann Max das Gespräch mit ruhiger, freundlicher Stimme.

Fissmann saß wieder am Tisch, schob Zeitungsschnipsel hin und her und sah Max dabei grinsend und mit glänzenden Augen an, antwortete aber nicht.

»Wir danken Ihnen für Ihre Kooperationsbereitschaft und freuen uns sehr, dass Sie mit uns reden möchten«, fügte Böhmer hinzu.

»Hihi.« Fissmann kicherte. »Kooperationsbereitschaft. Sie sind lustig. Ich weiß was.«

Max trat ein Stück näher an Fissmann heran. »Deswegen sind wir hier. Wir sind schon sehr gespannt, was es ist, das Sie wissen.«

»Was bekomme ich dafür?«

Nun ging also dieses Spiel wieder los. Max erinnerte sich an sein Versprechen Böhmer gegenüber und blieb freundlich. »Gut, lassen Sie uns verhandeln. Was möchten Sie für die Information haben?«

»Hihi. Das wissen Sie. Sie wissen *es* nicht, aber *das* wissen Sie. Ich bin seit vierzehn Jahren hier drin. Das reicht. Ich habe draußen noch einiges zu erledigen.«

»Was denn, zum Beispiel?«

»Dinge.«

»Aber was sind das für Dinge?«

»Dinge eben. Ich möchte Freiheit.«

»Das steht leider nicht zur Diskussion, Herr Fissmann«, übernahm Böhmer wieder. »Uns sind da die Hände gebunden. Sie wissen sicher, dass solche Dinge ein Richter entscheiden muss, darauf haben wir keinen Einfluss. Zudem wissen wir ja noch nicht einmal, ob die Information, die Sie haben, überhaupt nützlich für uns ist.«

»Gut.« Fissmann wandte sich ab. »Dann sage ich nichts.«

»Gibt es etwas anderes, was wir Ihnen anbieten können? Wie wäre es zum Beispiel mit besserem Essen? Die doppelte Portion Nachtisch? Bilder für Ihr Zimmer?«

Fissmann verschränkte die Arme vor der Brust und blickte demonstrativ in eine andere Richtung.

»Machen Sie uns doch einen Vorschlag, abgesehen von Freiheit«, bot Max an.

Plötzlich veränderte sich Fissmanns Miene. Anstelle von Belustigung und kindlichem Trotz trat innerhalb einer Sekunde ein ernster Ausdruck auf sein Gesicht. Seine Augen verloren jeglichen Glanz und strahlten eine kalte Gefährlichkeit aus, die Max einen Schauer über den Rücken jagte.

»Haben Sie bei den Opfern etwas gefunden? Etwas Ungewöhnliches, das dort nicht hingehörte? Eine Blume vielleicht? Eine … weiße Lilie?«

Ein Eisbach schoss in Max' Adern, gleichzeitig sah er aus den Augenwinkeln, wie sich sein Partner straffte.

»Wie kommen Sie darauf?«, fragte Böhmer mit rauer

Stimme, woraufhin mit einem Mal Fissmanns irres Grinsen wieder da war.

»Ich weiß es. Sie nicht. Wie ist es mit meiner Bezahlung?«

»Wir werden sehen, was wir machen können.« Auch Max hatte Mühe, seiner Stimme einen festen Klang zu geben. Wenn es noch eines definitiven Beweises bedurft hatte, dass dieser Mann genau über die Morde Bescheid wusste, dann hatten sie ihn gerade bekommen. »Aber Freilassung geht absolut nicht. Überlegen Sie sich etwas anderes. Es gibt doch sicher andere Dinge, die Sie sich wünschen.«

»Dann Freigang. Morgens raus, abends rein. Ich habe noch ein paar Dinge zu erledigen. Raus, rein, raus, rein.«

»Nein, das geht leider nicht.«

Fissmanns Blick richtete sich gegen die Decke, während er sich mit dem Zeigefinger hinter dem Ohr kratzte. »Dann einen Computer mit Internetanschluss.«

»Sie bekommen einen Computer ohne Internetanschluss, aber vollgestopft mit Spielen und Programmen«, bot Böhmer an und sah zu Professor Leuken hinüber, der die ganze Zeit über schweigend im Hintergrund gestanden hatte. Er nickte zögerlich.

Fissmann blickte nachdenklich auf die Tischplatte. »Hm … na gut.« Er ordnete einige seiner Zeitungsschnipsel parallel nebeneinander an. »Ich werde Ihnen etwas sagen. Aber ich mache es schwieriger, ich gebe Ihnen zwei Möglichkeiten zur Auswahl: Wenn wieder jemand stirbt, werden Sie entweder einen Stall finden oder Fotos von nackten Frauen. Viele Fotos.«

»Was? Was soll das bedeuten?« Böhmers Stimme war um einiges lauter geworden. »Was meinen Sie mit einem Stall? Einen Reitstall, einen Hühnerstall, einen Schweinestall?«

»Hihi.«

»Verdammt, das kann alles Mögliche sein. Was sollen wir denn mit dieser Information anfangen?«

»Und was soll ich mit einem Computer ohne Internet anfangen?«

»Herr Fissmann, wir haben Ihnen einen Computer zugesagt, aber nur, wenn Sie uns Informationen geben, die uns weiterhelfen.«

»Ich weiß es. Ich sehe die Zeichen, aber ihr seht nichts. Ein bisschen Information für ein bisschen Belohnung.

Alles sehen nur gegen die ganze Belohnung.«

Damit wandte Fissmann sich wieder seinen Zeitungsausschnitten zu und reagierte nicht mehr auf sie. Schließlich gaben die beiden Ermittler auf und folgten Leuken in dessen Büro, wo Böhmer ihm erklärte, der Computer werde von einem Kollegen gebracht, nachdem eine sorgfältige Auswahl an Programmen installiert worden wäre. Unter anderem ein Textverarbeitungsprogramm, das Fissmann vielleicht nutzen würde, um Dinge aufzuschreiben, die sie danach auswerten konnten.

Auf dem Rückweg sprach Max aus, was ihn bereits beschäftigte, seitdem Fissmann ihnen diese seltsame Alternative angeboten hatte.

»Ich glaube, er ist sich dieses Mal selbst nicht sicher, was als Nächstes passieren wird. Er ist schlau, also verpackt er seine Unsicherheit in eine Trotzreaktion, weil er nicht bekommt, was er möchte.«

»Und ich glaube, der Kerl verarscht uns nach Strich und Faden. Dass er genau Bescheid weiß, welche Schweinerei da im Gange ist, hat er uns ja mit der weißen Lilie bewiesen. Das ist Täterwissen. Und jetzt zeigt uns der Mistkerl, dass er uns am ausgestreckten Arm verhungern lassen kann.«

Eine Weile schwiegen sie, bis Böhmer sagte: »Was hältst du von Leuken?«

»Du meinst, diese Sache mit dem Theater? Er lügt, das war schon zu sehen, als wir bei ihm zu Hause waren. Der Blick seiner Frau hat Bände gesprochen, als er mit dem Theater anfing.«

»Vielleicht sollten wir mal seine Alibis für die Tatzeiten überprüfen.«

»Das sollten wir auf jeden Fall. Aber ich frage mich, warum er uns anrufen und auf Fissmann hinweisen sollte, wenn er selbst etwas mit der Sache zu tun hat? Ohne seinen Hinweis hätten wir nie von Fissmann erfahren und wahrscheinlich auch den Professor nie kennengelernt. Warum sollte er sich freiwillig der unnötigen Gefahr aussetzen, dass wir ihn früher oder später verdächtigen, weil wir fast täglich mit ihm zu tun haben?«

»Weil es vielleicht Teil seines Spiels ist, dass wir ihn kennen und er in die Ermittlungen involviert ist.«

Die nächsten Minuten hingen sie ihren Gedanken nach. Max' Instinkt sagte ihm zwar, dass Leuken etwas zu verbergen hatte, aber andererseits konnte er sich nicht vorstellen, dass der Professor mit einer Fliegenmaske über dem Kopf Menschen abschlachtete.

»Ich denke gerade an dieses arme Mädchen – Nele«, unterbrach Max nach einer Weile die Stille. »Sie sagte: *Geben Sie es endlich auf. Sie müssen doch sehen, was passiert. Er weiß Bescheid.* Wen hat sie wohl mit *ihm* gemeint? Fissmann vielleicht? Der scheint ja tatsächlich Bescheid zu wissen.«

»Hm …« Böhmer strich über seinen Bart. »Aber warum sollen wir aufgeben? Dann hätte er ja keine Chance mehr, seine Freilassung zu erpressen.«

Eine Weile schwiegen sie, dann schlug Böhmer vor: »Lass es uns noch mal bei der Kleinen versuchen. Vielleicht sagt sie ja doch was, das uns weiterbringt.«

»Du weißt aber …«, setzte Max an, Böhmer hob jedoch beschwichtigend die Hand. »Ich überlasse das Gespräch vollkommen dir und halte mich im Hintergrund. Wenn du der Meinung bist, wir sollten abbrechen, werden wir das tun.«

»Also gut.«

Sie trafen die Psychologin auf dem Flur, der zu Neles Zimmer führte. Sie kam ihnen mit einem dampfenden Kaffeebecher in der Hand entgegen.

»Guten Tag.« Max wunderte sich, dass sie sie antrafen. »Sind Sie rund um die Uhr bei Nele?«

»Nein, nur tagsüber. Ich habe eine Kollegin, die die Nachtschichten übernimmt. Zumindest noch für die nächsten Tage. Danach werden wir sehen, wie es Nele geht.«

»Denken Sie, wir könnten versuchen, mit ihr zu reden?«

»Hm ...« Sie hatten die Tür zum Zimmer des Mädchens erreicht und blieben davor stehen. »Es geht ihr ein wenig besser, aber ich weiß nicht, ob und wie sie auf Fragen zu der Nacht reagieren wird.«

»Es ist wirklich wichtig«, versicherte Böhmer.

»Also gut, wenn Sie mir versprechen, dass Sie sehr vorsichtig sind und sofort aufhören, wenn ich Ihnen ein Zeichen gebe, dann versuchen wir es.«

»Das verspreche ich Ihnen«, sagte Max.

Nele reagierte nicht, als sie das Zimmer betraten. Anders als bei ihrem letzten Besuch starrte sie nicht an die Decke, sondern lag auf der Seite, das Gesicht der Tür zugewandt, doch sie blickte an ihnen vorbei, als sie langsam auf das Bett zugingen.

»Guten Tag, Nele«, begann Max mit sanfter Stimme, während er sich einen Stuhl griff, ihn neben dem Bett abstellte und sich darauf niederließ.

»Wir haben uns gedacht, wir kommen dich mal besuchen und schauen, wie es dir geht. Weißt du noch, wer wir sind?«

Die Augen des Mädchens richteten sich auf Max, verweilten für ein paar Sekunden auf seinem Gesicht und wandten sich wieder ab, ohne dass Max das Gefühl gehabt hatte, von Nele wahrgenommen worden zu sein.

»Mein Name ist Max. Und das da neben mir ist mein Kollege Horst. Ich würde mich gerne ein wenig mit dir unterhalten, wenn du einverstanden bist. Darf ich dir ein paar kleine Fragen stellen?«

Keine Reaktion.

»Ich versuche es einfach mal, okay? Also, als wir dich das letzte Mal besucht haben, sagtest du, *er* weiß Bescheid. Kannst du mir sagen, wen du damit gemeint hast?«

Wieder richtete sich ihr Blick auf Max, doch dieses Mal schien sie ihn zu registrieren. Ihre Augen verengten sich kurz, allerdings sprach sie noch immer kein Wort.

»Erinnerst du dich daran, dass du uns das erzählt hast?«

Wieder wartete Max eine Weile, in der Nele ihn schweigend ansah.

»Derjenige, der Bescheid weiß, heißt der vielleicht Fissmann?«

Es vergingen drei, vier Sekunden, dann bewegten sich die Lippen des Mädchens, und sie sagte etwas, das Max jedoch nicht verstehen konnte.

»Was hast du gesagt? Ich kann dich nicht verstehen, Nele.«

Als ihre Lippen sich erneut öffneten, beugte Max sich so weit zu ihr hinunter, dass sein Ohr dicht an ihrem Mund war.

Nun verstand er, was sie sagte.

»Fliegenmann.«

22

Als sie wieder im Präsidium waren, berief Böhmer sofort eine Sondersitzung der *Soko Fliege* ein und unterrichtete die Kolleginnen und Kollegen von der Unterhaltung mit Fissmann. Auch ihr Chef nahm daran teil, hielt sich aber im Hintergrund.

»Wenn wir uns die beiden Möglichkeiten mal anschauen, die Fissmann uns genannt hat, müssen wir feststellen, dass es sehr schwierig sein wird, alle Stallbesitzer zu kontaktieren und zu warnen, sogar dann, wenn wir uns nur auf große Ställe konzentrieren. Gänzlich unmöglich ist es jedoch, alle Leute oder, besser gesagt, alle Männer zu finden – denn um einen Mann dürfte es sich handeln –, die viele Nacktfotos von Frauen haben. Da müssen wir uns wahrscheinlich mit der Hälfte der männlichen Düsseldorfer Bevölkerung auseinandersetzen.«

Böhmer ließ seinen Blick über die Anwesenden schweifen. »Fissmann hat uns also gezeigt, dass er uns vorführen kann, wann immer er möchte. Das ist die eine Sache, über die wir uns Gedanken machen müssen. Andererseits sind bisher aber alle seine Voraussagen eingetroffen, also können wir nicht die Hände in den Schoß legen, sondern müssen uns den Teil seiner Angaben vornehmen, bei dem wir zumindest eine klitzekleine Chance haben, einen Treffer zu landen: die Stallbesitzer.«

Ein Raunen ging durch den Raum, es kam Gemurmel auf und wurde immer lauter, bis Böhmer in die Hände klatschte. »Hallo! Ich weiß, was ihr jetzt denkt, und ich gebe euch recht, das ist eine Sisyphusarbeit. Aber es nutzt nichts. Wir müssen ran. Also: Verena und Manfred klemmen sich an die Computer und erstellen Listen mit allen Stallbesitzern in der Stadt. Bauernhöfe, Reitställe … Alles, was unter dem Begriff *Stall* läuft. Die meisten Ställe dürften sich eher an den Stadtgrenzen befinden. Ihr anderen bildet Zweier-Teams, und sobald die ersten Ergebnisse da sind, fahrt ihr los. Verena und Manfred übernehmen von hier aus die Koordination und schicken euch jeweils die nächsten Adressen. Max und ich werden ebenfalls rausfahren. Noch Fragen?«

Ein junger Kommissar hob die Hand. »Was genau sollen wir den Leuten sagen?«

»Zeigen Sie Fingerspitzengefühl. Raten Sie den Leuten, in den nächsten Nächten alles gut abzuschließen, aber tun Sie das so, dass Sie keine Panik auslösen. Sagen Sie von mir aus, dass wir einen Tipp bekommen haben und eine Einbruchserie in ihrem Gebiet erwarten. Alles klar? Dann los! Ein paar Stunden haben wir noch, morgen früh geht's dann weiter. Ich wünsche allen viel Erfolg.«

Während die Mitglieder der Soko in Grüppchen zusammenstanden, gingen Böhmer und Max zu Gorges, der an der Tür wartete und ihnen mit einem Kopfnicken angedeutet hatte, dass sie ihm folgen sollten. Auf dem Flur blieb er stehen und wandte sich ihnen zu. »Finden Sie diese Maßnahme nicht ein wenig … überzogen?«

Böhmer zuckte mit den Schultern. »Ja, vielleicht, aber es ist alles, was wir haben. Was, wenn in einer der nächsten Nächte eine Familie auf einem Bauernhof getötet wird und wir wussten davon, haben aber nichts unternommen, um die Leute zu warnen oder zu schützen? Nach der Sache in der Kalkumer Straße macht die Presse Hackfleisch aus uns. Und in diesem Fall dann nicht ganz zu Unrecht.«

»Ich verstehe, was Sie meinen, aber diese Aktion wird der Presse keinesfalls verborgen bleiben. Was sagen wir, wenn Nachfragen kommen, warum wir alle Stallbesitzer abklappern?«

Böhmer nickte. »Das überlege ich mir, wenn die Nachfragen eintreffen. Ist das alles?«

»Ja, das ist alles. Aber versuchen Sie bitte, möglichst wenig Aufsehen mit der Aktion zu erregen.«

»Na klar.« Max war sicher, nicht nur er konnte aus der Art, wie Böhmer das sagte, heraushören, was er wirklich dachte.

Die erste Adresse, die sie anfuhren, führte sie nach Rath in den Nordosten der Stadt. Es waren drei Gebäude in U-Form, bestehend aus einem Wohnhaus in der Mitte und zwei langen Gebäuden an den Seiten, wovon sich eines als Kuhstall, das andere als Maschinen-, Geräte- und Heuschuppen herausstellte.

Der Landwirt war im Kuhstall beschäftigt, wie seine Frau ihnen sagte, nachdem sie am Wohngebäude geklingelt hatten.

Schon als sie den Stall betraten, wäre Max am liebsten sofort wieder umgekehrt. Der Geruch der Exkremente von etwa vierzig Kühen war zwar deftig und gewöhnungsbedürftig, was Max aber das Atmen erschwerte, waren die Heuhaufen. Schon als Kind hatte er eine ausgeprägte Heu-Allergie gehabt, was sich bei Besuchen seines Onkels gezeigt hatte, der in der Nähe von Neuss ebenfalls einen Bauernhof besaß.

Max versuchte, die Reizung der Augen und der Atemwege ebenso zu ignorieren wie die aufkommende Atemnot und sich auf den Mann zu konzentrieren, der etwa in der Mitte der Stallgasse damit beschäftigt war, Futter aus einer Schubkarre in eine Rinne im Boden zu schaufeln.

Schon nach ein paar Metern setzten sich erste Schmeißfliegen auf sein Gesicht und die Hände. Noch während er sie vertrieb, dachte er an die Fliegenmaske, was seinen Ekel vor den Insekten noch verstärkte.

Günther Kommlinger war noch jung, höchstens fünfunddreißig. Als Böhmer sich selbst und Max vorstellte, betrachtete der Bauer kritisch und eingehend beide Dienstausweise, bevor er sagte: »Aha. Und was wollen Sie von mir?«

»Wir möchten Sie bitten, in den nächsten Nächten vorsichtig zu sein und alles gut abzuschließen. Besonders das Wohnhaus.«

»Aha. Und warum?«

»Eine reine Vorsichtsmaßnahme. Wir haben Hinweise darauf, dass eine Einbrecherbande sich in der Gegend herumtreibt.«

»Und was glauben sie, könnten die Wertvolles hier finden? Denken Sie vielleicht, ich habe einen dick gefüllten Safe im Keller?«

»Das wissen wir nicht, aber die auch nicht. Bauernhöfe liegen meist etwas abseits, da ist es einfacher, einzusteigen, ohne gesehen zu werden.«

»Aha. Aber wir sind zu Hause. Die werden nicht riskieren, in ein Haus einzubrechen, wenn die Besitzer zu Hause sind. Und falls doch …« Er schlug die geballte rechte Faust in die linke Handfläche und grinste. »Ich war zehn Jahre im Boxverein. Sollen sie kommen.«

Böhmer nickte. »Das mag ja sein, aber Sie sollten die Gefahr trotzdem nicht unterschätzen. Schließen Sie einfach in der nächsten Zeit gut ab und melden Sie sich sofort bei uns, wenn Sie etwas Ungewöhnliches bemerken.«

Max wedelte im Sekundentakt mit der Hand vor seinem Gesicht herum, um die unzähligen Fliegen zu vertreiben, die ihn umschwirrten. Zu der durch die Heu-Allergie ausgelösten Atemnot schnürte ihm der Ekel vor den dicken, blauschimmernden Insekten zusätzlich die Luftröhre zu.

»Ich gehe schon mal raus.« Das Sprechen fiel ihm schwer. Ohne auf eine Reaktion seines Partners zu warten, wandte Max sich ab und verließ den Stall. Draußen sog er gierig die Luft ein, die ihm so frisch und klar wie Bergluft vorkam, obwohl der Geruch nach Mist auch hier präsent war.

Es dauerte nicht lange, da erschien auch Böhmer vor dem Stall. »Was war denn los mit dir da drin?«

»Heu-Allergie. Und diese Fliegen …«

»Ja, die sind mir auch auf die Nerven gegangen. Ich gehe davon aus, du hattest bei den Viechern die gleiche Assoziation wie ich?«

»Ja, ich denke schon. Mir ist jetzt noch ganz übel vor Ekel.«

»Vielleicht sind wir ja wirklich auf der richtigen Spur. Vielleicht löst sich langsam das Rätsel um diese Fliegenmaske.«

Sie fuhren noch zwei weitere Bauernhöfe an, in denen Max ähnliche Erfahrungen machte wie auf dem Hof von Bauer Kommlinger. Anschließend stand ein Pferdestall auf der Liste, dessen Adresse Hilger ihnen per Mail geschickt hatte.

Die Besitzerin war eine mehr als korpulente Frau Mitte vierzig, bei deren Anblick sich Max die Frage stellte, ob die Tatsache, dass sie sich auf ein Pferd wuchtete, nicht ein Fall für den Tierschutz war. Davon abgesehen konnte er sich beim besten Willen nicht vorstellen, wie sie es schaffen sollte, auf den Rücken eines derart großen Tieres zu gelangen.

Bernadette Reinert hatte blondgefärbte, schulterlange Haare und trug wie fast alle anderen Frauen, denen sie in diesem Stall bisher begegnet waren, eine hauteng anliegende Reiterhose, die ihre gewaltigen Oberschenkel umschlossen wie ein Schweinedarm die Fleischwurst.

Sie band den Schimmel, den sie am Halfter geführt hatte, an einem Ring an der Außenwand des Stalls fest. Dann wandte sie sich ihnen zu, schenkte ihnen ein strahlendes Lächeln und zeigte dabei zwei Reihen sehr schöner, gerader Zähne. »Herzlich willkommen. Ich bin alleinstehend, da freut man sich über jeden Besuch von zwei gutaussehenden Männern, selbst wenn sie von der Polizei sind.« Dabei zwinkerte sie Böhmer zu und reckte ihm ihre enorme Oberweite entgegen.

Als Max das Gesicht seines Partners sah, musste er die Zähne zusammenbeißen, um nicht laut loszulachen.

»Ähm … ja, also … wir sind hier, um Ihnen zu raten, in nächster Zeit besonders vorsichtig zu sein und alles gut abzuschließen. Besonders Ihr Wohnhaus.«

»Aber warum das denn?«

Max fand, ihr Augenaufschlag war filmreif.

»Sind etwa wilde Räuberbanden unterwegs?«, fragte sie mit tiefer, rauer Stimme. Böhmer räusperte sich gleich zweimal hintereinander und strich sich dann über den Bart. Max befürchtete, sich gleich umdrehen zu müssen, um einen Lachanfall zu verhindern.

»Genau so ist es tatsächlich. Wir haben …« Erneutes Räuspern. »Wir haben einen Hinweis bekommen, dass eine Einbrecherbande in der Gegend unterwegs ist.«

»Hm …« Bernadette Reinert schob die Unterlippe vor. »Sind Sie vom Raubdezernat?«

»Nein, aber wir unterstützen die Kollegen.«

»Oh, ich verstehe. Wenn ich morgen in eine Boutique gehe und dort ein hautenges, tief dekolletiertes Kleid stehle, kommen Sie dann, um mich zu verhaften?«

»Nein, eher nicht. Das würden dann wohl die uniformierten Kollegen übernehmen.«

»Das ist aber schade.« Sie seufzte tief. »Dann werde ich wohl doch die Türen offen lassen und auf die Einbrecher hoffen müssen.«

»Sie … ähm … sollten die Warnung wirklich ernst nehmen.« Böhmer kam Max so unbeholfen vor wie selten zuvor.

Mit einem Mal wurde ihr Lächeln verschmitzt. »Das werde ich natürlich tun, und ich danke Ihnen für den Hinweis. Habe ich Sie verwirrt? Das tut mir leid. Aber wann hat man es schon mal mit zwei waschechten Kriminalpolizisten im Dienst zu tun? Da konnte ich einfach nicht widerstehen. Aber Ihr Gesichtsausdruck gerade war wirklich sehenswert.«

Max stellte fest, dass die Frau ihn – genau wie Böhmer – ordentlich an der Nase herumgeführt hatte. Bernadette Reinert erwies sich als sehr sympathisch und verfügte über jede Menge Humor und Selbstironie, was Max in der Tristesse dieser Ermittlungen guttat.

Wie sie auf den Rücken eines Pferdes kam, fragte er sich allerdings immer noch.

Als Böhmer gegen acht Uhr endlich beschloss, es für diesen Tag gut sein zu lassen, freute Max sich auf eine heiße Dusche zu Hause, mit der er die Gerüche und vor allem das Gefühl, überall mit Fliegendreck besudelt zu sein, von sich abwaschen konnte.

23

In der Nacht schreckte Max einige Male auf und lauschte in die Dunkelheit, weil er befürchtete, einen Anruf seines Partners verpasst zu haben, in dem dieser ihm mitteilen würde, dass wieder eine Familie ermordet worden war.

Den kompletten Mittwoch verbrachten sie damit, Stallbesitzer zu besuchen und ihnen zu raten, ihre Häuser gut zu verschließen. Die meisten bedankten sich für den Tipp, einige wenige begegneten ihnen aber auch unfreundlich.

Erst am Donnerstagnachmittag waren sie mit ihrer Liste durch und fuhren zurück ins Präsidium.

»Ich hoffe nur, das Ganze hat was gebracht«, brummte Böhmer, als sie auf den Parkplatz des Präsidiums einbogen.

»Für mich zumindest ein paar Erkenntnisse: Ich werde nie im Leben Urlaub auf dem Bauernhof machen, außerdem lege ich mir eine ganze Kiste voller Fliegenklatschen zu. Ich glaube, ich werde kein einziges dieser ekelhaften Viecher mehr in meiner Wohnung ertragen.«

Im Soko-Einsatzraum herrschte nicht die gewohnte Geschäftigkeit, die meisten Teams waren noch unterwegs. Hilger und Hauck koordinierten von ihren Schreibtischen aus auch weiterhin die Routen der Kolleginnen und Kollegen.

»Acht Tage, Kollegen.« Sowohl Böhmer als auch Max sahen Verena Hilger fragend an, die neben ihren Schreibtischen stand. »Acht Tage lang ist nichts passiert. Vielleicht war das alles ja doch nicht umsonst.«

»Ja. Vielleicht gibt es aber auch längst irgendwo ein paar Leichen, die einfach noch nicht entdeckt worden sind.«

Hilger winkte ab. »Ach, nun sei doch mal ein bisschen optimistisch. Ich finde, das ist zumindest ein gutes Zeichen.«

»Ich glaube ja immer noch, dass Fissmann uns diese Möglichkeiten präsentiert hat, weil er sich selbst nicht sicher ist. Wer weiß, vielleicht geht es dem Täter genauso?«

Böhmer sah Max an, als hätte er gerade einen schlechten Witz gemacht. »Der Täter weiß nicht, wen er als Nächstes umbringen soll?«

»Ja. Fissmann redet doch die ganze Zeit von irgendwelchen Zeichen, die er sieht, wir aber nicht. Was, wenn der Täter die gleichen Zeichen sieht und sie dieses Mal nicht eindeutig sind?«

»Hm … ich glaube zwar immer noch, dass Fissmann uns zeigen wollte, dass er uns am ausgestreckten Arm verhungern lassen kann, aber gut. Möglich ist vieles. Lass uns noch mal hinfahren und mit ihm reden. Vielleicht verplappert er sich ja mal, wenn wir ihn ein bisschen verwirren. Bei der Gelegenheit können wir dem Herrn Professor auch noch mal auf den Zahn fühlen.«

Auf das Gespräch mit Leuken mussten sie verzichten, er war zu einem Termin außer Haus, wie seine Stellvertreterin ihnen erklärte. Und er habe zwar vor Tagen schon angeordnet, dass niemand mit Siegfried Fissmann sprechen dürfe, wenn er selbst nicht dabei sei, aber sie gehe davon aus, dass es wohl in Ordnung sein würde, wenn stattdessen sie sie zu dem Patienten begleite.

Max war sich da nicht so sicher, allerdings vermied er es, etwas zu sagen.

Dr. Meurer schlug einen anderen Weg ein als den, den sie bisher mit Leuken gegangen waren. Als Böhmer sie darauf ansprach, erklärte sie, seit Fissmann den Computer habe, verbringe er fast die gesamte Zeit in seinem Zimmer, wo das Gerät aufgebaut war. Selbst seine geliebten Zeitungsausschnitte würde er nun dort bearbeiten und nicht mehr wie zuvor im Gemeinschaftsraum. Dort tauche er nur noch auf, um sich Nachrichten anzuschauen oder um hier und da Unterhaltungen der anderen Patienten zu belauschen und sich Notizen zu machen.

Fissmanns Zimmer war etwa drei Meter breit und fünf Meter lang und bot damit genügend Platz für den zusätzlichen Tisch, auf dem der Computermonitor stand.

Als sie den Raum betraten, war Fissmann damit beschäftigt, Solitär zu spielen, was er mit lautstarken Geräuschen und Flüchen untermalte.

»Siegfried«, sprach Dr. Meurer ihn an, als er nicht auf sie reagierte. »Hier ist Besuch für dich.«

»Keine Zeit«, antwortete Fissmann schnippisch, ohne dass er den Blick auch nur eine Sekunde vom Monitor abwendete.

»Aber die Herren haben noch Fragen an dich.« Sie nickte ihnen zu. »Brauchen Sie mich?«

Böhmer schüttelte den Kopf. »Nein, danke.«

Fissmann wartete, bis die Ärztin verschwunden war, bevor er sagte: »Ja, ja, Fragen. Keine Zeit für Fragen, keine Zeit für nichts.« Er sprach so schnell, dass er kaum zu verstehen war. »Nichts gesehen, nichts gehört, verschwinden Sie, auf Wiedersehen.«

Max spürte das Prickeln rasch aufziehender Wut auf der Stirn und sagte sich im gleichen Moment, dass er sich zusammenreißen musste. Dennoch stand er mit zwei Schritten unmittelbar hinter Fissmann und zischte ihm zu: »Es kostet uns genau einen Anruf, dann ist der Computer wieder weg.«

Das wirkte sofort. Mit einer hektischen Bewegung, als stünde die Tastatur unter Strom, zog Fissmann die Hände zurück und drehte sich derart schnell auf dem Stuhl um, dass Max erschrocken zurückzuckte.

Fissmann beobachtete es mit offensichtlicher Genugtuung. »Hups«, sagte er grinsend, um in der nächsten Sekunde wieder ernst zu werden. »Schlechter Stil. Ganz schlechter Stil.«

»Bitte?« Max hatte sich wieder gefangen.

»Schlechter Stil. Computer als Bezahlung geben und dann wegnehmen. Das ist schlechter Stil. Ich habe die Zeichen gesehen, Sie nicht. Jetzt habe ich einen Computer, nutzlos ohne Internet. Trotzdem mein Computer. Wegnehmen ist schlechter Stil.«

»*Verschwinden Sie, auf Wiedersehen* ist auch schlechter Stil«, mischte Böhmer sich in das Gespräch ein. »Sie können Ihren Computer ja behalten, aber wir erwarten von Ihnen, dass Sie sich mit uns unterhalten und unsere Fragen beantworten.«

»Hihi.« Da war wieder das irre Grinsen auf Fissmanns Gesicht. »Stall oder nackt, nackt oder Stall. Wer weiß, wer weiß. Oh, Moment – darauf gibt es eine Antwort. Ich weiß, Sie nicht. Hihi.«

»Sie können nicht mit Sicherheit sagen, wer als Nächstes ermordet werden soll, habe ich recht?« Max versuchte, den Mann zu provozieren. »Sie geben mit Ihrem angeblichen Wissen an, prahlen herum, aber diesmal sind Sie selbst unsicher. So kommen Sie nie hier raus.«

Fissmann sah Max in die Augen, und plötzlich lag wieder diese unheimliche Gefährlichkeit in seinem Blick, eine Kälte, die Max ahnen ließ, wozu dieser Mann fähig war.

»Alles, was ich gesagt habe, ist eingetroffen.« Fissmann sprach leise und monoton. »Alles, oder etwa nicht? Möchten Sie, dass ich jetzt sage, dass Ihre Familie bald sterben wird?«

Eisige Kälte breitete sich innerhalb einer Sekunde in Max aus, doch in dieser einen Sekunde liefen in seinem Kopf mehrere Filme gleichzeitig ab. Er sah zerstückelte Leichen, achtlos weggeworfen wie Müll, sah Jennys zerschundenen Körper, ihren Blick. Er spürte den ganzen Schmerz der vergangenen Monate erneut mit aller Wucht, und er sah das Gesicht des Monsters, das für all das verantwortlich gewesen war. Gleichzeitig blickte er in diese kalten Augen vor sich, und wie in einem Morphing-Programm begannen das reale Bild und das in seiner Erinnerung miteinander zu verschmelzen. Mit einem Mal war es nicht mehr Siegfried Fissmann, der dort vor ihm saß, sondern ... »Du Schwein«, hörte Max sich brüllen, als er sich nach vorn warf und gegen Fissmann prallte. Alles um ihn herum drehte sich, seine Gedanken implodierten, es fühlte sich an, als würde sein Verstand zurücktreten und etwas anderem Platz machen, das zu keiner vernunftgesteuerten Reaktion mehr fähig war. Er nahm wahr, wie er zupackte, dann waren plötzlich Hände da, die ihn zurückrissen, abrutschten, wieder nach ihm griffen und ihn von Fissmann wegzogen.

»Hör sofort auf! Bist du verrückt geworden?«

Böhmer. Ja, das war die Stimme seines Partners. Max' Verstand fand an ihr Halt wie an einem Seil, an dem er sich in vernunftgesteuertes Denken zurückhangeln konnte.

Es funktionierte.

Max saß auf dem Boden, zwei Meter von Fissmann entfernt, der sich eben aufrappelte. Böhmer ging in die Hocke und legte Max die Hand auf die Schulter. Sie fühlte sich gut an. Warm.

»Alles okay?«

»Ja, ich denke schon.«

Böhmer richtete sich wieder auf und streckte Max die Hand entgegen. Er ergriff sie und zog sich mit Hilfe seines Partners auf die Beine.

Fissmann setzte sich und starrte Max an wie eine Schlange das Kaninchen.

»Was sollte das denn?«, fragte Böhmer leise.

Max sah ihn an. »Lass uns gehen.«

»Alles okay?« In der Tür stand ein Pfleger und sah von einem zum anderen. »Was war das gerade für ein Lärm?«

Max sah zu Fissmann hinüber, doch der starrte ihn weiterhin an, ohne Anstalten zu machen, die Frage des Pflegers zu beantworten.

»Nichts.« Böhmer lächelte krampfhaft. »Mein junger

Partner hier ist gerade über seine eigenen Füße gestolpert, das ist alles.«

Man konnte am Gesicht des Pflegers ablesen, dass er der Sache nicht traute, doch schließlich nickte er und wandte sich ab.

Böhmer wartete noch einen Moment, dann baute er sich vor Fissmann auf: »Ich schlage vor, das bleibt unter uns, denn wenn ich weitergebe, dass Sie gerade damit gedroht haben, die Familie meines Partner zu ermorden oder ermorden zu lassen, war es das endgültig mit der Aussicht, hier je wieder rauszukommen. Klar?«

Endlich riss Fissmann seinen Blick von Max los und richtete ihn auf Böhmer.

»Klar. Sie kommen wieder. Stall oder nackt, nackt oder Stall. Sie kommen wieder. Dann reden wir über meine Belohnung. Auf Wiedersehen.«

Im nächsten Moment galt seine volle Aufmerksamkeit erneut dem unterbrochenen Solitärspiel.

Böhmer und Max verabschiedeten sich noch von Dr. Meurer, natürlich ohne den Zwischenfall zu erwähnen, und verließen das Gebäude.

»Du möchtest wohl unbedingt, dass Gorges dich von dem Fall abzieht, wie?«

Max schüttelte verständnislos den Kopf. »Hast du nicht gehört, was Fissmann gerade gesagt hat?«

»Doch, das habe ich, aber dennoch darfst du als Polizeibeamter nicht auf einen Patienten losgehen. Du kannst von Glück reden, wenn Fissmann den Mund hält. Außerdem sitzt der Kerl in der Forensischen. Lass ihn doch drohen. Er kann niemandem etwas tun.«

»Er hat nicht damit gedroht, mich umzubringen, was naheliegend gewesen wäre, sondern meine Familie.«

»Weil er richtig eingeschätzt hat, dass er dich damit weitaus mehr aus der Fassung bringen kann. Was ja auch funktioniert hat.«

Max blieb stehen. »Was wäre, wenn es hier draußen jemanden gibt, der auf Fissmanns Anweisungen hin tötet?«

Auch Böhmer hielt an und drehte sich zu Max um. »Und wie soll derjenige seine Aufträge von Fissmann bekommen?«

»Das weiß ich auch nicht.«

Sie hatten das Präsidium erreicht und den Wagen geparkt, als Max' Telefon klingelte. Das Display zeigte eine Nummer, die er nicht kannte.

»Bischoff«, meldete er sich.

»Hallo, Max, hier ist Petra.«

Im ersten Moment konnte er mit dem Namen nichts anfangen, doch dann fiel es ihm wieder ein, wer Petra war, und er war sofort alarmiert. »Hallo, Petra, alles okay bei euch? Geht es Kirsten gut?«

»Deshalb rufe ich an. Nein, es geht ihr gar nicht gut. Ich glaube, du weißt nicht mal ansatzweise, wie bedrückt sie wirklich ist. Wie viel Angst sie hat.«

Max brauchte ein, zwei Sekunden, bis er begriff, was Petra Schwiering da gesagt hatte.

»Warum? Gibt es wieder einen konkreten Anlass? Sie ist zu Hause, oder?«

»Ja, ich muss auch gleich wieder rein, sie weiß nicht, dass wir telefonieren. Können wir uns nachher irgendwo treffen?«

»Natürlich. Wann und wo?«

»Ich war gestern Nachmittag mit Kirsten in dem kleinen Park am Ende der Straße.«

»Ja, den kenne ich.«

»Ziemlich am Anfang steht rechts eine Bank. In einer Stunde?«

»Okay. Dann bis nachher.«

Böhmer war nicht ausgestiegen und hatte das Telefonat verfolgt. Nun sah er Max auffordernd an. »Nun sag schon, was ist los?«

»Das war die Freundin, die zurzeit bei Kirsten wohnt.

Ich weiß nicht genau, was los ist, aber so, wie sie geklungen hat, mache ich mir ernsthafte Sorgen.«

Petra wartete bereits an der verabredeten Stelle, als Max dort ankam. Das Auto hatte er in der Nähe von Kirstens Wohnung am Straßenrand geparkt und war dann die paar Schritte bis zu dem kleinen Park zu Fuß gegangen.

Er hatte gehofft, sich wieder an Petra Schwiering zu erinnern, wenn er sie sah, aber das war nicht der Fall.

Die zierliche, hübsche Brünette, die dort auf der Bank saß, kam ihm völlig unbekannt vor. Als er auf sie zuging, stand sie auf und lächelte ihn an. »Hallo, Max. Du siehst genauso aus wie auf Kirstens Fotos.«

Er gab ihr die Hand. »Hallo, Petra. Was ist los, was ist mit Kirsten?« Ihm stand nicht der Sinn nach Smalltalk, dazu machte er sich zu große Sorgen um seine Schwester.

Petra deutete den Sandweg entlang, der nach wenigen Metern abbog. »Wollen wir ein Stück gehen?«

Max nickte.

»Kirsten ist wegen dieses Kerls mit den Nerven völlig am Ende«, begann Petra. »Sie schläft fast gar nicht, ist wahnsinnig schreckhaft und hat kaum Appetit.«

»Aber warum sagt sie mir nichts davon? Ich telefoniere doch jeden Tag mit ihr.«

»Weil sie weiß, dass du gerade in einem sehr schwierigen Fall steckst. Sie hat mir erzählt, dass du in dieser Sache mit den furchtbaren Serienmorden ermittelst. Muss schrecklich sein, und das weiß sie natürlich.«

»Ja, aber sie muss mir doch trotzdem sagen, wenn es ihr nicht gutgeht. Hat sie denn wieder was von dem Kerl gehört?«

»Ja.« Petra zog ein zusammengefaltetes Blatt Papier aus der Gesäßtasche ihrer Jeans und gab es ihm. »Ist zwar nur auf normalem Papier ausgedruckt, aber man erkennt ja, was es ist.«

Max faltete das Blatt auseinander, blieb stehen und starrte das Foto an. Es war tatsächlich recht verpixelt, aber dennoch erkannte Max ganz deutlich Kirsten, die an einem Restauranttisch saß, vor sich einen Teller, davor eine Platte mit Sushi. Ihr gegenüber saß er selbst. Darunter stand in schnörkelloser Computerschrift: *Jederzeit, wann immer ich will!*

»Ich denke, er will ihr klarmachen, dass er immer in ihrer Nähe ist, oder?«, spekulierte Petra.

»Wann ist das gekommen?«

»Heute Morgen. Sie wollte es dir bei nächster Gelegenheit zeigen, meinte sie, aber ich weiß nicht … ich dachte, du solltest das sofort sehen.«

Mit einer entschlossenen Bewegung faltete Max das Foto zusammen und ließ es in seiner Jacke verschwinden. »Los, gehen wir zu ihr.«

»Sie wird sauer sein. Ich habe ihr gesagt, ich wollte ein wenig allein spazieren gehen.«

»Das wird sie nicht, komm jetzt.«

Als Kirsten die Tür öffnete und Max neben Petra stehen sah, war ihr offensichtlich sofort klar, was das bedeutete.

»Spazieren gehen also«, sagte sie und warf ihrer Freundin einen vorwurfsvollen Blick zu. »Das nenne ich echte Freundschaft.«

»Das ist es allerdings.« Max ging an seiner Schwester vorbei in die Wohnung. »Petra hat mich angerufen, obwohl sie wusste, dass du wahrscheinlich sauer sein würdest. Weil sie sich große Sorgen um dich macht. Das nenne ich auf jeden Fall eine sehr gute Freundin. Aber jetzt zu dir.«

Er wartete, bis sie alle im Wohnzimmer waren. »Ich verzichte darauf, dir zu sagen, was ich davon halte, dass du mir nicht erzählt hast, wie es dir wirklich geht. Aber ich werde gleich ein paar Telefonate führen, und morgen früh begleitest du mich aufs Präsidium, wo wir Strafanzeige gegen Unbekannt wegen massiven Stalkings erstatten werden. Dieses zweite Foto sollte ausreichen.«

Tränen traten in Kirstens Augen. »Ich weiß nicht, ob ich das wirklich möchte. Ich muss doch dann bestimmt tausend Fragen beantworten, auch ganz intime, oder?«

»Kirsten, ich weiß nicht, was die Kollegen von dir wissen wollen, aber es spielt auch keine Rolle. Wir werden jetzt etwas gegen dieses Arschloch unternehmen. Die Kollegen sind sehr gut, es würde mich nicht wundern, wenn sie ihn ruck, zuck schnappen.«

»Kirsten, Max hat recht. So kann es doch nicht weitergehen. Du hast Angst, schläfst nicht …«

»Ja, ist schon gut.« Kirsten winkte ab. »Ich gehe ja mit.«

»Hat er dir außer diesem Foto noch andere Nachrichten geschickt, von denen ich nichts weiß?«

An der Art, wie seine Schwester ihn ansah, erkannte Max sofort, dass es definitiv noch etwas geben musste. »Kirsten?«

»Ja, da kam gestern noch eine Nachricht. Sie war kurz und sicher auch nicht wichtig.«

»Was stand drin?«

Sie zögerte. »Da stand: *Grüß deinen Bruder*.«

24

Mit einem Seufzen richtet Gerda sich auf, schiebt die Beine aus dem Bett und bleibt auf der Bettkante sitzen. Sie starrt in die Dunkelheit ihres Schlafzimmers, betrachtet die verwaschenen Konturen der Kommode wie durch ein dichtes, aber nicht vollkommen undurchsichtiges Tuch.

Sie kann nicht schlafen, ihre Gedanken kreisen wieder einmal um ihren Bruder. Ulf. Sie sorgt sich um ihn, fragt sich, was aus ihm werden soll, wenn sie nicht mehr da ist.

Einige wenige Monate noch, hat der Arzt gesagt. Wenn sie Glück hat. Erst war es nur der Magen, dann hat der Krebs gestreut. Jetzt ist es zu spät.

Ulf ist zweiundvierzig Jahre alt und wohnt bei ihr. Nicht etwa, weil er sich von seiner Frau getrennt hat und kurzfristig eine Bleibe braucht oder weil ihm seine Wohnung gekündigt wurde, nein, Ulf hatte noch nie eine eigene Wohnung, und er hatte auch noch nie eine Freundin. Keine einzige.

Dabei sieht er recht normal aus, und er ist auch nicht so fett, dass er sich nicht mehr bewegen kann. Gut, er ist kein Adonis, eher unsportlich, etwas blass, und einige Kilo zu viel hat er auch. Aber trotzdem findet Gerda ihn ganz passabel. Da haben schon ganz andere Typen eine Frau abgekriegt.

Ulf ist auch kein schlechter Kerl, er ist nur einfach … verklemmt. Wenn er anderen Menschen und ganz besonders erwachsenen Frauen gegenübersteht, beginnt er zu schwitzen und zu stottern. Und dann wird er stumm wie ein Fisch und glotzt nur noch mit großen Kuhaugen.

Deswegen geht er Frauen aus dem Weg, wo immer es möglich ist. Und deswegen hat er sicher auch irgendwann damit ange-

fangen, sie heimlich zu fotografieren und die Fotos dann stundenlang anzustarren. Er bringt eine Kamera zwischen sich und alles Weibliche, das ihm gefällt. Es ist, als würde die Kamera ihm die Angst nehmen.

Anfangs zeigten die Bilder noch Frauen in ganz alltäglichen Situationen. Beim Einkaufen oder beim Spazierengehen, in einem Straßencafé oder mit ihren Kindern auf dem Spielplatz … Tausende dieser Fotos hat Ulf geschossen.

Doch mit der Zeit wurden die Aufnahmen immer spezieller. Frauen in kurzen Kleidern oder Röcken, wenn sie irgendwo saßen und der Saum hochgerutscht war, so dass man ein wenig mehr sehen konnte, manchmal sogar den Slip.

Dann folgte eine ganze Serie mit ausgesprochen korpulenten Frauen mit tiefen Dekolletés. Anschließend waren es Frauenfüße, die ihn zu faszinieren schienen.

Irgendwann wurden die Frauen jünger und jünger. Keine kleinen Mädchen, denn dann hätte Gerda sofort ein ernstes Wort mit ihrem Bruder geredet, aber manche waren doch noch sehr jung. Sie wird auf ihn … Eine heiße Welle überspült ihren Körper und ihre Gedanken. Die Schmerzen sind plötzlich so heftig, dass Gerda laut aufstöhnt. Die Wirkung der starken Tabletten hat schon vor einer Weile nachgelassen, längst schon hätte sie wieder welche nehmen müssen, das wird ihr jetzt auf sehr schmerzvolle Weise klar. Gerda tastet nach dem Schalter der Nachttischlampe und knipst das Licht an. Die Opiate liegen gleich neben dem Wecker. Zehn nach drei.

Sie greift mit zitternden Händen nach dem Blister, sucht nach einer noch gefüllten Wabe und lässt die Hand dann enttäuscht sinken. Leer. Und der Krebs wütet mit einem Feuerschwert in ihrem Körper.

Gerda drückt sich von der Bettkante hoch und schreit beinahe auf. Der Schmerz ist so intensiv, dass er ihr fast die Sinne raubt. Aber es nutzt nichts, sie muss nach unten, in die Küche. Dort liegt noch die Tüte mit den Tabletten, die Ulf heute Nachmittag endlich aus der Apotheke geholt hat. Vier Tage lang ist er mit dem

Rezept in der Tasche herumspaziert und hat es immer wieder vergessen.

Sie geht zur Zimmertür, öffnet sie, lauscht in die Dunkelheit. Das tut sie immer, wenn sie nachts im Haus unterwegs ist. In letzter Zeit kommt das allerdings seltener vor. Und bald gar nicht mehr …

Es dauert eine Weile, die sechzehn Stufen nach unten zu überwinden. Gerda tastet sich durch den dunklen Flur in die Küche, schaltet dort das Licht ein. Auf der Arbeitsplatte liegen die Tabletten. Sie nimmt gleich zwei und spült sie mit etwas Wasser aus dem Hahn hinunter, lehnt sich dann gegen die Kante der Spüle, atmet tief durch. Sie weiß, die Tabletten brauchen zehn bis fünfzehn Minuten, bis sie wirken.

Sie denkt an die nächsten Wochen. Es wird von Tag zu Tag schlimmer werden, das ist ihr bewusst. Wie lange sie das durchhalten kann, weiß sie nicht. Ihr Blick fällt auf die Tablettenschachtel. Opiate. Am besten wäre es, ein paar davon für den Tag zu sammeln, an dem es nicht mehr geht. Sechs oder acht sollten reichen.

Ihr Blick fällt auf die große Glastür, die zur Terrasse hinausführt. Dort draußen in der Dunkelheit, unmittelbar vor der Tür, hat sich etwas bewegt, sie ist ganz sicher. Ihr erster Gedanke gilt Ulf, aber was soll der um diese Zeit im Garten machen? Noch dazu ohne Licht. Nein, Unsinn, ihr Bruder liegt unten in seinem Zimmer und schläft. Ganz sicher.

Gerda kneift die Augen ein wenig zusammen, versucht, die Finsternis vor der Tür zu durchdringen, doch das Licht der Küche lässt die Nacht wie schwarze Folie auf der Glastür wirken.

Sie geht auf die Tür zu, an der ihr irgendetwas merkwürdig vorkommt, ohne dass sie weiß, was es ist. Aber darum kann sie sich später kümmern. Zu sehr ist ihre Aufmerksamkeit jetzt auf das Geschehen gerichtet, das sie da draußen erahnt. Einen Lichtschalter für die Terrasse gibt es in der Küche nicht, der befindet sich nebenan im Wohnzimmer, aber neben der Terrassentür ist ein weiterer Schalter für die Küchenbeleuchtung angebracht.

Sie erreicht die Tür, den Schalter, löscht das Licht. Dunkelheit. Sie starrt gegen die Glastür. Nur langsam gewöhnen sich ihre Augen an die Finsternis, bis sich nach und nach die Konturen der Terrassenmöbel aus der Nacht schälen, dahinter die Sträucher. Gerda legt die Hand auf die Scheibe … die ein wenig nachgibt. In dem Moment, in dem ihr bewusst wird, dass die Tür nicht richtig verschlossen, sondern nur angelehnt ist, taucht ein großer Schatten aus der Dunkelheit auf und manifestiert sich binnen einer Sekunde zu etwas, das es gar nicht geben darf. Mit dem nächsten Atemzug ist die Gestalt an der Tür und starrt sie durch die Scheibe an. Gerda stößt einen Schrei aus, so hoch und durchdringend, dass er ihr selbst durch Mark und Bein fährt. Dort vor ihrer Tür steht ein Wesen mit dem Körper eines Menschen und dem Kopf einer Fliege und starrt sie aus fußballgroßen Facettenaugen an.

Gerda stockt der Atem, sie greift sich an die Brust, befürchtet, ihr Herz werde jeden Moment aussetzen. Zwei blaue Hände tauchen auf, legen sich auf das Glas, drücken dagegen.

Statt die Tür zuzuhalten, um zu verhindern, dass dieses Monster sie öffnet, weicht Gerda zurück. Schritt für Schritt. Langsam schwingt die Tür auf. Als sie weit offen steht, sagt die Gestalt mit einer Stimme, die direkt aus einem Albtraum kommen muss: »Ich weiß, was ihr tut. Ich bin gekommen, um euch Einhalt zu gebieten.«

Die dunklen Konturen der Küche beginnen zu schwanken. Gerda stützt sich mit der Hand auf der Arbeitsplatte ab und starrt auf das Ding, das nun vor ihr in der Küche steht. Irgendein Teil ihres vom Grauen vernebelten Verstandes sagt ihr, dass es ein Mensch in einem Overall und einer Gummimaske sein muss, doch das nimmt ihr nichts von ihrer Angst.

»Geh nach unten«, schnarrt die furchtbare Stimme monoton. »Zu ihm.«

Ulf. Wer immer da vor ihr steht, weiß, dass Ulfs Zimmer sich im Keller befinden. Aber woher …

»Los!«

Ulf. Das Grauen vor der unwirklichen Situation wird schlagartig von der Sorge um ihren Bruder verdrängt. So schnell ihr ausgemergelter Körper es zulässt, setzt Gerda sich in Bewegung, stolpert in den Flur, zur Treppe, die nach unten führt, und macht sich daran, Stufe für Stufe zu überwinden.

Endlich hat sie es geschafft, hält kurz inne, weil die Schmerzen ihr fast das Bewusstsein rauben, und hört ein leises, seltsam dumpfes Wimmern.

Unter Aufbietung aller Kraft drückt Gerda sich von der Wand ab, geht zu Ulfs Zimmertür, stößt sie auf und … erstarrt.

Ulf sitzt inmitten des Raumes auf einem Stuhl, den Oberkörper straff mit einem Seil umschlungen. In seinem Mund steckt ein Knebel. Er trägt weder Hose noch Unterhose, die Beine sind gespreizt und geben den Blick auf seine Genitalien frei, die von Ulfs Nachttischlampe, die nur einen Meter vor ihm auf dem Boden steht, gelblich angestrahlt werden. Seine Unterschenkel sind so fest an die beiden vorderen Stuhlbeine gefesselt, dass die hier deutlich dünneren Seile tief in die Haut einschneiden.

Gerda stöhnt bei dem Anblick auf. Es kostet sie große Mühe, aber sie zwingt sich, ihre Aufmerksamkeit wieder auf die furchtbare Gestalt zu lenken, die an ihr vorbei das Zimmer betreten hat und nun neben ihrem Bruder steht.

»Da glotzt du.« Der dicke Rüssel zittert bei jedem Wort.

Gerda kann es deutlich sehen, denn der gelbliche Schein strahlt auch den Insektenkopf von unten an.

Obwohl Gerda mittlerweile weiß, dass es sich um eine Maske handelt, hat sie das Gefühl, der Blick der Facettenaugen brenne ihr Löcher in die Haut.

»Setz dich.« Die Hand in dem Gummihandschuh zeigt auf einen weiteren Stuhl, zwei Meter von Ulf entfernt, der ein dumpfes Wimmern ausstößt.

Gerda tut, was die Gestalt befohlen hat. Als ihr Blick sich wieder auf ihren Bruder richtet, erkennt sie einen breiten, dunkelroten Streifen, der sich vom Haaransatz aus über Stirn und Wange zieht. Er muss eine tiefe Wunde am Kopf haben. Gerda möchte zu ihm gehen und ihm helfen, aber nicht nur die Schmerzen, die ihren Körper innerlich verbrennen, lähmen sie, sondern auch die Angst vor ihrem grauenvollen Besucher. Sie zwingt sich dazu, nur in Ulfs Gesicht zu schauen und den Blick nicht tiefer wandern zu lassen.

»Ich weiß es«, schnarrt die Computerstimme monoton. »Sag es ihnen. Und sag ihnen, ich werde nicht eher ruhen, bis ihr alle vernichtet seid. Ihr werdet euer Ziel nicht erreichen. Ihr alle nicht. Schau her und sage ihnen, was du gesehen hast.«

Gerda weiß nicht, woher das Messer kommt, das plötzlich in der Hand der Gestalt liegt. Es ist ihr egal. Das Einzige, um das ihre Welt in diesem Moment kreist, ist die lange Klinge, die sich langsam senkt und im nächsten Moment an Ulfs Hals liegt. Bevor der scharfe Stahl tief in sein Fleisch schneidet, sagt die harte Stimme noch ein Wort, ein einziges. Gerda versteht es. Aber sie begreift es nicht.

25

»GUT, DANN ERZÄHLEN SIE doch bitte mal genau, wann und wie das Ganze angefangen hat.«

»Also die ersten Nachrichten hat sie …«, setzte Max an, doch Hauptkommissar Keller hob die Hand und schüttelte den Kopf. »Nein, nicht du sollst erzählen, sondern deine Schwester.« Sein Blick richtete sich wieder auf Kirsten. »Okay?«

»Ja, klar. Aber wann genau es anfing, weiß ich nicht mehr. Ich denke, die erste Nachricht von ihm habe ich vor etwa sieben oder acht Monaten bekommen.«

»Haben Sie die noch?«

»Nein, ich habe alle gelöscht, bis Max meinte, ich solle sie aufheben. Aber das war erst vor ein paar Wochen.«

»Hm, das ist natürlich schade. Können Sie sich denn noch an den Wortlaut …« Das Klingeln des Telefons unterbrach Keller. Er machte eine entschuldigende Geste und nahm das Gespräch an.

»Ja, ist er, Moment …« Keller reichte Max das Telefon. »Für dich.«

Max nahm es ihm mit einem mulmigen Gefühl aus der Hand und hielt es sich ans Ohr. »Ja?«

»Es ist wieder so weit.« Böhmer. »Komm rüber, wir müssen los.«

»Mist.« Er legte das Telefon zurück, erhob sich und sah seine Schwester an. »Kirsten, es tut mir leid, aber ich muss … Wir haben einen Notfall.«

»Das ist doch kein Problem. Geh ruhig.«

»Aber kommst du denn hier allein klar?«

»Hey, Sie ist nicht allein.« Keller deutete mit einer Kopfbewegung zur Tür. »Nun geh schon. Wenn wir hier fertig sind, bringe ich sie sicher nach Hause. Versprochen.«

Max stand auf, machte zwei Schritte, drehte sich noch mal um. »Ich könnte dir eine Kollegin von mir rüberschicken. Die …«

Kirsten verdrehte die Augen. »Ich bin doch kein kleines Kind mehr. Jetzt verschwinde endlich und mach deinen Job.«

Während Max zum Treppenhaus eilte, um in die zwei Stockwerke tiefer liegende Mordkommission zu gelangen, rasten seine Gedanken.

Es ist wieder so weit, hatte Böhmer gesagt. Das konnte bedeuten, dass es einen Toten gab oder zwei oder mehrere. Auf jeden Fall aber bedeutete es, dass der Wahnsinnige wieder zugeschlagen hatte. Ihre Warnungen an die Stallbesitzer waren also umsonst gewesen.

»Da bist du ja.« Böhmer wartete schon neben dem Treppenhaus und hielt mit dem Fuß die Aufzugtür auf. »Dann mal los.«

Auf dem Weg nach unten berichtete Böhmer: »Offenbar hat es diesmal nur einen Toten gegeben. Ulf Bornhofen. Anfang vierzig, Junggeselle. Wohnt bei seiner älteren Schwester, ebenfalls unverheiratet. Sie hat überlebt und konnte sich irgendwann von ihren Fesseln befreien. Waren wohl nicht sonderlich fest gebunden.«

Max nickte. »Ja, er möchte immer einen Zeugen haben.«

Wieder war das Opfer auf einen Stuhl gefesselt, und wieder war ihm die Kehle mit einem tiefen Schnitt durchtrennt worden. Auch die weiße Lilie fehlte nicht. Sie steckte hinter dem rechten Ohr des Opfers, so als hätte der Mann sie sich selbst als Accessoire angesteckt.

Dieses Mal kam allerdings ein neuer Aspekt dazu, den Max nicht einordnen konnte. Bornhofen war von der Hüfte an abwärts nackt. Die Unterschenkel waren so an die Stuhlbeine gefesselt worden, dass die Beine des Mannes gespreizt waren und den Blick auf die große, blutige Wunde dazwischen freigaben. Zumindest auf den Teil, der nicht von dem käsigen, gewölbten Bauch verdeckt wurde.

»Er hat ihn komplett kastriert«, berichtete Dr. Reinhardt, als er Max' Blick bemerkte. »Hoden und Penis sind abgeschnitten worden.« Er deutete auf eine Glasschale, die unter dem Stuhl stand. Max konnte den Inhalt nicht genau erkennen, aber was er sah, reichte ihm völlig, um zu wissen, um was es sich handelte.

»Hat er da noch gelebt?« Auch Böhmer starrte angewidert auf die blutige Wunde.

»Dem starken Blutverlust nach zu urteilen, ja. Ich vermute, dass der Mörder ihm erst die Kehle durchtrennt hat, und während der Mann an seinem eigenen Blut erstickte … schnipp, schnapp.«

»Man könnte meinen, er wollte ihn noch im Tod demütigen.«

»Vielleicht.« Endlich schaffte es Max, den Blick von der grauenvollen Verstümmelung abzuwenden. »Aber warum legt er die Geschlechtsteile dann in eine Glasschale und stellt die unter den Stuhl? Isoliert betrachtet würde ich diese Tat für einen Ritualmord halten.«

»Das Problem ist nur, dass wir es mit einer Serie zu tun haben und bisher noch keine Hinweise auf ein Ritual entdecken konnten.«

»Außer Lipperts Blut. Das hat der Täter auch in einer Schüssel auf den Boden gestellt, ähnlich wie hier.«

Max wandte sich an einen Kollegen der Spurensicherung, den er noch nicht kannte. »Sonst irgendwas Besonderes?«

Der junge Kommissar verzog den Mund zu einem Grinsen. »Sie meinen, außer dass er keine Eier mehr hat?«

Max sah ihn ernst an. »Sie kommen sich wohl super abgebrüht vor, wie?«

Das Grinsen verschwand augenblicklich. »Nein, tut mir leid, ich ...«

»Komm mal mit, es gibt da was, das vielleicht eine Erklärung dafür sein könnte.« Patschett deutete zwischen die Beine des Opfers und wandte sich ab.

Max folgte ihm in den kurzen Kellerflur zur nächsten Tür. Patschett öffnete sie und betrat den dahinterliegenden Raum. Er war nicht sehr groß und recht dunkel, weil nur wenig Tageslicht durch das einzige kleine Oberlicht in den Raum drang.

An der Stirnwand stand ein Schreibtisch aus dunklem Holz mit einem Computer darauf und einem unbequem aussehenden Stuhl davor, daneben ein Blechspind. Was aber Max' Aufmerksamkeit erregte, waren die Wände. Sie waren über und über beklebt mit Fotos, und auf allen waren Frauen zu sehen. Meist sehr junge, hier und da waren es fast noch Mädchen. Und gerade die Jüngeren waren leicht bis gar nicht bekleidet.

»*Wenn wieder jemand stirbt, werden Sie entweder einen Stall finden oder Fotos von nackten Frauen. Viele Fotos.*« Max drehte sich erschrocken zu Böhmer um. Er hatte nicht bemerkt, dass sein Partner ihnen gefolgt war. »Der irre Scheißkerl hatte schon wieder recht.«

»Ich schätze, ich weiß auch, was wir finden, wenn wir uns die Festplatte des Computers anschauen.« Max betrachtete ein Foto, auf dem ein höchstens dreizehn- oder vierzehnjähriges Mädchen in rotem Phantasiekostüm mit superkurzem Röckchen und tief dekolletierter Korsage, weißen Kniestrümpfen, Highheels und angeklebten Koboldohren posierte. Er spürte, wie die Wut auf Ulf Bornhofen in ihm wuchs.

»Wenn der Vater eines solchen Kindes diese Fotos gesehen hat, kann ich mir gut vorstellen, dass er den Wunsch hatte, dem Kerl nebenan die Eier abzuschneiden.«

Böhmer stieß die Luft aus. »Das stimmt, allerdings ist

unser Serienkiller sicher kein wütender Vater eines Mädchens, das Bornhofen halbnackt geknipst hat.«

»Wer weiß.« Max wandte sich ab. »Ich gehe mal nach oben. Wenn ich so was sehe, steigt mir die Galle hoch.«

Im Flur des Erdgeschosses kam ihm eine Kollegin entgegen, die er nach der Schwester des Opfers fragte. Allerdings erübrigte sich das im nächsten Moment, da die Frau, auf einer Trage festgeschnallt, aus dem Wohnzimmer geschoben wurde.

»War sie die ganze Zeit über da drin?«, fragte Max überrascht. »Ich hatte einen Blick ins Wohnzimmer geworfen, als ich ankam.«

Die Kollegin schüttelte den Kopf. »Nein, wir hatten sie draußen an der frischen Luft in einen Sessel gesetzt. Sie ist gesundheitlich schwer angeschlagen. Krebs. Endstadium.«

Max stellte sich neben die Trage und betrachtete die Frau. Sie war bleich, die Wangen waren eingefallen. Er konnte ihr Alter schwer abschätzen, aber so, wie sie im Moment aussah, musste sie sehr viel älter als ihr Bruder sein.

Er beugte sich ein Stück weit nach vorn. »Frau Bornhofen, können Sie mich verstehen?«

Sie nickte.

»Denken Sie, Sie könnten mir ein paar Fragen beantworten?«

»Ja, ich glaube schon.«

»Das ist gut. Was können Sie mir über denjenigen sagen, der Ihrem Bruder das angetan hat?«

»Eine … Fliegenmaske. Er trug eine große Fliegenmaske. Und einen Overall und Gummihandschuhe.«

»Hat er irgendetwas gesagt?«

»Ja, und die Stimme war ganz komisch. Wie aus einem Computer. Er sagte, wir werden unser Ziel nicht erreichen. Und ich solle zuschauen, was er mit Ulf macht …« Sie begann zu weinen, woraufhin der Arzt, der bisher wortlos zugehört hatte, die Hand hob. »Bitte, die Frau muss ins Krankenhaus. Sie sehen doch, wie es ihr geht.«

»Aber ich möchte noch sagen, was ich weiß, denn die Tabletten fangen schon an zu wirken.« Ihre Stimme klang dünn.

Max überlegte kurz. »Warten Sie bitte. Nur einen Moment.« Mit schnellen Schritten ging er zurück nach unten und fand Böhmer wieder im Zimmer mit der Leiche, wo er gerade einen Kollegen damit beauftragte, den Computer aus dem Nebenzimmer einzupacken und in den Soko-Einsatzraum zu bringen.

»Horst, ich fahre im Krankenwagen mit. Kannst du mich gleich vor der Klinik abholen?«

Böhmer nickte. »Klar. Ich schaue mich hier noch ein wenig um. Bis später.«

Begeistert war der Arzt nicht von Max' Idee, Gerda Bornhofen im Krankenwagen weiter zu befragen, aber die Frau stimmte zu. Max bewunderte sie dafür, wie tapfer sie sich hielt, nach allem, was sie erlebt und gesehen hatte.

»Was hat es mit diesen ganzen Fotos auf sich, die in dem großen Raum im Keller an den Wänden hängen?«, fragte Max ohne Umschweife, nachdem sie losgefahren waren.

»Ach, das war Ulfs Steckenpferd.«

»Halb- oder auch völlig nackte Kinder zu fotografieren?«, warf Max scharf ein, bemerkte aber im gleichen Moment selbst, dass er mit diesem Ton nicht weit kommen würde. »Ich meine«, fuhr er sanfter fort, »ich habe da unten Fotos von Mädchen gesehen, die höchstens vierzehn Jahre alt waren.«

»Aber sie haben das alle freiwillig gemacht.«

Max senkte für einen Moment den Blick und atmete tief durch. Entweder war die Frau grenzenlos naiv, oder sie verharmloste die Sache bewusst, um ihren Bruder zu schützen. Aber es nutzte nichts, er musste sich beherrschen, wenn er mehr erfahren wollte.

»Wie hat er die Mädchen denn gefunden? Verstehen Sie mich nicht falsch, aber Ihr Bruder scheint mir nicht der Typ gewesen zu sein, für den blutjunge Mädchen freiwillig posieren.«

»Er hat sie dafür bezahlt.«

»Aha. Gab es denn mal Ärger mit irgendjemandem?«

»Ja, einmal hat eine Frau gesehen, wie Ulf Fotos von ihrer Tochter gemacht hat. Das muss eine sehr resolute Person gewesen sein. Sie ist auf ihn losgegangen, so dass er flüchten musste.«

»Wo war das?«

»In Leipzig bei der Buchmesse. Ulf ist in den letzten beiden Jahren dahin gefahren, weil dort viele Jugendliche in diesen Comicverkleidungen herumlaufen. Ulf fand die bunten Kostüme so schön.«

Max dachte an das Foto, das er im Keller gesehen hatte. Von wegen bunte Kostüme … Er musste sich sehr zusammenreißen, der kranken Frau nicht klipp und klar zu sagen, *was* ihrem Bruder so gut gefallen hat.

»Kommen wir noch mal zu dem Täter zurück. Fällt Ihnen außer der Maske und der Computerstimme sonst noch etwas zu ihm ein?«

Gerda Bornhofen blickte an die weißlackierte Decke des Krankenwagens. »Das muss ein sehr kranker Mann gewesen sein«, sagte sie leise. »Ein normaler Mensch wäre doch nicht dazu fähig, jemandem den Hals durchzuschneiden und ihm dann auch noch …« Max konnte nur ahnen, wie viel Kraft es die Frau kostete, mit ihm zu sprechen. »Und ich musste dabei zusehen. Um es den *anderen* zu sagen.«

»Haben Sie eine Vorstellung davon, wen er mit diesen *anderen* gemeint haben könnte?«

»Nein. Aber da war noch etwas, das mir an ihm aufgefallen ist, ich weiß nur nicht, was.«

Max wurde hellhörig. »Wie meinen Sie das?«

»Irgendetwas an ihm war eigenartig. Ich meine nicht das,

was er anhatte. Die Maske und so. Es war etwas anderes, das mir seltsam vorgekommen ist, aber ich komme nicht darauf, was es war.«

Der Wagen fuhr langsamer und bremste ab. Dann wurde der Motor abgestellt.

»Bitte denken Sie nach, vielleicht fällt es Ihnen ja noch ein. Es könnte enorm wichtig für uns sein. Wir werden Sie bald besuchen.«

»Ach, und er sagte noch etwas, bevor er … ein Wort.«

»Welches Wort?«

»Er sagte: Opfer.«

26

WÄHREND ER VOR DEM KRANKENHAUS auf Böhmer wartete, zermarterte Max sich den Kopf auf der Suche nach etwas, das sie endlich ein Stück weiterbringen würde. Über zwei Wochen wütete dieser Wahnsinnige nun schon in Düsseldorf, und sie hatten noch absolut nichts in der Hand.

Die einzige Verbindung zu den Taten bildete Siegfried Fissmann, und der würde ihnen nicht helfen, solange er nicht freigelassen wurde. Was auf keinen Fall in Frage kam. Es war zum Verrücktwerden.

Als Böhmers Wagen die Auffahrt zum Krankenhaus hochkam, hatte Max eine Idee.

»Was hältst du davon, wenn wir Fissmann den Internetzugang einrichten?«, fragte er, nachdem er eingestiegen war.

Böhmers Blick sprach Bände. »Spinnst du? Davon abgesehen, dass das absoluter Quatsch ist, wird das niemand genehmigen.«

»Und wenn das vielleicht eine Chance ist, Fissmanns Quelle zu finden?« Max wandte sich Böhmer zu. »Wenn die Kollegen von der IT eine Überwachungssoftware auf dem Rechner installieren und wir bekommen einen Zugang, können wir genau sehen, was er macht. Jeder Mausklick, jede aufgerufene Website, jeder Kontakt, den er über egal welche Plattform herstellt … einfach alles wird nicht nur abgespeichert, wir können auch live von unseren Computern aus dabei zusehen. Wenn er schon nicht freiwillig mit der Sprache rausrückt, wäre das zumindest eine Chance.«

»Hm … daran habe ich tatsächlich noch nicht gedacht. Allerdings müssten wir uns das erst mal absegnen lassen und es dann als Belohnung für irgendwas verpacken, sonst riecht Fissmann vielleicht den Braten.«

»Ich rufe Gorges an. Der kann sich das Okay von der Staatsanwaltschaft holen, dann sehen wir weiter.«

»Seit er den Computer hat, verlässt er sein Zimmer fast gar nicht mehr«, erklärte Professor Leuken auf dem Weg zu Fissmanns Zimmer. »Ich befürchte, dass diese Maßnahme aus therapeutischer Sicht ein Fehler war. Siegfrieds soziale Kontakte waren sowieso schon mehr als dürftig. Jetzt finden sie praktisch überhaupt nicht mehr statt.«

»Sie können ihm das Ding von mir aus wieder wegnehmen, wenn der Fall geklärt ist«, brummte Böhmer. »Im Augenblick ist es wichtig, dass wir ihn irgendwie dazu bekommen, uns zu sagen, was er weiß.«

»Womit wir wieder beim Thema wären. Sie sind offenbar nach wie vor ohne jeden Skrupel dazu bereit, die geistige Gesundheit meines Patienten aufs Spiel zu setzen, um Ihren Fall zu lösen. Ich finde diese Einstellung höchst bedenklich.«

Böhmer blieb stehen und sah den Klinikleiter an, als sei er ein Wesen von einem anderen Planeten.

»Sagen Sie mal, was genau stimmt mit Ihnen eigentlich nicht? Wir haben jetzt sieben Tote, darunter Kinder, gequält und abgeschlachtet wie Vieh. Ihr Patient ist der Einzige, der mehr darüber weiß, so dass wir mit seiner Hilfe diese Mordserie vielleicht sogar stoppen könnten. Eine Hilfe, die er uns aber verweigert. Stattdessen lacht er sich ins Fäustchen und schaut dabei zu, wie ein Mensch nach dem anderen getötet wird. Wissen Sie was, Herr Professor, Sie haben recht. Die geistige Gesundheit Ihres sowieso geisteskranken Patienten steht für mich tatsächlich ganz hinten auf der Prioritätenliste zu diesem Fall. Und ich sage Ihnen noch etwas: Ihre Rolle in dieser ganzen Geschichte ist mir auch noch nicht ganz klar.«

»Was soll das denn heißen?«

»Ich frage mich zum Beispiel, warum Sie uns dieses Theatermärchen aufgetischt haben? Das nehme ich Ihnen nämlich nicht ab. Es stellt sich also die Frage, wo Sie wirklich an diesem Freitagabend waren.«

»Wollen Sie damit sagen, ich hätte Sie angelogen?«

»Das sagt mir mein Instinkt.«

Eine Weile sahen sie sich in die Augen wie zwei Boxer, die sich unmittelbar vor der ersten Runde gegenüberstanden, dann drehte Leuken sich abrupt um. »Ich habe Ihnen nichts mehr dazu zu sagen. Gehen wir zu Siegfried.«

Fissmann saß wieder am Computer, als sie sein Zimmer betraten. Auf einem Tisch in der Ecke des Raumes stapelten sich mehrere zerfledderte Zeitungen, daneben stand ein Schuhkarton, der zur Hälfte mit herausgerissenen Ausschnitten gefüllt war. Max schaute sich ein paar davon an. Ein Sonderangebot für Rasenmäher. Ein Kurzbericht über einen LKW-Unfall auf der A3. Eine Verlobungsanzeige – *Harald Grieber und Jessica Lang*, mit Foto. Beide Brillenträger. Eine Suchanzeige nach *Marilyn, unser Schmusekätzchen, entlaufen am 23. März*. Auch mit Foto. Ein zehnzeiliger Bericht über ein neues Yoga-Studio in Friedrichstadt. Max legte die Ausschnitte zurück. Wenn man sich ansah, womit Fissmann sich bisher die Zeit vertrieben hatte, war es kein Wunder, dass er sich nicht mehr vom Computer fortbewegte.

Wie schon bei ihrem letzten Besuch nahm er keinerlei Notiz von ihnen. Leuken hielt sich, die Arme vor der Brust verschränkt und mit grimmiger Miene, im Hintergrund und machte keinerlei Anstalten, seinen Patienten anzusprechen.

»Guten Tag, Herr Fissmann.« Max blieb neben Fissmann stehen und sah auf den Monitor, wo ein Geschicklichkeitsspiel lief.

»Es gab wieder einen Mordfall. Haben Sie das schon gehört?«

»Wer weiß, wer weiß.«

»Sie hatten uns zwei Möglichkeiten genannt. Einen Stall oder jemanden, der Fotos von nackten Frauen zu Hause hat. Es war der Stall.«

Fissmanns Kopf ruckte herum, seine Augen glänzten tückisch. »Was für ein Stall?«

»Das wissen Sie doch am besten«, versuchte Max seinen Bluff aufrechtzuerhalten. Mit einem breiten Grinsen wandte Fissmann seine Aufmerksamkeit wieder dem Monitor zu.

»Was ist mit der anderen Möglichkeit, die Sie uns genannt haben? Wird das auch noch geschehen?«

»Was für ein Stall?«, fragte Fissmann und starrte auf den Bildschirm. Max verstand, dass er keine weitere Information aus Fissmann herausbringen würde, wenn er nicht auf dessen Frage einging. »Ein Kuhstall.«

»Hihi.«

»Nun reden Sie endlich, verdammt«, mischte Böhmer sich ein und kam näher. »Müssen wir damit rechnen, dass der zweite Mord auch noch geschieht?«

»Keine Unterhaltung ohne Belohnung.«

»Sie haben einen Computer bekommen, das ist Ihre Belohnung.«

»Morgens raus, abends rein.« Böhmer schüttelte den Kopf. »Auf keinen Fall.«

»Ich weiß es. Sie wissen nichts.«

Max hatte keine Vorstellung davon, zum wievielten Mal er diesen Satz nun bereits gehört hatte, aber er spürte, dass er ihn aggressiv machte. »Sie bekommen uneingeschränkten Zugang zum Internet, wenn Sie uns helfen«, sagte er deshalb, um die Sache zu verkürzen.

»Was?«, stieß Leuken hinter ihnen aus. »Auf keinen Fall. Das ist nicht mit mir abgestimmt.«

»Aber mit dem Staatsanwalt«, bemerkte Böhmer trocken. »Wenden Sie sich an den, wenn Ihnen etwas nicht passt.«

»Größer als ein Käfig, kleiner als ein Kuhstall.«

»Was?«, fragten Böhmer und Max fast gleichzeitig.

Fissmann grinste sie an. »Der Stall. Bald.« Damit wandte er sich wieder dem Monitor zu. Er hatte ihren Versuch zu bluffen also durchschaut und wusste, dass der Mörder sich Bornhofen ausgesucht hatte. »Jetzt die Belohnung.«

»Das ist ein bisschen wenig für eine Belohnung.«

»Keine Belohnung, keine Unterhaltung mehr. Auf Wiedersehen.«

Sie kannten Fissmann mittlerweile gut genug, um zu wissen, dass sie von ihm nun keine Antwort mehr bekommen würden, und gaben es auf.

»Das ist unverantwortlich«, beschwerte Leuken sich auf dem Weg in sein Büro. »Ein uneingeschränkter Zugang zum Internet kann Siegfried um Jahre zurückwerfen und meine ganze Therapie zunichtemachen. Sie wissen doch selbst, was man im Netz alles findet. Es gibt keine Perversion und keinen menschlichen Abgrund, der dort nicht aufzuspüren ist. Schon ein einziges Foto kann ein Trigger sein, der Siegfried in alte Verhaltensmuster zurückwirft, womit die Arbeit von dreizehn Jahren zerstört wäre. Was haben Sie sich dabei gedacht? Und vor allem: Was versprechen Sie sich davon? Denken Sie vielleicht, er wird Ihnen nun alles sagen, was er weiß?«

»Warten wir's ab.«

Sie hatten das Büro erreicht und blieben davor stehen.

»Ich werde bei der Staatsanwaltschaft anrufen und dort meine Bedenken aus ärztlicher Sicht äußern. Außerdem werde ich mich über Sie beschweren.«

»Tun Sie das«, brummte Böhmer. »Aus ermittlungstechnischen Gründen halten wir es für zweckmäßig, dass Fissmann diesen Zugang bekommt. Der Staatsanwalt sieht es übrigens genauso.«

»Dann werde ich eben dafür sorgen, dass Siegfrieds Zugang zum Klinik-WLAN durch unseren Administrator eingeschränkt wird«, erklärte Leuken trotzig. »Dann kann er ein paar Spieleseiten besuchen und sonst nichts.«

»Heute Nachmittag werden zwei unserer IT-Spezialisten Sie hier besuchen und den Zugang einrichten. Ihr Klinik-Netzwerk wird dafür nicht benötigt.«

Ehe Leuken sich erneut ereifern konnte, machten sich die beiden Ermittler auf den Weg nach draußen. »Was sollte das eigentlich mit dem Stall?«

Max zuckte mit den Schultern. »Ein Versuch. Ich wollte herausfinden, ob Fissmann wusste, welcher Mord als Nächstes geschehen würde, oder ob er sich nicht sicher war.«

»Tja, ich würde mal sagen, er hat dich sauber auflaufen lassen. Dumm ist der Kerl weiß Gott nicht.«

Nachdem sie im Präsidium angekommen waren, griff Max zum Telefon und erkundigte sich nach Kirsten. Der Kollege erklärte ihm, ihre Aussage sei protokolliert worden und man würde der Sache nachgehen.

Anschließend führte er ein kurzes Gespräch mit seiner Schwester, die ihm versicherte klarzukommen. Zumal ihre Freundin Petra sich so rührend um sie kümmern würde und sogar den letzten Tag ihrer Fortbildung sausenließ.

Am Nachmittag machten sich die Kollegen der IT-Abteilung auf den Weg nach Langenfeld, um sich um Fissmanns Computer zu kümmern. Gleichzeitig wurde auf verschiedenen Rechnern in der Soko-Einsatzzentrale eine Überwachungssoftware installiert, die es ermöglichte, Fissmanns Bewegungen im Internet nachzuverfolgen.

»Außerdem bauen sie eine Backdoor in den Rechner des Mannes ein, über die wir jederzeit die gespeicherten Logfiles abziehen können. In diesen Dateien wird jede Bewegung gespeichert. Jede Website, die er besucht, jeder Mausklick auf einen Link, jedes Foto, das er sich ansieht, einfach alles.«

Der junge Beamte erhob sich von Max' Platz. »So. Fertig.« Er zeigte auf ein neues Icon, das sich oben rechts auf dem Desktop befand. »Sobald die Software auf dem Zielrechner installiert ist, müsst ihr nur hier draufklicken und eure Usernamen und Passwörter eingeben, die ich euch gegeben habe, dann schaut ihr dem Kerl direkt über die Schulter.«

Eine knappe Stunde später erhielten sie den Anruf. Fissmanns Rechner war präpariert.

Böhmer stand hinter Max und sah ihm zu, als er seinen Usernamen und das Passwort in die Maske eingab, die sich nach einem Klick auf das Icon geöffnet hatte. Ein neues Fenster öffnete sich auf fast der gesamten Bildschirmgröße, zeigte für einige Sekunden einen schwarzen Hintergrund, über den mit rasender Geschwindigkeit unverständliche Systemmeldungen huschten, dann änderte sich das Bild, und sie sahen einen weiteren Desktop, in dem ein Browserfenster geöffnet war.

»Es klappt«, stieß Max aus. »Wir sind bei Fissmann drauf.«

»Allerdings«, bestätigte Böhmer und zeigte auf den Bildschirm. »Und wie es aussieht, ist Herr Fissmann ziemlich sicher, dass er die Klinik bald verlassen wird.«

Nun erst nahm Max den Inhalt von Fissmanns Browserfenster zur Kenntnis. Die Seite, auf der der Mauszeiger, wie von Geisterhand bewegt, hin und her huschte und immer wieder neue Links anklickte, war ein Reiseportal. In diesem Moment öffnete sich gerade ein Fenster mit Fotos eines Luxushotels in Thailand.

Während Max noch eine Weile dabei zusah, wie Fissmann sich zuerst Urlaubsziele und Hotels und dann noble Autos anschaute, organisierte Böhmer, dass der Computer ab diesem Zeitpunkt rund um die Uhr überwacht wurde. Dazu sollten sich die Kollegen in zweistündigem Rhythmus abwechseln und jeweils ein Protokoll über ihre Beobachtungen anfertigen.

»So, und jetzt möchte ich mich noch mal mit diesem Gehlen unterhalten.« Böhmer setzte sich an seinen Platz und griff nach dem Telefon. Max nahm den Kopfhörer, der neben dem Telefon auf dem Schreibtisch lag, setzte ihn auf und stöpselte den Klinkenstecker ein. Im Einsatzraum war das wegen der lauten Hintergrundgeräusche die bessere Alternative zum Telefonlautsprecher.

»Böhmer hier«, bellte sein Partner ins Telefon, als Gehlen sich meldete.

»Ach«, kam die trockene Antwort, »und ich dachte schon, Sie hätten mittlerweile vielleicht eine Spur des Täters. Das scheint nicht der Fall zu sein, wenn Sie mich schon wieder belästigen.«

»Wo waren Sie in der vergangenen Nacht?«

»Ist etwas passiert?«

»Beantworten Sie bitte meine Frage.«

»Ich hatte Besuch.«

»Von Ihrem Kumpel Dirk?«

»Nein, von einigen Freunden.« Gehlen genoss seine Worte, das war unüberhörbar. »Ich habe vier Zeugen dafür, dass ich gestern Abend zu Hause war.«

»Aha. Und wie lange waren diese Freunde bei Ihnen?«

»Bis kurz nach zwölf.«

»Dann haben Sie für die Tatzeit kein Alibi. Der Mord geschah später.«

»Tut mir leid, wenn ich Sie enttäuschen muss, Herr Kommissar, aber ich habe sehr wohl ein Alibi. Ich hatte nicht nur Männer zu Besuch, es war auch eine Frau dabei, Tina. Sie ist geblieben.«

»Und sie kann bestätigen, dass Sie die ganze Nacht zu Hause waren?«

»Und ob sie das kann.« Max hörte Gehlens Stimme an, dass er grinste. »Wir waren fast die ganze Nacht wach.«

Böhmer notierte sich Tinas Namen und Telefonnummer, beendete das Gespräch und gab die Daten an einen Kollegen weiter, mit dem Auftrag, Gehlens Aussage zu überprüfen. Max nahm den Kopfhörer ab. Mittlerweile war es kurz nach fünf, und er überlegte, ob er seiner Schwester gleich noch einen Besuch abstatten sollte, als er mitbekam, wie Böhmer in der Klinik anrief und sich bei Professor Leuken erkundigte, ob die Kollegen schon auf dem Rückweg waren. Bevor Max wieder zum Kopfhörer greifen konnte, war das Gespräch jedoch bereits wieder beendet.

»Was sollte das denn? Du weißt doch, dass …«

»Ich weiß jetzt vor allem eines: dass der Herr Professor noch in seinem Büro ist und wir uns ungestört mit seiner Frau unterhalten können. Los geht's.«

27

Jeanette Leuken sah sie überrascht an, als sie ihnen die Tür öffnete. »Mein Mann ist noch in der Klinik«, erklärte sie sachlich. »Soll ich ihn anrufen?«

»Nein, das ist nicht nötig.« Böhmer lächelte sie an. »Wir würden uns gerne mit Ihnen unterhalten. Dürfen wir vielleicht reinkommen?«

»Mit mir?« Sie hob eine Braue, trat aber einen Schritt zur Seite und gab den Eingang frei. Nachdem sie hinter den beiden Ermittlern die Tür geschlossen hatte, machte sie allerdings keinerlei Anstalten, sie ins Wohnzimmer zu führen, sondern blieb in der geräumigen Diele stehen. »Und wie sollte ich Ihnen helfen können?«

»Zum Beispiel, indem Sie uns sagen, wo Sie an dem Abend wirklich waren, an dem Sie angeblich ins Theater wollten.«

Sie hob beide Hände. »Was soll ich sagen? Es war genau so, wie mein Mann es Ihnen geschildert hat.«

Böhmer lächelte noch immer. »Gut, dann erzählen Sie es uns doch bitte noch einmal.«

»Was? Aber … das ist doch lächerlich.« Plötzlich wirkte sie unsicher. »Mein Mann hat Ihnen doch schon alles dazu gesagt. Wenn Sie also sonst keine Fragen mehr haben … ich habe noch einiges zu tun.«

»Frau Leuken«, begann Max, der sich bisher im Hintergrund gehalten hatte, »ich weiß nicht, ob es Ihnen bewusst ist, aber Sie machen sich im Moment sehr verdächtig. Wir sind der Meinung, dass diese Theatergeschichte nicht stimmt. Sie hätten jetzt die Möglichkeit, das aufzuklären, verweigern aber die Zusammenarbeit. Ihnen muss doch klar sein, was wir daraus schließen. Sie haben Angst, dass Ihre Geschichte und die Ihres Mannes vielleicht nicht deckungsgleich sind.«

»Es könnte aber auch bedeuten, dass ich einfach keine Lust habe, das Gleiche wieder und wieder zu erzählen. Würden Sie jetzt bitte gehen?«

Sie wandte sich ab und öffnete die Tür.

Böhmer regte sich nicht. »Wo waren Sie und Ihr Mann eigentlich letzte Nacht?«

»Hier. Wir haben ein Glas Wein getrunken und uns einen Film angeschaut. Gegen Mitternacht sind wir ins Bett.«

»Welchen Film?«

»Einen Krimi. Im Ersten.«

»Und? War er gut?«

»Ja. Die Polizisten waren ziemlich einfallslos, aber ansonsten war er spannend.«

»Warum lügen die beiden, was diesen Abend betrifft?«, überlegte Max laut, nachdem er losgefahren war.

»Weil sie etwas zu verbergen haben. Oder der Herr Professor hat was zu verbergen, und sie deckt ihn. Fragt sich nur, was. Wir sollten mal überprüfen, ob es eine Verbindung zwischen Leuken und den Opfern gibt.«

»Das habe ich mir auch gerade überlegt. Wohin zuerst?«

»Erst zu Rosie Lippert und danach zu Beate Darius.«

Als sie wenig später ganz selbstverständlich bei der Nachbarin klingelten, erklärte die ihnen zu ihrer Überraschung, Rosie wohne wieder in ihrem Haus. Sie habe jetzt eine Katze, und sie, Frieda, sei gegen Katzen allergisch.

Rosie öffnete ihnen die Tür, die Katze auf dem Arm. Das Tier war noch jung und entsprechend klein. Bernsteinfarbene Augen funkelten ihnen neugierig aus dem schwarzen Katzengesicht entgegen.

»Ich finde es gut, dass Sie sich einen Gefährten zugelegt haben. Tiere können eine sehr tröstliche Wirkung haben.«

»Ach Quatsch. Mein Mann – der Idiot – hat kurz vor seinem Tod noch eine Annonce aufgegeben, weil er unbedingt 'ne Katze haben wollte.« Sie wandte sich ab und ging zurück ins Haus, was Böhmer und Max als Aufforderung verstanden, ihr zu folgen.

»Und den Besitzern von der hier hat er wohl schon zugesagt, sie zu nehmen. Jedenfalls kamen die gestern mit dem Vieh an und wollten es ums Verrecken nich' mehr mitnehmen.« Sie betrachtete das Tier auf ihrem Arm. »Na ja, man ist ja kein Unmensch. Hab sie halt genommen.«

Es sah ganz so aus, als würde die Katze dafür sorgen, dass Rosie sich nicht mehr so sehr mit Alkohol trösten musste. Zumindest war sie nicht wie bisher von einer entsprechenden Dunstwolke umgeben.

»Und warum sind Sie hier?«

»Weil wir Sie fragen wollten, ob Sie diesen Mann kennen.« Böhmer hielt ihr sein Handy entgegen, auf dessen Display ein Foto von Professor Leuken zu sehen war, das er während der Fahrt von der Webseite der Klinik heruntergeladen hatte.

Rosie beugte sich etwas nach vorn und kniff die Augen zusammen. »Hm … nee. Kenn ich nich'. Wer is 'n das?«

»Das ist Professor Leuken, der Leiter der Forensischen Psychiatrie in Langenfeld.«

»Psychiatrie? Sie denken wohl, ich war mal in der Klapse?«

»Nein, das denken wir nicht«, versicherte Böhmer ihr, woraufhin sie einen zischenden Laut ausstieß.

»Manchmal hab ich echt gedacht, da komm ich noch rein, wenn mein Jochen mich mal wieder wahnsinnig gemacht hat.«

»Sind Sie sicher, dass Sie den Mann auf dem Foto nicht kennen? Schauen Sie es sich bitte noch mal an.«

Sie betrachtete nochmals das Bild auf dem Display des Telefons und schüttelte den Kopf. »Nee. Ganz sicher nich'.«

»Gut, das war's auch schon. Vielen Dank für Ihre Hilfe.«

Mit einem letzten Blick auf die Katze wandte Böhmer sich ab.

Beate Darius, bei der sie auch noch vorbeigefahren waren, war nicht so sicher wie Rosie, dass sie Leuken nicht kannte.

»Ich weiß es nicht«, murmelte sie, während sie das Foto ausgiebig betrachtete. »Es kommt mir so vor, als hätte ich ihn schon mal gesehen, aber mir fällt nicht ein, bei welcher Gelegenheit das gewesen sein soll.« Sie sah zu Max auf, der neben ihrem Sessel stand. »Wer ist der Mann? Und warum möchten Sie wissen, ob ich ihn kenne? Hat er etwas mit den Morden zu tun?«

»Er leitet die Forensische Psychiatrie in Langenfeld.«

»Aus Langenfeld? Nein, dann kenne ich ihn wohl doch nicht. In Langenfeld bin ich quasi nie.«

Max schüttelte den Kopf. »Nein, nein, Professor Leuken wohnt mit seiner Frau hier in Düsseldorf. Bitte denken Sie nach.«

Während sie erneut das Foto betrachtete, fiel Max' Blick auf die Wand hinter ihr, an der einige helle, rechteckige Flecken darauf hindeuteten, dass dort für längere Zeit gerahmte Bilder gehangen hatten.

»Das waren Fotos von meinem Mann und meinem Jungen«, erklärte Beate Darius mit leiser Stimme, da sie seinem Blick gefolgt war. »Ich habe es nicht mehr ertragen, sie jeden Tag zu sehen und immer wieder aufs Neue daran erinnert zu werden, was geschehen ist. Jedes Mal, wenn ich Manuels Gesicht sah, tauchten diese anderen Bilder auf. Wie er in der Küche …« Ihre Stimme brach. Sie wischte sich mit dem Handrücken über die Augen und atmete tief durch. »Ich denke, ich kenne diesen Mann doch nicht. Warum fragen Sie überhaupt nach ihm?«

Böhmer winkte ab und schaltete sich zum ersten Mal in das Gespräch ein. »Nicht so wichtig. Das war's dann auch schon. Bitte entschuldigen Sie, dass wir Sie damit belästigen mussten.«

»Das war wohl nichts.« Max blieb neben dem Wagen stehen und betrachtete Beate Darius' Haus. »Obwohl sie ja anfänglich dachte, sie kenne Leuken.«

»Was soll's«, brummte Böhmer. »Ich glaube trotzdem, dass Leuken und seine Frau uns anlügen, und ich möchte, verdammt nochmal, wissen, warum. Und jetzt lass uns zurückfahren und Schluss machen für heute. Ich hab die Nase voll.«

Max fuhr vom Präsidium aus direkt zu Kirsten.

Sie wirkte nicht mehr so verängstigt wie zuvor, dafür lag nun aber ein anderer Ausdruck auf ihrem Gesicht, der Max ebenfalls nicht gefiel.

»Warum schaust du mich so seltsam an?« Kirsten rollte auf ihn zu, nachdem er sich auf die Couch gesetzt hatte, und bugsierte den Rollstuhl neben ihn.

»Hat er dir wieder was geschickt?«, fragte er sie statt einer Antwort.

Kirsten schüttelte den Kopf. »Nein, also nicht so direkt.«

»Was heißt das?«

»Ach, wahrscheinlich bilde ich es mir ja nur ein, aber … es gibt da jemanden, den ich von früher kenne. Jens. Ich glaube, er war früher mal in mich verliebt.«

»Du glaubst?«

»Ja, das haben mir Freundinnen und Freunde immer wieder erzählt. Jens war furchtbar schüchtern, man könnte auch sagen, er war verklemmt. Du kennst doch diese Typen, die keine Freunde haben.«

»Wann war das?«

»In der Oberstufe, das letzte halbe Jahr vor dem Abi.«

»Okay. Und was hat dieser Jens mit der Sache zu tun? Denkst du, er steckt dahinter?«

»Ich weiß es wirklich nicht. Wir haben lockeren Kontakt über Facebook. Als er mir jetzt wieder geschrieben hat, dachte ich darüber nach, ob er vielleicht … du weißt schon.«

»Hm … kann ich die Nachricht mal sehen?«

Kirsten nickte und rollte zu dem Tisch, auf dem ihr Notebook stand. Max folgte ihr und sah dabei zu, wie sie es aufklappte und Facebook öffnete. »Hier, da sind sie.«

Sie schob den Computer zu Max hin.

Es war eine lange Liste mit Nachrichten, immer im Abstand von einigen Wochen geschrieben. Der letzte Austausch stammte vom Vortag.

»Jens Ku?« Max sah zu Kirsten hinüber.

»Kurmann, so heißt er.«

Mit einem Klick öffnete Max den Nachrichtenwechsel.

Hallo Kirsten,
ich dachte, ich melde mich mal wieder. Ich wollte dir nur noch mal sagen, dass es mir nichts ausmacht, dass du im Rollstuhl sitzt.
Dein Jens

»Ein zartfühlendes Kerlchen.«

Die nächste Nachricht war laut Zeitangabe nur zehn Minuten später gekommen.

Ich sehe doch, dass du online bist. Antworte doch bitte. Ich will dir helfen, und ich kann dir helfen. Und du beachtest mich wieder nicht, so wie damals in der Schule. Das wirkt gerade ziemlich überheblich.
Jens

Darunter Kirstens Antwort:

Hallo Jens,
tut mir leid, dass ich nicht gleich geantwortet habe, aber das hat nichts damit zu tun, dass ich überheblich bin. Mir geht es im Moment gerade nicht so gut, und ich möchte mich mit niemandem treffen.
Vielleicht später einmal. Nicht böse sein, o.k.?
Kirsten

Am gleichen Tag kurz vor Mitternacht:

Kirsten,
es tut mir leid. Lass uns noch mal von vorn anfangen, o.k.? Ich könnte dich herumfahren, wohin du möchtest. Und dir auch sonst Dinge abnehmen, die du nicht machen kannst. Antworte bitte. Ja?
Dein Jens

Max lehnte sich zurück. »Kann es sein, dass der Knabe ziemlich instabil ist?«

»Ja, er ist nicht einfach. Nach der letzten Nachricht habe ich ihn blockiert.«

Max scrollte weiter herunter zur letzten Nachricht.

Kirsten,
ich habe dir meine Hilfe angeboten, immer und immer wieder. Und du hast es nicht einmal mehr nötig, mir zu antworten. Aber gut. Ich habe verstanden. Aber du solltest aufpassen, dass du nicht mal an jemanden gerätst, der das nicht mit sich machen lässt. Denk mal drüber nach.
Jens

Max schob das Notebook mit einem heftigen Ruck zurück. »Der tickt wohl nicht richtig. Das erinnert mich sehr an deinen Stalker. Warum zeigst du mir das erst jetzt?«

Sie zuckte mit den Schultern. »Weil ich mir denken konnte, wie du darauf reagierst. Vielleicht irre ich mich ja. Wahrscheinlich sogar. Jens war immer ziemlich schüchtern und etwas komisch, aber so was wie mit diesen Fotos … das traue ich ihm nicht zu.«

»Wann hast du ihn zum letzten Mal gesehen?«

»Beim Abi-Ball.«

Max stand auf. »Das ist lange her. Weißt du, wo der Kerl wohnt?«

»Nein, sicher nicht mehr zu Hause. Warum?«

Mit einem Griff hatte Max sein Smartphone in der Hand. »Weil ich dem Knaben einen Besuch abstatten werde, und zwar jetzt.«

28

Die Adresse von Jens Kurmann herauszufinden gestaltete sich unkompliziert, weil es nur einen Eintrag unter diesem Namen im Raum Düsseldorf gab.

Max ignorierte die Frage des Kollegen nach dem Grund für die Recherche, legte auf und drückte Kirsten einen Kuss auf die Stirn. »Bis später. Ich melde mich, wenn ich mit dem Typen fertig bin.«

»Ich weiß wirklich nicht …«, setzte sie noch an, doch da war er bereits an der Wohnungstür, die zwei Sekunden später hinter ihm ins Schloss fiel.

Max musste seinen Wagen etwa hundert Meter von dem dreistöckigen Haus entfernt parken, in dem Kurmanns Wohnung lag, weil in der Nähe kein freier Platz zu finden war.

Der Mann, der ihm kurze Zeit später die Tür in der ersten Etage öffnete, war etwa einen halben Kopf kleiner als Max, wog maximal siebzig Kilo und trug – zumindest in seiner Wohnung – sowohl Hose als auch T-Shirt mindestens zwei Nummern zu groß, was ihn insgesamt noch schmächtiger erscheinen ließ.

»Ja, bitte?«, fragte er und schaffte es dabei nicht, seinem Gegenüber länger als zwei Sekunden in die Augen zu schauen.

»Mein Name ist Max Bischoff. Sagt dir das was?« Max musste sich nicht anstrengen, um in seiner Stimme einen wütenden Unterton mitschwingen zu lassen. Kurmann wusste, wer er war, das konnte er deutlich in dem hageren Gesicht erkennen.

»Ähm … nein«, log er mit dünner Stimme.

»Ich bin Kirstens Bruder. Sagt dir das was? Und überlege dir gut, was du antwortest.«

»Oh, ähm … ja. Was wollen Sie?«

»Die Frage ist, was willst du von meiner Schwester?«

»Nichts. Wir kennen uns von früher. Warum duzen Sie mich eigentlich? Ich habe mich angeboten, ihr zu …«

»Ich habe die Nachrichten gelesen, die sie von dir bekommen hat, und ich finde, wir sollten darüber reden.«

Plötzlich kam Leben in Kurmann. Mit einer hastigen Bewegung versuchte er, die Tür zuzuschlagen, doch Max war schneller und drückte sie problemlos wieder auf. Zu Kurmanns Glück gab es keine weitere Wohnung auf dieser Etage, der Lärm hätte sicher neugierige Nachbarn ins Treppenhaus gelockt.

»Was soll das?«, stieß Kurmann schwer atmend aus. »Ich rufe die Polizei.«

»Gute Idee.« Max verstellte seine Stimme, so dass sie fast so hoch klang wie die seines Gegenübers. »*Du solltest aufpassen, dass du nicht mal an jemanden gerätst, der das nicht mit sich machen lässt. Denk mal drüber nach* … Schauen wir doch mal, was die Polizei davon hält. Für mich klingt das nach einer Drohung.«

»Nein, so habe ich das doch gar nicht gemeint.« Nun klang seine Stimme weinerlich. »Ich wollte ihr nur helfen.«

»Kann es sein, dass du ihr auch unter anderen Namen schon mal geschrieben hast?«

Kurmann riss die Augen auf, was seinem hageren Gesicht einen grotesken Ausdruck verlieh. »Was? Nein, niemals. Warum sollte ich das tun?«

»Zum Beispiel, weil du ein verklemmter, kleiner Mistkerl bist, dem nur einer abgeht, wenn er sich zu Hause hinter seinem Computer verstecken kann.«

Mit einem Mal schien die Kraft vollkommen aus dem hageren Körper zu weichen. Mit hängenden Schultern hielt sich Kurmann an der Türklinke fest.

»Sie verstehen das nicht. Ich habe keine Freundin. Hatte noch nie eine. Glauben Sie, das ist toll? Mit Kirsten schreibe ich mir schon so lange … Ich dachte, vielleicht kann ich mich mal mit ihr treffen, weil sie doch ein … weil sie doch … Sie wissen schon.«

»Weil Sie ein Krüppel ist, der im Rollstuhl sitzt?«

»Ich dachte, wenn ich ihr meine Hilfe anbiete, dann würde sie vielleicht …«

»Und als sie deine Hilfe nicht wollte, da wurdest du sauer, stimmt's? Vielleicht warst du ja auch vorher bereits sauer auf sie? Wegen damals in der Schule, wo sie dich auch schon nicht beachtet hat. Da hast du ihr einfach unter einem anderen Namen Nachrichten geschrieben und ihr ein bisschen Angst gemacht. War es nicht so?«

»Nein, verdammt«, erwiderte Kurmann empört. »Ich habe Kirsten nie unter einem anderen Namen geschrieben, das ist die Wahrheit.«

Max sah ihm in die Augen und stellte erneut fest, dass es Kurmann große Anstrengung kostete, seinem Blick standzuhalten, aber diesmal schaffte er es zumindest für ein paar Sekunden. Und sosehr es Max widerstrebte, er konnte in diesem fast schon verzweifelten Blick nichts entdecken, das seine Vermutung bestätigte.

»Okay. Ich sage dir jetzt was, Jens Kurmann. Du schreibst meiner Schwester nicht mehr. Weder unter deinem noch unter einem anderen Namen. Falls doch, sehen wir uns wieder, und das wird eine äußerst unangenehme Begegnung für dich. Haben wir uns verstanden?«

Kurmanns Augen füllten sich tatsächlich mit Tränen. »Ja klar. Wie immer. Halt's Maul, Kurmann, geh weg, Kurmann, tu dies oder das, sonst gibt's was auf die Fresse, Kurmann. Ich kenne das. Es war mein ganzes Leben lang nicht anders.«

Max betrachtete den Mann noch einen Moment mitleidig, dann wandte er sich ab und ging die Treppe hinunter.

Nein, Kurmann war nicht der Typ, der so viel Initiative aufbrachte, vor jemandes Wohnung oder vor einem Restaurant zu lauern und Fotos zu machen. Ihm würde sogar dazu der Mut fehlen.

Am Samstagmorgen war Max schon um halb acht im Büro. Außer Verena Hilger war noch niemand von der Stammbesetzung anwesend.

Er ging zu ihrem Schreibtisch und lehnte sich gegen die Kante. »Guten Morgen. Sag mal, übernachtest du eigentlich hier?«

Sie lächelte. »Nein, so weit geht mein Diensteifer dann doch nicht. Ich bin Frühaufsteherin. Spätestens um sechs kann ich nicht mehr liegen. Was soll ich dann noch zu Hause rumhängen, wenn es hier genügend Arbeit gibt? Und du?«

»Na ja, ich bin zwar grundsätzlich kein Frühaufsteher, aber im Moment ...«

»Ja, ich verstehe. Es ist zum Verrücktwerden. Ich habe mitbekommen, dass du bei deinem ehemaligen Dozenten warst. Er soll ein Spezialist in Sachen Fallanalyse sein. Aber er konnte offensichtlich auch nicht wirklich weiterhelfen, oder?«

Max wiegte den Kopf hin und her. »Seine Gedanken dazu waren schon interessant.«

»Was denn, zum Beispiel?«

Max erzählte ihr von dem Gespräch und den Überlegungen, die Professor Bormann hinsichtlich des Buches *Herr der Fliegen* angestellt hatte. Als er fertig war, lehnte Hilger sich zurück und verschränkte die Arme vor der Brust, eine Geste, die eher typisch für die männlichen Kollegen war.

»Schon mal bei *Herr der Fliegen* an einen religiösen Hintergrund gedacht? Beelzebub sagt dir doch sicher was, oder?«

»Ist das nicht ein anderer Name für den Teufel?«

»Genau. Aber kennst du auch die wörtliche Übersetzung aus dem Hebräischen? *Baal Zvûv?*«

»Nein, was heißt das?«

»*Herr der Fliegen*. Auf alten Stichen wird Beelzebub häufig als überdimensionale Fliege dargestellt.«

»Hm …«, brummte Max und versuchte automatisch, diese Information mit den Fakten in Einklang zu bringen, die sie bisher ermittelt hatten.

»Wer weiß«, fuhr Hilger fort, als präsentierte sie ihm gerade wieder sein aktuelles Horoskop, »vielleicht zelebriert dieser Irre die Morde als eine Art schwarze Messe?«

»Dazu würde zumindest das Blut passen, das er aufgefangen hat, und vielleicht auch die abgeschnittenen Genitalien. Aber was ist mit den ausgestochenen Augen? Deuten die nicht eher auf das hin, was er immer wieder sagt, ebenso wie Fissmann? *Sie sehen es nicht*.«

»Das kann natürlich sein, aber es schließt das andere nicht aus.«

»Guten Morgen, Kollegen.« Böhmer betrat den Raum, warf seine Ledertasche auf seinen Stuhl und kam zu ihnen herüber. »Na, gibt's was Neues?«

Max nickte und drückte sich von der Tischplatte ab. »Eine ganz interessante Theorie. Aber die soll Verena dir am besten selbst erzählen.«

Im Vorbeigehen zwinkerte er seinem Partner zu, was der mit einem verständnislosen Blick quittierte.

Während Böhmer interessiert Hilgers Ausführungen zuhörte, klemmte Max sich hinter seinen Schreibtisch, rief die Berichte der Kollegen vom Vortag auf und konzentrierte sich darauf, sich von den nach und nach eintrudelnden Kolleginnen und Kollegen nicht ablenken zu lassen.

Befragungen von Nachbarn, Protokolle von Telefonaten, die mit Leuten geführt worden waren, die glaubten, etwas Wichtiges beobachtet zu haben, was sich allerdings bis zu diesem Zeitpunkt ausnahmslos als Trugschluss herausgestellt hatte. Schaubilder, aufgebaut wie Organigramme, die die kompletten Familien der Opfer bis zum dritten Grad aufführten, wobei jedes Mitglied ein eigenes Kästchen hatte, von dem aus mit roten Linien die Beziehung zum Opfer dargestellt war.

Nach dem zweiten dieser Schaubilder fiel ihm Fissmann ein, und er startete die Überwachungssoftware für dessen Computer. Nachdem er sich angemeldet hatte und die üblichen Systemmeldungen durchgerauscht waren, zeigte das Fenster, dass Fissmann gerade Google geöffnet und eine Ergebnisliste vor sich hatte.

Schon als Max die Titel der Treffer las, wurde er aufmerksam. Als er dann jedoch weiter oben den Suchbegriff entdeckte, den Fissmann eingegeben hatte, ging ein Ruck durch seinen Körper. »Horst«, rief er, ohne den Blick vom Monitor abzuwenden, »komm mal bitte.«

Als keine Reaktion von seinem Partner kam, schaute Max hoch und sah, dass Böhmer und Hilger die Köpfe zusammengesteckt hatten und leise miteinander tuschelten.

»Horst!«

Böhmer schreckte hoch. »Was?«

»Nun komm schon her. Hier ist etwas, das solltest du sehen.«

»Kannst du mir nicht sagen, was los ist?«

»Nein. Ich beobachte gerade Fissmann bei seinen Computeraktivitäten. Und die solltest du dir selbst ansehen.«

Nun doch neugierig geworden, nickte Böhmer Hilger zu und trat zu den Schreibtischen. Hinter Max blieb er stehen und beugte sich nach vorn, um einen besseren Blick auf den Bildschirm zu haben. Max deutete auf den Suchbegriff. »Schau mal, wonach unser Herr Fissmann sucht. Klingelt da was?«

Es vergingen vier, fünf Sekunden, in denen Böhmer mit gerunzelter Stirn auf den Bildschirm starrte, dann riss er die Augen auf und fuhr sich mit der Hand über die Stirn.

»Er sucht nach einem *Minischwein* … ein Schwein … der Stall!« Böhmer flüsterte fast, während er noch immer auf den Monitor mit dem Suchbegriff starrte.

Max nickte. »Genau. *Größer als ein Käfig, kleiner als ein Kuhstall, hat Fissmann gesagt.* Das passt.«

»Aber was, zum Teufel, ist ein Minischwein? Ein Ferkel?«

»Keine Ahnung, aber ich denke, das klärt sich gerade.« Max deutete auf den Monitor, auf dem sich soeben ein Browserfenster öffnete, in dem eine Informationsseite über Minischweine inklusive einiger Fotos angezeigt wurde. Die Tiere sahen tatsächlich aus wie eine verkleinerte Version eines normalen Hausschweins.

Nachdem sie den Info-Text kurz überflogen hatten, richtete Böhmer sich auf und klatschte in die Hände. »Alle mal herhören! Heute werden wir wieder in Zweier-Teams ausrücken und Stallbesitzer besuchen.«

Sofort begann wenig begeistertes Raunen und Gemurmel, das Böhmer aber mit einer Handbewegung unterbrach. »Wir haben durch die Überwachung von Fissmanns Computer gerade einen vielleicht sehr wichtigen Hinweis auf das Tier entdeckt, das in dem gesuchten Stall untergebracht ist. Ein Minischwein.«

Wieder entstand Gemurmel, aus dem nun jedoch hier und da ein Kichern zu hören war.

»Verena, Manfred, wie gehabt. Ihr macht euch gleich auf die Suche nach Besitzern von solchen Minischweinen im Großraum Düsseldorf. Schaut nach Vereinen, findet heraus, ob man für so ein Tier Steuern zahlen oder es irgendwo anmelden muss, und setzt euch mit den entsprechenden Stellen in Verbindung. Alle anderen tun sich zu Zweier-Teams zusammen. Los geht's.«

Die erste und auch einzige Halterin eines Minischweins, die Böhmer und Max besuchten, war Inge Krupp, eine Frau um die sechzig, die allein in einem etwas abseits gelegenen Haus gleich neben dem Gerresheimer Friedhof lebte.

Nachdem auf ihr Klingeln hin nicht geöffnet wurde, gingen die beiden um das Haus herum und fanden sie schließlich inmitten eines Gemüsebeets in ihrem Garten.

Inge Krupp war sehr schlank, hatte kurze, graue Haare und wirkte insgesamt recht maskulin.

»Guten Tag«, rief Böhmer über den Zaun, woraufhin die Frau sich aufrichtete und sie erst skeptisch betrachtete, bevor sie sich in Bewegung setzte. Während sie auf sie zukam, wischte sie sich die Hände an ihrer Jeans ab. »Sind Sie Frau Inge Krupp?«

»Ja, die bin ich. Und wer möchte das wissen?«

»Böhmer ist mein Name, Kripo Düsseldorf.«

»Kripo?« Sie stieß ein lautes Lachen aus. »Was will denn die Kriminalpolizei von mir? Ich habe keine Leiche im Garten vergraben.«

»Es geht um Ihr Schwein«, erklärte Böhmer. Max fand, dass sich das seltsam anhörte.

Wieder das bellende Lachen. »Das hat sich vor fünf Jahren mit einer Dreißigjährigen vom Acker gemacht.«

Böhmer tauschte mit Max einen schnellen Blick, bevor er sich wieder an die Frau wandte. »Wir möchten Sie nur bitten, in den nächsten Tagen etwas vorsichtig zu sein und alle Türen und Fenster gut zu verschließen. Wir wissen, dass sich eine Einbrecherbande hier in der Gegend herumtreibt.«

In gleichen Moment, in dem Max dachte, dass Böhmer sich gerade vergaloppiert hatte, zog Inge Krupp eine Braue hoch. »Und die stehlen Minischweine?«

»Ähm …«, setzte Böhmer an.

»Nein, aber sie sind schon in mehrere Häuser eingebrochen, deren Besitzer Minischweine hatten«, kam Max seinem Partner zu Hilfe. »Den Zusammenhang verstehen wir noch nicht, und das kann auch Zufall sein, aber ein bisschen Vorsicht hat noch niemandem geschadet.«

Krupp musterte Max eine Weile mit ernstem Gesicht, dann verzog sich ihr Mund zu einem schiefen Grinsen. »Und deswegen kommen extra zwei Beamte der Kriminalpolizei hier vorbei. Und wahrscheinlich bei jedem, der ein Minischwein besitzt.«

»Wir wollen …«

»Ich sage Ihnen, was ich denke«, fiel Inge Krupp Böhmer ins Wort. »Ich denke, das hat mit dieser Mordserie zu tun, die seit Tagen die Titelseiten aller Zeitungen beherrscht. Aus irgendeinem Grund scheinen Sie zu denken oder zu wissen, dass der Täter es als Nächstes auf den Besitzer eines Minischweins abgesehen hat, so bizarr das auch ist. Hab ich recht?«

»Ja, das stimmt«, gab Max zu. Er hatte das Gefühl, mit dieser Frau offen sprechen zu können. »Wir wollten nur nicht gleich mit der Tür ins Haus fallen, um eine Panik zu vermeiden.«

»Ja, das verstehe ich. Aber mit mir kann man Klartext reden, ich bin keines dieser ängstlichen Mäuschen.«

Böhmer nickte. »Wir bitten Sie trotzdem, mit niemandem darüber zu reden.«

»Mit wem sollte ich darüber sprechen?«

»Na, zum Beispiel mit Ihren Nachbarn?«

Das war das zweite Mal, dass Böhmer der Frau eine Steilvorlage lieferte, die sie sofort verwandelte, indem sie einen Blick auf den Friedhof warf, der nur etwa fünfzig Meter weiter von einer Hecke eingegrenzt wurde. »Machen Sie sich keine Sorgen. Sind geduldige Zuhörer, meine Nachbarn, aber weitersagen werden die definitiv nichts.«

29

Am Sonntagmorgen um kurz vor zehn bekam Böhmer einen Anruf von Polizeirat Gorges, ihrem Chef, der ihn und Max in sein Büro bat.

»Sie haben nun zweimal fast die gesamte Soko im Großraum Düsseldorf herumgeschickt, um mit irgendwelchen Stallbesitzern zu reden«, begann Gorges, als sie ihm gegenübersaßen. »Haben diese Aktionen denn bis jetzt irgendetwas gebracht? Ich bekomme mittlerweile fast stündlich Anrufe von der Staatsanwaltschaft. Dort sind alle extrem nervös. Die Kolleginnen und Kollegen der Pressestelle pfeifen aus dem letzten Loch. Sie telefonieren in Dauerschleife. Wir *müssen* jetzt bald Ermittlungsergebnisse vorweisen, sonst werden die ersten Köpfe rollen.«

»Das ist uns bewusst, glauben Sie mir«, erwiderte Böhmer. »Aber leider kann man zu diesem Zeitpunkt nur schwer abschätzen, ob das alles etwas gebracht hat. Wir haben die Leute gewarnt und ihnen gesagt, dass sie alles gut verschließen sollen. Ob das tatsächlich etwas genützt hat, wird sich erst in den kommenden Tagen zeigen.«

»Und das alles haben Sie angeleiert, weil dieser Psychopath einen Stall erwähnt hat.«

»Nicht ganz«, widersprach Max. »Wie Sie wissen, können wir Fissmann über die Schulter schauen, wenn er an seinem Computer sitzt. Wir haben ihn dabei beobachtet, wie er nach Minischweinen gesucht hat. Betrachtet man das nun zusammen mit seiner Voraussage, dass der nächste Mord in einem Stall stattfinden wird, ergibt das doch ein schlüssiges Bild.«

Nun wandte sich Gorges direkt an Max. »Ich wundere mich ein wenig.«

»Worüber?«

Gorges dachte einen Moment nach, bevor er antwortete. »Über Sie, Bischoff. Mir kommt es so vor, als würden Sie im Moment neben sich stehen.«

»Was genau meinen Sie damit?«

»Ich frage mich, was mit Ihrem Instinkt passiert ist. Mit Ihrer Fähigkeit, sich in die Köpfe der Täter hineinzudenken. Als Sie zum KK11 kamen, ist Ihnen Ihr diesbezüglicher Ruf vorausgeeilt. Dieser Fall damals, kurz nach Ihrer Ausbildung. Da waren Sie noch Streifenpolizist und haben den entscheidenden Hinweis gegeben, durch den der Täter gefasst werden konnte. Weil Sie Ihren Instinkt eingesetzt haben.«

»Aber um den Instinkt einsetzen zu können, braucht man irgendeinen Anhaltspunkt«, verteidigte sich Max, obwohl er genau wusste, was Gorges meinte.

»Vielleicht bedeutet Instinkt aber auch, Anhaltspunkte dort zu sehen, wo andere sie eben nicht vermuten. Kleine, auf den ersten Blick unwichtige Details, wie in dem Fall damals. Darin liegt Ihre Stärke. Oder muss ich sagen, *lag*? Hängt Ihnen diese Geschichte von vor einem halben Jahr immer noch so sehr nach?«

»Nein, das tut sie nicht.«

»Also ich kann bestätigen, dass Max …«, setzte Böhmer an, doch Gorges unterbrach ihn, indem er die Hand hob.

»Sie brauchen Ihren Partner nicht zu verteidigen, Böhmer. Ich habe ihn nicht angegriffen.« Und wieder an Max gewandt: »Denken Sie einfach mal darüber nach. Und nun gehen Sie zurück an die Arbeit und finden endlich diesen Irren.«

»Was war das damals für ein Fall, von dem Gorges gesprochen hat?«, fragte Böhmer sofort, nachdem sie das Büro ihres Chefs verlassen und die Tür hinter sich geschlossen hatten.

»Ach, ich hatte einfach Glück«, antwortete Max knapp. Seine Gedanken kreisten um die Worte seines Vorgesetzten und die Frage, ob Gorges mit seiner Vermutung, dass sein Instinkt nicht mehr so funktionierte wie früher, recht hatte. Und er stellte sich die Frage, ob seine Intuition irgendwann wieder zurückkommen würde, falls das wirklich so war.

»Max!« Böhmer packte ihn am Oberarm und zwang ihn dazu, stehen zu bleiben.

»Was ist denn?« Mit einer ruckartigen Bewegung befreite sich Max aus dem Griff.

»Ich habe dich gefragt, was das heißen soll, du hattest Glück. Außerdem möchte ich wissen, welcher Fall das war.«

Max sah seinem Partner an, dass er keine Ruhe geben würde, bis er wusste, was damals passiert war. Letztendlich war es vielleicht gar keine schlechte Idee, die Geschichte nach so langer Zeit wieder einmal zu rekapitulieren.

»Ich erzähle es dir unter vier Augen.«

»Na also, geht doch«, brummte Böhmer und folgte Max in ihr Büro.

Kaum dass sie hinter ihren Schreibtischen saßen, lehnte Böhmer sich zurück und verschränkte die Hände im Nacken. »Also, schieß los.«

»So furchtbar viel zu erzählen gibt es eigentlich gar nicht. Ich war gleich nach der Ausbildung für ein halbes Jahr in Köln. Die hatten dort akuten Personalmangel, und man hat bei uns Freiwillige gesucht, die für ein paar Monate nach Köln ausgeliehen werden wollten. Ich dachte, es kann nichts schaden, dort mal ein bisschen reinzuschnuppern.

Kurz nachdem ich meinen Dienst angetreten hatte, geschah ein Mord an einer Prostituierten. Vielleicht erinnerst du dich an den Fall?«

Böhmer ließ die Hände sinken. »War das der Mord, den ein Kollege begangen hatte?

»Ja, leider. Alexander Neumann. Er war aus Neuss und

wie ich für ein halbes Jahr nach Köln ausgeliehen. Wir sind dort beide der *Soko* zur Unterstützung zugeteilt worden, die sich mit dem Fall befasste.«

»Und *du* hast den entscheidenden Hinweis zu seiner Ergreifung gegeben? Was war das denn für ein Hinweis?«

»Origami.«

»Origami? Was zum Teufel hat … Mensch, Max, lass dir doch nicht jedes Wort aus der Nase ziehen.«

»Die Frau hatte ihre Kunden in ihrer Wohnung empfangen. Du kannst dir vorstellen, welche Menge an Fingerabdrücken und DNA-Material die SpuSi dort gefunden hat. Keine Chance, ihn darüber zu identifizieren. Man entdeckte in einem Versteck in ihrem Badezimmer ein paar hundert Euro Bargeld. Zwei der Scheine waren recht neu und wiesen seltsame Falten auf, die kreuz und quer verliefen. Die Kollegen von der Kripo haben dem keine besondere Bedeutung beigemessen. Ich auch nicht. Bis zu diesem bestimmten Abend. Wir sind nach Feierabend noch mit einigen Leih-Kollegen in eine Kneipe gegangen, Alex war auch dabei. Es wurde ein lustiger und langer Abend. Irgendwann wollten die schließen und haben uns die Rechnung gebracht. Wir haben die Summe geteilt, und jeder hat ein paar Geldscheine auf den Tisch gelegt. Tja, da war auch ein noch recht neuer Zehner dabei. Den hat Alex sofort gegen einen anderen, älteren Schein ausgetauscht. Ich habe das gesehen und ihn gefragt, was er da macht.«

Max betrachtete eine Weile seinen Monitor, auf dem es nichts zu sehen gab, weil er ausgeschaltet war. Mit einem Mal war die Geschichte wieder so präsent, als sei sie erst vor ein paar Wochen passiert.

»Alex hat gegrinst und den Schein wieder ausgepackt. Und dann hat er angefangen, ihn kreuz und quer zu falten und zu knicken. Es dauerte nur zwei oder drei Minuten, dann war aus dem Zehner ein kleines Pferd geworden. Origami, sein Hobby. Er meinte, das geht am besten mit neuen Scheinen, weil die noch nicht so labberig seien.« Max schloss für einen Moment die Augen und sah Alex' Gesicht wieder vor sich. »Ich habe ihn gefragt, was er nun mit dem Zehner macht. Daraufhin hat er ihn wieder auseinandergefaltet, hat gegrinst und gesagt: *Ausgeben*.«

»Ich ahne was«, sagte Böhmer leise.

»Ja, das ging mir genauso. Nach dem Auseinanderfalten sah der Schein exakt so aus wie die Scheine, die bei dem Opfer gefunden worden waren. Sie hatte wohl das Geld von ihm kassiert und im Bad versteckt, bevor er sie umgebracht hat. Ich habe gleich den leitenden Ermittler angerufen und ihm davon erzählt. Er hat noch in der Nacht einen Durchsuchungsbeschluss erwirkt. Wir sind dann so gegen drei zu Alex in die Wohnung.«

»Und dann haben die Kollegen seine Fingerabdrücke und sicher auch DNA-Material zuordnen können, und das Ding war eingetütet. Nicht schlecht. Aber … eine Sache ist seltsam. Ich habe wie alle anderen mitbekommen, dass der Kerl geschnappt worden ist, aber davon, dass du maßgeblich beteiligt warst, wusste ich nichts. Wie kommt es, dass dein Name nicht überall in der Presse gestanden hat? Ich meine, ein Frischling bringt mal eben so einen Mörder zur Strecke, der dann auch noch ein Kollege ist … das ist doch ein Traum für jeden Pressefritzen.«

»Ich habe damals meine Vorgesetzten darum gebeten, es nicht an die große Glocke zu hängen.«

Böhmer grinste. »So bescheiden hätte ich dich gar nicht eingeschätzt.«

»Das war keine Bescheidenheit, sondern hatte einen anderen Grund. So ganz reibungslos lief das Ganze nicht ab. Alex wusste sofort, was Sache ist, als wir vor der Tür standen. Er ist zurück in seine Wohnung, hat sich seine Dienstwaffe gegriffen und wollte sich damit erschießen.«

»Was? Davon wusste ich auch nichts.«

»Aber du weißt, was es heißt, als Polizist einzufahren,

oder? Ich glaube, Polizisten rangieren in der Hackordnung im Knast noch unter Kinderschändern. Das wusste Alex auch.«

»Und wer hat ihn davon abge… Das warst auch du, oder?«

»Ja. Ich bin ihm nach und habe ihm die Waffe aus der Hand gerissen, bevor er abdrücken konnte.«

Böhmer nickte bewundernd. »Gorges hatte recht. Das war eine reife Leistung für einen Frischling. Aber noch mal die Frage: Warum sollte niemand etwas davon erfahren?«

»Er ist vollkommen ausgerastet, eben weil er wusste, was im Knast auf ihn zukommen würde. Er hat geschworen, dass er sich dafür, dass ich ihm das angetan habe, an mir rächen werde. Er sagte, er werde mich da treffen, wo es mir am meisten weh tut, und mir so viel Schmerz zufügen, dass ich mir auch wünschen würde, tot zu sein.« Max atmete tief durch. »Ich wollte einfach nicht, dass jeder davon erfährt. Vor allem nicht meine Familie. Meine Mutter wäre ihres Lebens nicht mehr froh geworden und hätte jeden Tag zehnmal bei mir angerufen, um nachzufragen, ob es mir gutgeht.«

»Okay, das verstehe ich. Hast du mal wieder was von ihm gehört?«

»Nein, zum Glück nicht. Aber das mit dem Schmerz hat ja vor einem halben Jahr jemand anderes für ihn erledigt.«

Es entstand eine längere Pause, in der beide ihren Gedanken nachhingen.

Max wusste nicht, wie lange er vor sich hin gestarrt hatte, als er zu Böhmer hinübersah. »Hat Gorges recht?«

»Womit?«

»Damit, dass ich vielleicht meinen Instinkt verloren habe. Durch die Sache mit Jenny.«

»Ich denke, Gorges ist ein Fuchs. Er hat einen sehr analytischen Verstand und ist ein guter Beobachter.«

»Also – ja.«

»Lass mich ausreden, Max. Eines ist Gorges aber nicht: dein Partner. Er ist nicht jeden Tag mit dir zusammen und erlebt dich nicht so, wie ich dich erlebe. Also kann er auch nichts von deinen Instinkten oder deinem Gespür wissen. Es stimmt, du hast dich seit der Geschichte mit Jenny verändert. Du bist ernster geworden, manchmal ruhiger, manchmal wütender. Aber dass wir in diesem gottverdammten Fall noch nicht weitergekommen sind, hängt mit der scheinbaren Wahllosigkeit zusammen, mit der die Opfer ausgesucht werden. Und mit der Vorsicht des Täters. Deine Instinkte, mein lieber Max, sind nach wie vor vorhanden. Und ich wette, es wird nicht mehr lange dauern, dann kommen sie zum Einsatz.«

Max war sich da nicht so sicher, aber was sein Partner gerade gesagt hatte, beruhigte ihn ein wenig.

»Das hoffe ich sehr.«

»Letztendlich macht es die Kombination aus Instinkt und Erfahrung. Wenn jemand dieses Dreckschwein fassen kann, dann sind das wir beide. Beim letzten Fall haben wir es ja auch geschafft.«

Und da war es wieder, dieses Gefühl, als würde sich ein Messer in seine Brust bohren. »Leider zu spät.«

30

Die nächsten fünf Tage waren geprägt von vielen winzigen Schritten, mit denen die Ermittlungsarbeit weiterging, ohne dass sie nennenswerte Erfolge erzielten. Die Zeitungen berichteten täglich auf den Titelseiten über den Fall. Manche überschlugen sich mit Spekulationen und angeblichem *Insiderwissen aus den Reihen der Polizei*. Gorges war der Druck, der von allen Seiten auf ihn einströmte, deutlich anzumerken. Von der für ihn typischen ruhigen, besonnenen Art war kaum noch etwas übrig. Er wirkte angespannt und war leicht reizbar.

Max und Böhmer wechselten sich dabei ab, Fissmann bei seinen Aktivitäten am Computer zu beobachten, doch der hatte offenbar nichts anderes im Sinn, als sich stundenlang YouTube-Videos oder Zeichentrickfilme anzuschauen.

Am Freitagvormittag dachte Max darüber nach, dass mittlerweile eine Woche seit dem letzten Mord vergangen war. Auch Fissmann hatte sich nicht mehr mit düsteren Voraussagen oder Forderungen nach Freiheit gemeldet. Sollten ihre Besuche bei den Stallbesitzern tatsächlich etwas gebracht haben? Vielleicht hatte dieser Wahnsinnige ja längst schon wieder versucht, irgendwo einzusteigen, war aber gescheitert, weil das Haus zu gut gesichert war.

Max wusste, es war nur eine schwache Hoffnung, aber zu diesem Zeitpunkt hatten sie nichts anderes.

»Schwelgt da jemand in Tagträumen?«

Max fuhr zusammen und sah zu Verena Hilger hoch, die neben seinem Schreibtisch stand. »Wo ist dein Partner?«

»Der hat mit seiner Noch-Frau einen Termin beim Anwalt.«

Max glaubte, für einen kurzen Moment einen Schatten über ihr Gesicht huschen zu sehen, doch schon in der nächsten Sekunde lächelte sie wieder. »Stimmt, er sagte gestern so was.«

Einer Eingebung folgend, wandte er sich ein Stück zu ihr um und flüsterte so leise, dass keiner der Kollegen ihn hören konnte: »Sag mal, was ist da eigentlich zwischen Horst und dir?«

Hilgers Lächeln wurde breiter. »Was meinst du mit *zwischen Horst und mir*? Was soll da sein?«

»Na ja, wenn man euch so beobachtet …«

»Wir sind eben gute Kollegen. Hast du etwa Angst, ich könnte dir deinen Partner abspenstig machen?«

»Ach komm, du weißt, was ich meine. Horst lebt seit einiger Zeit getrennt, du bist – soweit ich weiß – auch allein …«

»Und da reimt sich der Kollege Bischoff gleich mal eine schlüpfrige kleine Story zusammen.« Hilger schüttelte lachend den Kopf. »Jetzt ahne ich, worum es in deinem Tagtraum ging, aus dem ich dich eben so unsanft gerissen habe.«

»Also? Nun sag schon.«

»In deinem Horoskop für diese Woche steht, du sollst nicht zu neugierig sein, denn es gibt nur zwei Arten von Neugier: die aus Eigennutz, weil wir Dinge erfahren wollen, die uns vielleicht weiterbringen, und die, die dem Trieb entspringt, etwas zu erfahren, was andere nicht wissen.«

Sie zwinkerte ihm zu, wandte sich ab und ließ Max verdutzt sitzen.

Wie aufs Stichwort betrat Böhmer in diesem Moment das Büro und ließ sich auf seinen Stuhl fallen.

»Wie lief es?«

»Sagen wir es mal so: Ich bin froh, wenn dieser ganze Zirkus vorbei ist.«

Max dachte an das, was Hilger gerade über die Neugier gesagt hatte, und verzichtete darauf, weiter nachzufragen.

Er widmete seine Aufmerksamkeit wieder dem Computer, kam allerdings nicht sehr weit, denn Kaufmann, der gerade Fissmanns Aktivitäten im Netz beobachtete, riss Max aus seiner Konzentration, als er laut rief: »Er sucht nach einem Namen.«

Max und Böhmer sprangen gleichzeitig auf und eilten zu Kaufmanns Schreibtisch. In dem Fenster, das einen Blick auf den Monitor in der Klinik erlaubte, war ein Online-Portal mit Reiseberichten geöffnet. Gerade klickte Fissmann einen Bericht über Irland an, dessen Verfasser mit *Bernd Jürgen Heimann* angegeben war.

»Ist das der Name, nach dem er gesucht hat?«, fragte Max, während er gleichzeitig den Text überflog, der sich größtenteils auf Beschreibungen der Landschaft beschränkte.

»Ja, er hat eine ganze Liste an Ergebnissen bekommen, die er sich jetzt nacheinander anschaut.«

Das Fenster wurde wieder geschlossen, und die Ergebnisliste kam zum Vorschein. Max beeilte sich, die Überschriften zu lesen, doch schon nach wenigen Sekunden öffnete sich die nächste Seite, eine Webpräsenz der Firma *Siemens*. In einem PDF-Dokument, das schon fünfzehn Jahre alt war und eine technische Zeichnung enthielt, tauchte wieder der Name auf. Vielleicht war der Mann Ingenieur.

Max notierte den Namen auf einen Zettel, den er von Kaufmanns Schreibtisch nahm. »Schauen wir doch mal, mit wem wir es hier zu tun haben.«

Während er zu seinem Platz zurückging, erhob Böhmer die Stimme. »Okay, Kollegen, wir haben hier einen Namen. Bernd Jürgen Heimann, mit Doppel-N. Ich möchte alles über ihn wissen. Den gesamten Lebenslauf, von der Geburt bis zum heutigen Tag. Sucht nach Freunden und Bekannten und fragt sie über ihn aus. Was ist er für ein Typ? Ist er beliebt? Gibt es Auffälligkeiten? Das ganze Programm. Allerdings beginnt ihr mit diesen Gesprächen erst in frühestens einer Stunde. Ich möchte nicht, dass ein Freund ihn anruft und ihn fragt, warum die Polizei sich nach ihm erkundigt, bevor wir bei ihm sind. Bis dahin habt ihr genug mit der Recherche zu seinem Lebenslauf zu tun.« Er wandte sich zu Hilger um. »Verena, du besorgst bitte die Adresse des Herrn und schickst sie mir gleich aufs Handy. Dann versuchst du herauszufinden, ob es eine Verbindung zwischen ihm und Fissmann gibt oder gab. Das könnte unsere erste echte Spur sein. In der Zwischenzeit werden Max und ich dem Herrn Heimann einen Besuch abstatten.«

Heimann bewohnte mit seiner Frau ein schmuck renoviertes Bauernhaus am Rande einer kleinen Siedlung in Vennhausen.

Nachdem die beiden Ermittler sich Gisela Heimann vorgestellt hatten, ließ sie sie sichtlich verwirrt eintreten.

Ihr Mann saß in einem an das Wohnzimmer angebauten Wintergarten und blätterte in einem Magazin. Er war etwa Ende sechzig, groß und schlank. Die Reste seiner grauen Haare bildeten einen breiten Kranz um die kahle Schädeldecke.

»Bernd?« Die Stimme der Frau zitterte vor Aufregung. »Die Herren hier sind von der Kriminalpolizei. Sie möchten dich sprechen.«

»Guten Tag, Herr Heimann.« Böhmer ging auf den Mann zu und zeigte auch ihm seinen Dienstausweis. Heimann betrachtete ihn mit wachen blauen Augen.

»Böhmer ist mein Name. Das ist mein Kollege Bischoff. Wir würden uns gerne mit Ihnen unterhalten.«

Heimann klappte das Heft zu, in dem er gelesen hatte, und schob es zur Seite. Ein Blick auf das Deckblatt zeigte Max, dass es sich um ein Reisemagazin handelte.

»Kriminalpolizei? Ist in der Nachbarschaft etwas passiert?«

»Nein, aber es geht um jemanden, den Sie vielleicht kennen«, erklärte Max. »Siegfried Fissmann. Sagt Ihnen der Name etwas?«

Heimann dachte kurz nach, die Stirn gerunzelt, dann schüttelte er den Kopf. »Nein, der Name sagt mir auf Anhieb nichts. Vielleicht fällt mir ja noch etwas dazu ein, aber … darf ich fragen, wie Sie darauf kommen, dass ich diesen Mann kennen könnte?«

»Lassen Sie mich Ihnen zuerst noch eine Frage stellen: Waren Sie schon mal in der Psychiatrie in Langenfeld? Vielleicht, weil Sie dort jemanden besucht haben?«

»Nein, da war ich definitiv noch nie.« Man merkte Heimann an, dass seine Verwirrung wuchs. Oder dass er es zumindest so aussehen lassen wollte. »Können Sie mir jetzt sagen, wer dieser Siegfried Fissmann ist und wie Sie auf mich gekommen sind?«

»Wir haben Ihren Namen in seinen Unterlagen gefunden«, log Böhmer. »Aber es stand keine Stadt dabei, deshalb kann es auch jemand mit dem gleichen Namen aus einer ganz anderen Stadt sein. Wir wollten die einfachste Möglichkeit zuerst überprüfen.«

Heimann nickte. »Das verstehe ich. Aber wer dieser Herr Fissmann ist, haben Sie mir immer noch nicht verraten.«

»Zu seiner Person dürfen wir Ihnen nichts sagen, aber wir denken, dass er vielleicht etwas über ein Verbrechen weiß, das wir aufzuklären versuchen.«

»Handelt es sich bei diesem Verbrechen um die Morde, die in den letzten Wochen hier passiert sind?«

»Tut mir leid, dazu kann ich Ihnen leider auch keine Auskunft geben. Eine Frage habe ich noch, dann sind Sie uns wieder los: Können Sie mir sagen, was Sie in der Nacht von Donnerstag auf Freitag letzte Woche gemacht haben?«

Noch während Heimann nachdachte, sagte seine Frau: »Wir waren hier, wie fast an jedem Abend.«

Böhmer drehte sich zu ihr um. »Und wissen Sie auch noch, was Sie an diesem Abend gemacht haben?«

Sie wechselte einen geradezu ängstlichen Blick mit ihrem Mann, dann stützte sie sich auf der Lehne eines Stuhls ab, der neben ihr stand. »Diese Fragen … Werden wir verdächtigt, etwas Unrechtes getan zu haben?«

»Nein, das werden Sie nicht.« Böhmers Stimme klang ruhig und verständnisvoll. »Das sind Standardfragen, die wir jedem stellen, mit dem wir uns unterhalten.«

»Ich weiß, was wir an dem Abend gemacht haben.« Heimann stand auf, ging zu seiner Frau und legte ihr den Arm um die schmale Taille. »Ich war drüben in der Werkstatt und habe den Rasenmäher auseinandergenommen.«

Die Augen seiner Frau weiteten sich. »Stimmt, das war am Donnerstagabend. Ich hatte einen riesigen Korb Wäsche angesammelt, den habe ich in der Zeit weggebügelt.«

Während Max sich einige Notizen zu dem Gespräch machte, sagte Böhmer: »Gut, das war's fürs Erste. Vielen Dank für Ihre Hilfe. Vielleicht müssen wir noch mal auf Sie zurückkommen.«

Heimann streckte ihm die Hand entgegen. »Wenn wir Ihnen helfen können, tun wir das gerne. Auch wenn wir nicht wissen dürfen, worum es dabei geht. Sie können jederzeit wiederkommen, wir sind die meiste Zeit zu Hause.«

Zwei Stunden später traf sich die gesamte *Soko Fliege* im Besprechungsraum. Auch Gorges war anwesend.

Böhmer stand vor den Stuhlreihen, einige lose Blätter in den Händen, und wartete, bis alle Platz genommen hatten und es ruhig im Raum wurde. Dann sah er sich noch einmal um. »Ich denke, wir sind nun vollständig.« Er räusperte sich lautstark. »Als Erstes meinen Dank an euch alle. Ihr habt tolle Arbeit geleistet. Nicht nur, dass wir das ganze Leben von Herrn Heimann durchleuchtet haben, ihr habt auch Freunde und Bekannte befragt und so ein beeindruckend detailliertes Gesamtbild zusammengetragen. Verrückt, was einige Kollegen in Gesprächen mit Freunden alles über ihn herausfanden. Aber hört es euch selbst an, ich fasse mal zusammen.

Bernd Jürgen Hans Heimann ist am 17.8.1948 in Duisburg geboren. In der weitgehend zerstörten Stadt hat er sich nie wohl gefühlt, weil in den Trümmern für sein Empfinden überall Gefahren lauerten. Im Alter von zwölf Jahren ging er ohne Wissen seiner Eltern ins Rathaus, um eine kleine Änderung an seinem Namen vornehmen zu lassen: Der Bindestrich zwischen Bernd und Jürgen sollte entfallen. Ursprünglich sollte er nämlich Bernd-Jürgen heißen, hinzu kam der Name seines Taufpaten. Im Ruhrpott aber wurde aus Jürgen schnell *Jürjen*, was er hasste. In seinem jugendlichen Alter stieß er im Rathaus allerdings auf taube Ohren. Er musste seinen Wunsch später gerichtlich durchsetzen.

Sein erster erlernter Beruf war Maschinenschlosser, danach machte er eine Ausbildung als Industriekaufmann, um anschließend noch Betriebswirtschaft zu studieren und mit Diplom abzuschließen. Außerdem war er Leutnant bei der Bundeswehr.«

Böhmer sah von dem Blatt auf. »Mein Gott, da fühlt man sich ja wie ein Loser«, woraufhin verhaltenes Gelächter zu hören war. Er wartete ab, bis es wieder ruhig wurde, dann fuhr er fort: »Er fand eine Anstellung bei Siemens und arbeitete für das Unternehmen in ganz Deutschland und im Ausland. Städte und Länder, die er auf diese Weise nicht kennenlernte, erkundete er in der Freizeit. Laut Auskunft von Leuten, die ihn kennen, ist er in der Lage, bei Fernsehfilmen in Sekundenschnelle zu bestimmen, an welchem Ort der Film spielt. Sein Lieblingsland ist Irland. Er liebt die freundlichen und zuverlässigen Menschen dort. Das gilt auch für Russland, für das er ebenfalls ein Faible hat. Nicht nach seinem Geschmack ist Amerika, das ist ihm zu kulturlos. Auch die Italiener liegen ihm nicht, weil sie ihm zu oberflächlich sind. Kommen wir zu seinen persönlichen Merkmalen, wie ihn seine Freunde und Bekannten sehen.

Heimann ist zuverlässig, großzügig und korrekt bis hin zum Perfektionismus. Sein Vater hat die Familie verlassen, als er vierzehn Jahre alt war. Danach hat er nie wieder von ihm gehört. Die Enttäuschung hat ihn sein Leben lang begleitet und ist aus Sicht seiner Freunde möglicherweise der Grund für sein großes Sicherheitsbedürfnis. Jedenfalls war er immer auf der Suche nach stabilen Verhältnissen.

Er hat mit seiner Frau zwanzig Jahre auf einem abgelegenen Hof in Bayern gelebt und dort hobbymäßig Hunde gezüchtet, bevor er hierhergezogen ist. Heimann hat eine erwachsene Tochter, die mit ihrer Familie irgendwo im Norden lebt.

Angeblich hat er einen sehr feinen Humor und weiß recht kreativ mit der Sprache umzugehen. Er liebt Katzen und ist wie sie wasserscheu. Und er hat einen Lieblingsspruch, den ich sehr interessant finde: Der Mensch ist ein Fehlschlag der Natur.«

Böhmer ließ die Hand sinken. »So viel also zu Herrn Heimann. Habe ich noch irgendetwas vergessen, das wichtig sein könnte?«

Niemand meldete sich. »Gut, dann bitte ich jetzt das erste Team raus zur Observation. Ich möchte, dass der Mann keinen Schritt macht, von dem wir nichts wissen. Ich weiß nicht, ob er wirklich etwas mit den Morden zu tun hat, aber falls es so ist, kriegen wir ihn am Arsch.«

31

Mit hämmerndem Puls schlägt Paul die Bettdecke zurück und schwingt die Beine aus dem Bett. Die Birkenstocks stehen wie immer so, dass er direkt hineinschlüpfen kann.

Dieses Geräusch, von dem er gerade aufgewacht ist, dieser fürchterliche Schrei, der durch das gekippte Fenster gedrungen und ihm durch Mark und Bein gefahren ist ... Das muss Flocke gewesen sein. Keine Frage, da ist etwas Schlimmes passiert.

Immer zwei Stufen gleichzeitig nehmend, hastet Paul die Treppe hinunter, stolpert fast und kann sich im letzten Moment am Treppengeländer festhalten.

Er läuft durch den langen, schmalen Flur zur Hintertür, greift nach der Taschenlampe auf dem Regal links, bevor er den Schlüssel zweimal umdreht. Er reißt die Tür auf und wendet sich draußen gleich nach rechts. Bis zum Stall sind es nur wenige Meter. Er erreicht die Tür, öffnet sie und schaltet die Taschenlampe ein, leuchtet in die Dunkelheit und ... stößt einen heiseren Schrei aus.

Flocke hängt in der Mitte des Stalls. Jemand hat ihr ein Seil um die Hinterbeine gebunden, es über einen der Dachbalken geworfen und Flocke daran hochgezogen. Und dann hat er ihr den Hals durchgeschnitten.

Ihr Körper pendelt langsam hin und her, das Blut, das in einem dünnen Rinnsal aus der hässlichen Wunde über ihren Kopf und die heraushängende Zunge läuft, zeichnet immer neue Linien auf das bereits dunkel gefärbte Stroh, um dann zwischen den Halmen zu versickern. Bei dem plötzlichen Schmerz über den Verlust seines Tieres zieht sich ihm der Magen zusammen. Ohne den Blick von seiner toten Ziege abzuwenden, geht Paul auf den Körper zu und greift nach dem Seil, um die Pendelbewegung zu stoppen. Er hat den faserigen Strick gerade mit der Hand umschlossen, da explodiert die Welt.

Als Paul die Augen aufschlägt, ist er vollkommen orientierungslos. Ein dumpfer, kaum zu ertragender Schmerz pocht in seinem Kopf, und das, was er vor sich zu sehen glaubt, kann nicht real sein. Es ist nichts, was sein Verstand zu einem sinnvollen Bild zusammensetzen kann.

Ist das der Tod? Ein psychedelisches Szenario, unsinnig angeordnet, und … schwarze Gummistiefel. Direkt vor ihm, an einer niedrigen Decke aus Stroh, die … die keine Decke, sondern der Boden ist.

Mit einem Mal wird Paul klar, dass er nicht tot und dass das, was er sieht, durchaus real ist. Es steht nur auf dem Kopf. Er *steht auf dem Kopf.*

Jetzt nimmt er auch die schaukelnde Bewegung seiner Umgebung wahr. Er blickt zur Seite, sieht seinen rechten Arm, der nach oben … nein, der nach unten hängt, ebenso wie der linke. Nur wenige Zentimeter trennen seine Fingerspitzen von dem Stroh, mit dem der Stallboden ausgelegt ist. Direkt unter ihm glänzen die Halme dunkel. Einen Meter von ihm entfernt liegt Flockes regloser Körper, angestrahlt wie auf einer Bühne. Paul blickt zur anderen Seite und kneift geblendet die Augen zusammen. Seine Taschenlampe liegt so auf dem Boden, dass sie die tote Ziege direkt anstrahlt.

Die Stiefel bewegen sich aus Pauls Blickfeld, eine blaue Hand taucht von hinten auf, dann eine zweite. Sie greifen nach seinen Unterarmen, biegen sie nach hinten und dann nach oben. Paul stößt einen Schmerzensschrei aus, es fühlt sich an, als würde er damit einen Pfropfen lösen, der in seinem Hals gesteckt und seine Stimme eingeschlossen hat.

»Sie tun mir weh!« Ist das wirklich seine Stimme? »Wer sind Sie? Was wollen Sie von mir? Und warum haben Sie meine Ziege getötet?«

Seine Hände werden zusammengedrückt, etwas schneidet

schmerzhaft in seine Handgelenke, es folgt ein Ziehen und Rucken, dann sind seine Hände hinter seinem Rücken gefesselt.

Paul hört das Rascheln von Stroh, die Gummistiefel tauchen wieder seitlich auf, halten vor ihm an.

»Bist du allein?« Diese Stimme … Sie jagt Paul einen Eisbach durch die Adern und lässt ihn aufstöhnen. Sie ist nicht menschlich, sondern elektronisch erzeugt.

»Was?«, krächzt er. »Bitte, lassen Sie mich runter. Was auch immer Sie wollen, Sie können es haben, aber bitte …«

»Bist du allein?«

»Ja«, antwortet Paul wahrheitsgemäß und hebt zum ersten Mal den Kopf an. »Bitte …« Er hält den Atem an, versucht zu verstehen, was er sieht, doch es dauert eine Weile, bis ihm sein Verstand sagt, dass der riesige Insektenkopf eine Gummimaske sein muss.

Die in einen Overall gehüllte Gestalt bückt sich zu ihm herunter, so weit, dass das Ende des seltsam zitternden Rüssels nur noch Zentimeter von seinem Gesicht entfernt ist. Paul nimmt den penetranten Geruch wahr, den die Gummimaske verströmt, die blauen Hände tauchen wieder vor ihm auf, pressen etwas gegen seinen Mund – ein Stück Stoff vielleicht oder einen Schal – und verknoten es hinter seinem Kopf.

Dann richtet sich die Gestalt wieder auf, wendet sich ab und verlässt den Stall.

Paul möchte ihr nachrufen, sie soll bleiben, soll ihn aus dieser Lage befreien … Er kann nur dumpfe Laute ausstoßen, die der Stoff vor seinem Mund fast völlig verschluckt. Schließlich gibt er es auf und versucht, sich zu konzentrieren, seine Gedanken zumindest so weit zu ordnen, dass er über seine Lage nachdenken kann.

Jemand ist in Flockes Stall eingedrungen, hat sie an den Hinterbeinen aufgehängt und ihr die Kehle durchgeschnitten. Er hat keinen Wert darauf gelegt, ihr Geschrei zu verhindern. Wahrscheinlich kam ihm das sogar gelegen, weil er so die Aufmerksamkeit des Besitzers wecken konnte. Hoffnung, dass noch jemand

Flocke gehört hat, braucht Paul sich keine zu machen. Der nächste Nachbar ist gute dreihundert Meter entfernt.

Ich war viel zu unvorsichtig, wirft er sich vor, habe mich einfach niederschlagen lassen, und jetzt hänge ich kopfüber im Stall. Genau wie Flocke vor mir. Was, wenn der Kerl ihm auch … Mit einem wilden Ruck bäumt er sich auf und zerrt an dem Seil, mit dem seine Handgelenke zusammengebunden sind, was dazu führt, dass es noch tiefer in seine Haut einschneidet. Die Schmerzen sind höllisch, aber Paul ignoriert sie und versucht es weiter. Er muss sich irgendwie befreien, bevor der maskierte Mann zurückkommt.

Immer hektischer werden seine Bewegungen, und je mehr er zieht und zerrt, je tiefer die Fesseln in Haut und Fleisch schneiden, je größer der Schmerz wird, um so panischer versucht er es weiter.

Schließlich gibt er auf. Als hätte jemand einen Stecker gezogen, weicht alle Kraft aus seinen Muskeln, seine Bewegungen ersterben. Wie zuvor Flocke pendelt auch er jetzt hin und her, während sein Herz rast und das Blut durch seine Adern und wahrscheinlich aus den brennenden Wunden an seinen Handgelenken pumpt. Es ist ihm egal.

Seine Augen sind auf den Boden gerichtet. Flockes Körper schiebt sich in sein Sichtfeld, verharrt eine Sekunde, bewegt sich wieder hinaus, taucht wieder auf … Tränen lösen sich aus seinen Augenwinkeln, laufen über die Schläfen und hinterlassen eine kalte Spur auf seiner Kopfhaut. Er weint. Zum ersten Mal, seit er an Luisas Grab gestanden hat. Er war sicher gewesen, nie wieder in seinem Leben weinen zu können, weil er wusste, es wird nie wieder einen Schmerz geben, der so groß ist wie der, den er empfunden hat, als sich der helle Holzsarg in die Erde senkte.

War es das jetzt? Wird er jetzt sterben, mit dreiundfünfzig Jahren? Nachdem er es endlich geschafft hat, sein Leben wieder in den Griff zu bekommen, nachdem der besoffene LKW-Fahrer ihm vor drei Jahren seine Luisa genommen hat? Noch vor einem Jahr wäre er dem Kerl mit der Maske dankbar gewesen, wenn er ihn getötet hätte. Da war er noch so sehr am Boden zerstört gewesen, dass er den Tod als Befreiung empfunden hätte. Als eine Möglichkeit, wieder mit Luisa vereint zu sein. Aber ausgerechnet jetzt, wo er endlich die Kurve bekommen hat, wo sein Leben ihm wieder lebenswert erscheint?

Das Schicksal ist ein hinterhältiges Arschloch.

Ein Geräusch. Paul dreht den Kopf. Die Gestalt ist wieder da. Sie kommt auf ihn zu, bleibt vor ihm stehen. »Allein«, krächzt die elektronische Stimme emotionslos und fügt Sekunden später ein weiteres Wort hinzu: »Opfer.«

Noch während Paul versucht zu verstehen, was damit gemeint ist, taucht mit einer schnellen Bewegung ein Schatten vor seinem Gesicht auf. Ein sengend heißer Schmerz zieht durch seinen Hals, alles wird plötzlich rot, verschwimmt. Dann kommt die Dunkelheit.

32

Als ihr Chef am Samstagnachmittag anrief, war Böhmer gerade auf der Toilette verschwunden. Max war mit den Berichten der Observationsteams beschäftigt, die Heimann an den Fersen hingen. Bisher hatten sie nichts Ungewöhnliches feststellen können. Er hatte das Haus gemeinsam mit seiner Frau erst am Vormittag verlassen und war mit ihr zum Einkaufen gefahren.

»Es geht weiter«, bellte Gorges ins Telefon, nachdem Max sich gemeldet hatte. »In Oberbilk, ein alleinstehender Mann mit durchschnittener Kehle.« Gorges nannte die Adresse, die Max schnell auf einem Zettel notierte. »Ach, und … er ist in einem Ziegenstall getötet worden.«

In Oberbilk, quasi in Max' Nachbarschaft. Ein Ziegenstall. Ein Stall.

Max stand auf und wandte sich an die Anwesenden im Einsatzraum. »Alle mal herhören. Wie es aussieht, hat unser Täter nur eine kleine Pause gemacht. Wir haben einen weiteren Mord. Diesmal in Oberbilk.«

»Fahren wir«, rief Böhmer hinter ihm. Max drehte sich um und sah ihn verwundert an.

»Ich habe den Chef gerade auf dem Flur getroffen«, erklärte Böhmer und fügte laut hinzu: »Martin, Manfred, schnappt euch jeweils einen Kollegen, ihr kommt mit uns. Die anderen halten sich hier bereit.«

Der Gestank in dem Stall war bestialisch, doch die unzähligen Fliegen, die auf der toten Ziege und dem Mordopfer herumkrochen und sie umschwirrten, empfand Max als noch schlimmer. Beim Anblick der metallisch glänzenden Insektenkörper in den Wunden kostete es ihn einige Mühe, den Würgereflex zu unterdrücken.

»Verdammte Scheiße«, stieß Böhmer aus, nachdem er den kopfüber von der Decke hängenden Mann eine Weile betrachtet hatte. »Dieses Dreckschwein macht mich langsam richtig wütend. Kann mal jemand den armen Kerl da runterholen?«

»Einen Moment«, widersprach Patschett von der Spurensicherung und wedelte mit seiner Kamera. »Ich brauche noch ein paar Fotos.«

»Ja, von mir aus.« Böhmer wandte sich ab und sah an der Leiche vorbei zu Max hinüber, der die weiße Lilie in den gefesselten Händen des Mannes genau betrachtete.

»Ein Stall, wie Fissmann es vorausgesagt hat.«

»Ja, ein Ziegenstall. Aber warum hat er dann nach einem Minischwein gesucht?«

»Ich habe da so eine Ahnung«, erwiderte Böhmer. Max wusste, was sein Partner meinte, denn die gleiche Ahnung beschlich auch ihn. Zu dem Minischwein ebenso wie zu Heimann. »Keine Überlebende diesmal?«

»Nein. Wie es aussieht, weicht er von seinem Schema ab.«

Max wiegte nachdenklich den Kopf hin und her. »Nicht unbedingt. Kann sein, dass er nicht wusste, dass der Mann allein hier lebt. Kommst du mit ins Haus? Ich möchte mich da mal ein bisschen umsehen.«

Statt einer Antwort setzte Böhmer sich nach einem langen Blick auf den Toten in Bewegung und verließ vor Max den Stall.

Die Einrichtung des Hauses war nicht modern, aber dennoch gemütlich. Holz war das dominierende Material der Möbel, der Decken und der Böden. Alles wirkte sauber und aufgeräumt.

»Habt ihr seine Daten?«, fragte Max einen Kollegen der

Spurensicherung, der an den Griffen der Wohnzimmerschränke Fingerabdrücke nahm.

»Ja, seine Papiere liegen da vorn auf dem Esstisch. Ich habe sie hier im Schrank gefunden. Der Ausweis ist im Portemonnaie.«

Max ging zu dem Tisch, zog ein Paar Latexhandschuhe aus der Tasche seines Jacketts und streifte sie über.

Der Name auf dem Personalausweis lautete Paul Fuchs, sein Geburtstag war der siebzehnte April. Neben Reisepass, Führerschein sowie der Krankenkassenkarte steckten noch eine Bankkarte und einige Quittungen in dem braunen Lederportemonnaie.

Max legte es zurück und sah sich die Sterbeurkunde an, die daneben auf dem Tisch lag. Sie lautete auf den Namen Luisa Fuchs und war drei Jahre zuvor ausgestellt worden. Die Frau war mit vierundvierzig Jahren gestorben.

Böhmer kam in den Raum und warf einen Blick auf den Tisch. »Und, was Interessantes dabei? In der Küche gibt es nichts Auffälliges. Auch sonst ist alles sehr aufgeräumt. So, wie es aussieht, war der Mistkerl gar nicht hier drinnen.«

Max deutete auf den Tisch. »Schau's dir mal an. Ich mache in der Zwischenzeit einen Rundgang durch die obere Etage. Oder warst du da schon?«

»Nein, mach nur.«

Gleich gegenüber dem Treppenaufgang lag das kleine Badezimmer. Max ging hinein, sah sich den Inhalt des Spiegelschranks an und ließ den Blick über die Fläschchen und Dosen auf der Ablage darunter wandern. Deo, Rasierwasser, eine Cremetube – alles normale Utensilien, wie sie in fast jedem Bad zu finden waren. Er warf noch einen Blick in die Duschkabine, verließ den beige gefliesten Raum und betrat das Schlafzimmer gleich nebenan.

Beide Hälften des Doppelbettes waren bezogen, aber nur das Bettzeug auf der linken Seite war benutzt. Max' Blick fiel auf das dünne weiße Nachthemd mit Blumenmuster, das zusammengefaltet auf dem Kopfkissen der rechten Seite lag. Paul Fuchs musste seine Frau sehr geliebt haben.

Max öffnete den viertürigen Kleiderschrank. Die Hälfte davon war belegt mit Wäsche und Kleidung für einen Mann, die andere Hälfte mit Frauensachen. Max schloss die Türen wieder. Die Kollegen würden jedes einzelne Fach untersuchen. Auf dem Nachttisch neben der Bettseite des Opfers lag eine angebrochene Schachtel Aspirin auf einer zusammengefalteten Zeitung. Max wollte sich schon abwenden, als ihm auffiel, dass auf dem Zeitungsabschnitt, den er sehen konnte, etwas eingekreist war. Er ging zu dem Nachttisch, schob die Tabletten zur Seite und las die Anzeige, die sich innerhalb des Kugelschreiber-Ovals befand. Es waren nur drei Zeilen, aber sie führten fast dazu, dass Max die Zeitung aus der Hand fiel.

Suche kleine Ziege, vorzugsweise Jungtier, als Gesellschaft eines vorhandenen Tieres für landhausähnliches Anwesen. Stall vorhanden.

Es folgte eine Mobilfunknummer.

Stall vorhanden! Ein Stall. Max' Verstand begann, auf Hochdruck zu arbeiten. Er wandte sich um, verließ den Raum und rannte die Treppe hinunter. Im Flur stieß er auf Böhmer, der gerade das Wohnzimmer verließ.

»Schau dir das hier mal an.« Er streckte Böhmer die gefaltete Zeitung entgegen, und als der nicht sofort danach griff, sondern nur eine fragende Miene aufsetzte, drückte er sie ihm gegen die Brust. »Na los, sieh es dir an.«

Zögernd griff Böhmer nach der Zeitung und las den eingekreisten Artikel. Dann betrachtete er Max, als hätte der einen aggressiven Ausschlag im Gesicht. »Ja und? Er hat einen Spielgefährten für seine Ziege gesucht. Was ist daran so aufregend?«

Max konnte es nicht fassen, dass sein Partner nicht sah, was ihm sofort ins Auge gesprungen war.

»Das steht: Stall vorhanden. Hast du das nicht gesehen?«

»Doch, und? Es stimmt doch, er hat doch einen …« Böhmers Augen weiteten sich. Endlich hatte er kapiert. »Scheiße, der Stall.«

»Genau.« Max hörte selbst, wie aufgeregt er klang. »Fissmann hat von einem Stall gesprochen. Eine Straße oder einen Ort hat er diesmal nicht genannt. Jetzt wissen wir auch, warum. Was ist Fissmanns Hauptbeschäftigung – oder war es zumindest, bis er den Computer bekommen hat? Er hat Zeitungen Zeile für Zeile gelesen, Artikel ausgerissen und kommentiert. Zeitungen wie die hier, in denen Annoncen stehen wie die hier.«

Böhmer hob die Hand und sah die Zeitung noch einmal an, nun aber mit einem Blick, als sei sie aus Gold. »Das ist ja nicht zu fassen. Er macht seine Voraussagen aus Zeitungen. Aus Zeitungsannoncen. Ich wusste gar nicht, dass in Zeiten des Internets überhaupt noch jemand Suchanzeigen schaltet.«

»Es gibt sicher genug Leute, die beide Möglichkeiten nutzen. Und ich wette, wir werden feststellen, dass die anderen Opfer auch … Rosie! Ich werd verrückt.«

»Was? Ich kann deinen Gedankensprüngen gerade nicht ganz folgen.«

»Rosie hatte bei unserem letzten Besuch plötzlich eine kleine schwarze Katze. Erinnerst du dich, was sie gesagt hat? Ihr Mann hat vor seinem Tod eine Annonce aufgegeben.«

»O Mann …«

»Los, wir müssen zurück. Ich möchte wissen, ob unsere Vermutung stimmt.«

Während der Fahrt bemerkte Max, dass Böhmer ihn anstarrte. Mit einem schnellen Blick zur Seite stellte er fest, dass sein Partner grinste.

»Was ist los?«

»Gorges hat sich getäuscht, was deinen Instinkt betrifft. Aber so was von. Und das werde ich ihm jetzt auch sagen.«

Sie lachten beide. Nur kurz, aber es hatte etwas Befreiendes. Endlich, endlich sah es so aus, als ob sie eine echte Spur hätten. Wenig später informierte Böhmer ihren Chef in knappen Sätzen von Max' Entdeckung. Nachdem das Gespräch beendet war, nickte er grimmig. »Na also. Ich soll dir von Gorges ausrichten, er freut sich, dass du wieder da bist.«

Als Rosie ihnen die Tür öffnete, sah Max sofort, dass er sich mit seiner Vermutung, die Katze würde sie vom Trinken abhalten, geirrt hatte.

»Ach nee … meine Feunde vonner Polissei«, lallte sie und zeigte mit einer so schwungvollen Armbewegung ins Innere des Hauses, dass sie fast umgefallen wäre. »Komm'se doch rein.«

Der kleine dunkle Raum, der Jochen und Rosie als Wohnzimmer gedient hatte, stand voll mit Kisten und Kartons. Dazwischen lagen Müll, leere Flaschen und ein zerbrochenes Regal.

»Tja.« Sie ließ sich auf eine Kiste plumpsen.

»Das bleibdann vonm Leben übrich. Sessen Sie sich.«

Böhmer überging die Aufforderung, ebenso Max. »Frau Lippert, wir haben nur eine Frage, dann sind wir auch schon wieder weg.«

»Ach Quatsch. Wolln se 'n Schluck?«

»Nein, danke«, lehnte Max ab. »Sie erwähnten bei unserem letzten Besuch, dass Ihr Mann vor seinem Tod eine Annonce wegen der Katze aufgegeben hat. Wo ist sie eigentlich.«

»Wech.«

»Weg?« Böhmer runzelte die Stirn. »Haben Sie sie zurückgegeben?«

»Nee. War 'n Auto. Is auffe Straße gerannt, das blöde Ding.«

»Oh, das tut mir leid.«

Rosie winkte verächtlich ab. »Ach! Dämliches Viech.«

»Was wir wissen wollten« – Max unternahm einen neuen

Versuch –, »hat Ihr Mann diese Annonce in einer Zeitung aufgegeben?«

Sekundenlang starrte die Frau ihn an, als zweifle sie an seiner Zurechnungsfähigkeit. »Wo 'n sons? Im Pfarrbrief vielleicht?«

»Im Internet, zum Beispiel?«

»Innernet? Tzzz … dasu war der viel su blöd. Der Idiot.«

Böhmer schnaubte. »Zeitung also. Haben Sie diese Zeitung zufällig noch?«

Nun wurde Böhmer mit dem gleichen Blick bedacht wie zuvor schon Max. »Sagen Se mal … ha'm Se was am Sender? Wossu soll ich alde Zeidungen aufhe'm? Ssum abwischen hab'ch Klopapier.«

Böhmer verdrehte die Augen. »Das war's dann auch schon, Frau Lippert. Vielen Dank.«

»Echt kein' Schluck?«, rief sie ihnen noch nach, als die beiden schon zur Tür hinaus waren.

Ihr nächster Besuch galt Beate Darius, die zwar nichts von einer Anzeige wusste, aber auch nicht ausschließen konnte, dass ihr verstorbener Mann eine aufgegeben hatte. Das hätte er ab und zu schon mal getan, wenn er etwas verkaufen wollte oder etwas suchte, allerdings meistens im Netz. Aber solche Lappalien hätten sie nie miteinander besprochen.

Gerda Bornhofen führte sie in das Zimmer ihres Bruders im Keller, als sie nach einer Anzeige fragten. Dort nahm sie einen Schnellhefter aus dem Schrank und reichte ihn Böhmer. »Hier sind alle Anzeigen drin, die Ulf in Zeitungen geschaltet hat. Im Internet waren es noch mehr, aber ich weiß nicht, ob er davon auch irgendwelche Belege hatte.«

Böhmer legte das Heft auf den Tisch und schlug die erste Seite um. Die Anzeige war winzig klein. Bornhofen hatte sie aus der Zeitung ausgeschnitten und auf ein weißes DIN-A4-Blatt geklebt.

Hobbyfotograf sucht junges, weibliches Model. Taschengeld möglich.

Daneben stand ein Datum aus dem vergangenen Jahr, darunter war das Foto eines Mädchens eingeklebt, das höchstens vierzehn oder fünfzehn Jahre alt war. Sie räkelte sich lasziv in einem knappen Bikini auf einem Tisch und hatte einen Finger in den Mund gesteckt, was offensichtlich Bornhofens Vorstellung von Verruchtheit entsprach. Unter dem Foto stand mit krakeliger Schrift: *Denise. Super!*

Der Text auf der nächsten Seite war der gleiche, das Mädchen auf dem Foto darunter offensichtlich noch jünger. Sie hieß Lisa, trug nur einen Slip und streckte dem Betrachter die kleinen Wölbungen entgegen, aus denen einmal weibliche Brüste werden würden.

»Mein Gott, sehen die Kollegen solche Anzeigen nicht?«, fragte Max heiser vor Wut. »*Junges, weibliches Modell. Taschengeld.* Da schrillen sofort alle Alarmglocken. So was muss einem doch auffallen. Kannst du bitte weiterblättern?«

Mit einer entschlossenen Bewegung schlug Böhmer die letzte Seite auf. Auch hier war die Anzeige eingeklebt, der Text unterschied sich allerdings ein wenig von den anderen beiden, die sie gesehen hatten.

Hobbyfotograf sucht junges, weibliches Model mit jungfräulicher Ausstrahlung. Biete gutes Taschengeld.

Foto und Name fehlten, aber das Datum war eingetragen. Sie rechneten aus, dass die Anzeige genau am Tag von Fissmanns Prognose erschienen war.

»Bingo«, sagte Böhmer und schlug den Schnellhefter zu. »Können wir das mitnehmen?«

»Ja, sicher«, antwortete Gerda Bornhofen, und Max sah deutlich, wie sehr sie sich schämte.

Ob die Familie Hallstein ebenfalls eine Annonce aufgegeben hatte, mussten sie selbst herausfinden. Nele war nach wie vor kaum ansprechbar und gab nur seltsame, unzusammenhängende Sätze von sich.

Zurück im Präsidium, brauchten sie keine Stunde, dann hatten sie die Anzeige der Familie über die Buchhaltung der

Anzeigenabteilung der größten Düsseldorfer Tageszeitung gefunden. Als ihnen der Text vorlag, schlug Böhmer sich mit der flachen Hand auf den Oberschenkel. »Deshalb konnte Fissmann uns in diesem Fall die Straße sagen.«

Paar sucht Keller mit eigenem Zugang in der Kalkumer Straße zu mieten, optimal wäre Gewölbe. Angebote unter Chiffre: …

»Ich frage mich, was man mit einem Gewölbekeller macht, der nicht im eigenen Haus liegt«, sinnierte Max. »Vor allem, wenn man selbst einen Keller im Haus hat.«

Böhmer sah in grinsend an. »Ich nehme alles wieder zurück, was ich zu deinem Instinkt gesagt habe.«

»Wieso denn das?«

»Weil du gerade so was von ahnungslos bist. Erinnere dich, was wir im Elternschlafzimmer gefunden haben.«

»Du meinst, diesen Schrank mit den netten Spielsachen?« Erst als er es aussprach, verstand auch Max. »Stimmt! Sie hatten zwei Kinder. Also konnten sie ihre sexuellen Vorlieben nicht im eigenen Haus ausleben.«

»Genau. Also, wir wissen jetzt, woher Fissmann seine Informationen bezieht. Das ist ein wichtiger Schritt. Aber die alles entscheidende Frage ist noch offen.«

Max nickte. »Woran erkennt er, welche Anzeige einen Mord ankündigt?«

33

»Wir müssen Fissmann dazu bringen, uns wieder einen Tipp zum nächsten Mord zu geben.« Böhmer hatte entschieden, selbst nach Langenfeld zu fahren, und beobachtete mit grimmigem Blick den Verkehr vor ihnen. »Dann können wir die Zeitungen nach einer Anzeige durchsuchen, die sich mit seinen Angaben deckt.«

Er schlug mit der Hand auf das Lenkrad. »Mensch, Max, wir haben endlich eine heiße Spur. Wir kriegen das Schwein, du wirst sehen.«

Auch Max befand sich in einer Art euphorischen Stimmung, seit er die Zeitung in Paul Fuchs' Schlafzimmer entdeckt hatte.

»Das Problem ist, dass wir ihn erst dazu kriegen müssen, uns noch einmal auf die Sprünge zu helfen. Du weißt ja, was er fordert.«

»Wir werden eine Lösung finden«, orakelte Böhmer. »Hast du schon mal in amerikanischen Filmen gesehen, wie die das machen? Good cop, bad cop?«

»Ja, klar habe ich das.«

»Gut. Ich bin der Gute, alles andere wäre bescheuert, so wie du ihn angegangen hast. Und jetzt ruf mal in der Klinik an und frag nach, ob der Herr Professor dort ist. Ich möchte ihn dabeihaben. Er hat genehmigt, dass Fissmann jeden Tag Zeitungen bekommt. Leukens Rolle in der Sache ist mir immer noch nicht klar, vor allem, weil ich nach wie vor sicher bin, dass er uns mit seiner Theatergeschichte angelogen hat. Aber ich werde ihm auf den Zahn fühlen.«

Sie hatten Glück, Leuken war tatsächlich auf seiner Station und empfing sie mit bemühtem Lächeln in seinem Büro. »Die Herren Böhmer und Bischoff. Was kann ich heute für Sie tun?«

»Wir möchten uns noch mal mit Fissmann unterhalten. Es hat einen weiteren Mord gegeben. In einem Stall, wie er es vorausgesagt hat.«

»Oh.« Das Lächeln verschwand und machte dem Ausdruck einer Bestürzung Platz, die Max nicht minder gespielt erschien. »Wie viele diesmal?«

»Nur ein allein lebender Mann«, erklärte Böhmer und fügte noch hinzu: »Und eine Ziege.«

Zu ihrer Überraschung saß Fissmann nicht in seinem Zimmer am Computer, sondern beschäftigte sich im Aufenthaltsraum wieder mit Zeitungsausschnitten.

»Sie haben den Stall gesehen«, sagte er, ohne seine Beschäftigung zu unterbrechen oder zu ihnen aufzusehen, als sie vor seinem Tisch standen.

»Ja, das haben wir. Sie hatten wieder einmal recht.« In Böhmers Stimme schwang eine Unterwürfigkeit mit, wie Max es noch nie bei seinem Partner erlebt hatte.

Fissmann schob den Zeitungsausschnitt zur Seite und sah Böhmer an. Auf seinem Gesicht lag ein teuflisches Grinsen. »Schweinchen gesucht, Ziege gefunden.«

Sowohl Böhmer als auch Max hatten sich also mit ihrer Vermutung nicht geirrt. Fissmann wusste, dass sie seine Aktivitäten am Computer beobachteten, und hatte sie an der Nase herumgeführt.

»Wer ist Bernd Jürgen Heimann?« Böhmer sah offenbar keinen Grund mehr dafür, dem Mann etwas vorzumachen. Das Grinsen verschwand aus Fissmanns Gesicht, zurück blieb der teuflische Ausdruck in seinen Augen. »Keine Unterhaltung ohne Belohnung.«

»Ja, das kann ich gut verstehen.« Max fand, dass Böhmer aufpassen musste, dass er seine Unterwürfigkeit nicht übertrieb. Fissmann hatte einmal mehr bewiesen, dass man ihm nicht so leicht etwas vormachen konnte.

Tatsächlich neigte er den Kopf ein wenig zur Seite und sah Böhmer an, als versuche er, seine Gedanken zu lesen.

»Nun reden Sie schon, was möchten Sie?«, fuhr Böhmer ihn daraufhin an. Offenbar hatte er selbst bemerkt, dass er aufpassen musste.

»Freiheit.«

»Das geht nicht, das wissen Sie«, mischte Max sich ein und konnte wieder einmal fasziniert beobachten, wie schnell Fissmann umschaltete. Im Bruchteil einer Sekunde verschwand jedwede Ernsthaftigkeit aus seinen Zügen, und ein stumpfer Schleier legte sich über die Augen, die gerade noch geglänzt hatten.

»Ich sehe was, das du nicht siehst«, sang er leise vor sich hin, während er den Zeitungsausschnitt wieder an sich heranzog, nach einem Stift griff und damit begann, einzelne Wörter zu unterstreichen. »Dummdidummdidumm …«

»Er hat zugemacht«, erklärte Leuken leise hinter ihnen. »Jetzt werden Sie nicht mehr an ihn herankommen.«

Böhmer ignorierte seine Worte. Er beugte sich nach vorn und stütze sich mit den Händen auf der Tischplatte ab. Sein Gesicht war nur noch einen halben Meter von Fissmanns Kopf entfernt. »Ich mache ihnen einen Vorschlag.« Es klang wie die Aufforderung zu einer Verschwörung zwischen den beiden.

Er wartete auf eine Reaktion, die jedoch ausblieb. »Sie sagen uns, wer dieser Heimann ist und ob ein weiterer Mord geschehen wird, und ich verspreche Ihnen, dass ich mit dem Staatsanwalt und einem Richter reden und versuchen werde, durchzusetzen, dass Sie wenigstens für ein paar Stunden hier rausdürfen.«

»Was?«, fuhr Max auf. »Der Mann ist ein rechtskräftig verurteilter Mörder. Du kannst doch nicht …«

»Das hast du nicht zu entscheiden«, entgegnete Böhmer

kalt. »Ich bin der Chefermittler in dieser Sache, und ich entscheide, was gemacht wird.«

»Aber allein«, sagte Fissmann und unterstrich mit einer krakeligen Linie einen ganzen Satz des Artikels, in dem es laut Überschrift um Rüstungsausgaben ging.

Böhmer warf Max einen triumphierenden Blick zu.

»Ich werde es versuchen, das verspreche ich.«

»Horst, du kannst doch nicht …«, setzte Max mit gespielter Entrüstung erneut an.

»Halt jetzt den Mund!« Es klang so wütend, dass Max nah dran war, sich tatsächlich von Böhmer angegriffen zu fühlen. »Also: Wer ist Heimann?«

Als Fissmann dieses Mal aufsah, wirkte er vollkommen normal. »Nein. Erst darf ich hier raus, dann sage ich es Ihnen.«

Böhmer schüttelte vehement den Kopf. »Das kann ich nicht machen. Wenn wir Sie hier rauslassen und Sie entschließen sich dazu, anschließend doch nichts zu sagen, verliere ich meinen Job.«

»Wenn Sie die Morde nicht stoppen können, verlieren Sie Ihren Job und weitere Menschen ihr Leben. Erst Freigang, dann Informationen. Ende.«

Böhmer richtete sich auf, wandte sich Leuken zu und sagte: »*Jetzt* hat er zugemacht«, was Fissmann mit einem kaum hörbaren »Hihi« quittierte.

Sie liefen schweigend nebeneinanderher, bis sie das Büro erreicht hatten. Dort lehnte sich Leuken gegen die Fensterbank des vergitterten Fensters und verschränkte die Arme vor der Brust. »Was war das denn gerade für ein Theaterstück?«

Böhmer ging auf den Professor zu und blieb kurz vor ihm stehen. »Das ist ein hervorragendes Stichwort. Ich frage mich, was Sie vorhaben.«

»Ich? Was meinen Sie damit? Was soll ich vorhaben?«

»Ich meine, dass wir es hier mit einer äußerst abartigen

Geschichte zu tun haben, in die Sie auf irgendeine Art verstrickt sein müssen, denn wäre das nicht so, hätten Sie keinen Grund, uns anzulügen. Ich möchte jetzt und hier von Ihnen wissen, warum Sie uns hinsichtlich Ihrer Aktivitäten an diesem besagten Freitagabend angelogen haben und wo Sie wirklich waren. Und wenn Sie mir jetzt wieder mit diesem Theaterquatsch anfangen, werde ich in zwei Stunden mit einer ganzen Horde uniformierter Kollegen, ein paar nicht zu übersehenden Streifenwagen und mit einem Durchsuchungsbeschluss in der Tasche vor Ihrer Villa aufkreuzen und die Bude auf den Kopf stellen lassen. Der Fall ist mittlerweile für alle Beteiligten derart brisant, dass ich das problemlos durchbekomme, wenn ich einen Verdacht gegen Sie äußere. Also: Wo waren Sie an diesem Freitagabend, warum haben Sie uns angelogen, und was ist Ihre Rolle in diesem perversen Spiel?«

Böhmer und Leuken standen sich gegenüber, die Gesichter nur Zentimeter voneinander entfernt, und starrten sich an wie zwei Boxer im Ring vor einem großen Kampf. Sekundenlang herrschte eine unheilvolle Stille im Raum, dann senkte Leuken den Kopf. »Werden Sie es vertraulich behandeln, wenn ich es Ihnen sage?«

»Das hängt davon ab, ob es für den Fall relevant ist oder nicht. Und wie sauer ich danach sein werde, weil Sie mich mehrfach angelogen haben. Also?«

Der Professor sog tief die Luft ein und stieß sie scharf wieder aus. »Ein Swingerclub.«

»Was?« Böhmer sah ungläubig zu Max hinüber.

»Meine Frau und ich … wir besuchen manchmal einen Swingerclub. Wir sind in sexuellen Dingen sehr modern eingestellt. An diesem Freitagabend waren wir auch dort. Verstehen Sie, dass ich keine große Lust hatte, Ihnen das auf die Nase zu binden? Also, werden Sie es vertraulich behandeln?«

Böhmer trat zwei Schritte zur Seite, ließ sich auf einen

der Stühle fallen und strich sich über den Bart. »Ich brauche den Namen und die Adresse dieses Clubs.«

»Die gebe ich Ihnen, aber bitte … das könnte mich meinen Job kosten. Man denkt hier noch recht konservativ.«

»Gut. Wenn Ihre Angaben stimmen, werden wir sie so diskret wie möglich behandeln. Noch eine andere Frage: Wie viel verschiedene Zeitungen bekommt Fissmann täglich?«

»Drei, warum?«

»Nur so.«

Auf dem Weg zurück zum Präsidium ließ Böhmer Max wieder ans Steuer. Er wollte einige Telefonate führen.

Er gab die Adresse des Swingerclubs, in dem Leuken angeblich mit seiner Frau gewesen war, zur Überprüfung der Angaben durch und ließ sich dann mit Gorges verbinden. Er erklärte ihm die Sachlage und bat ihn, den Staatsanwalt zu kontaktieren und um einen sofortigen Termin bei ihm zu bitten.

»Ich glaube nicht, dass der Staatsanwalt dieses Spiel mitmacht«, hörte Max die Stimme ihres Chefs über die Freisprechanlage. »Zudem müsste ein Freigang durch einen Richter beschlossen werden. Kein Richter wird das während seines Wochenenddienstes tun.«

»Wenn der Staatsanwalt uns grünes Licht gibt, können wir es trotzdem für zwei Stunden wagen. Es geht darum, Menschenleben zu retten, verdammt. Ich nehme das auf meine Kappe.«

»Sie überschätzen Ihre Kompetenzen, Böhmer. Das können Sie überhaupt nicht auf Ihre Kappe nehmen. Zumindest nicht mehr, seit ich davon weiß.«

»Aber …«

»Kommen Sie zurück. Ich werde sehen, was ich machen kann.« Damit war das Gespräch beendet.

Sie brauchten noch eine halbe Stunde bis zum Präsidium. Diese Zeit hatte Gorges offenbar gut genutzt, denn als sie sein Büro betraten, blickte ihnen der Staatsanwalt ernst entgegen.

»Setzen Sie sich«, forderte Gorges sie auf. »Ich habe Dr. Geißmann schon mal vorab kurz darüber informiert, worum es geht.«

»Glauben Sie tatsächlich, Sie könnten den Killer auf diese Art fassen?«, fragte der Staatsanwalt.

»Zumindest ist es eine echte Chance«, antwortete Böhmer. »Die erste und einzige bisher.«

»Und wie sehen Sie das?« Geißmann wandte sich an Max, der mit den Schultern zuckte.

»Bisher haben alle Angaben von Fissmann gestimmt. Jetzt wissen wir zwar, woher er die Informationen hat, aber wir kennen noch nicht das Auswahlkriterium, nach dem man die richtige Anzeige finden kann, auf die der Täter anspringt. Fissmann kennt es.«

»Und Sie glauben, er wird es Ihnen verraten, nachdem er einen Freigang bekommen hat?«

»Das wird er mit Sicherheit nicht.« Böhmer übernahm wieder. »Aber er weiß nicht, dass wir die Masche mit den Anzeigen durchschaut haben, und wird uns wieder einen Tipp geben. So lautet der Handel. Und er wird sich daran halten, denn sein eigentliches Ziel ist ja, uns die Quelle seiner Informationen als Gegenleistung für seine Freilassung zu verkaufen.

Mit dem Wissen, wonach wir suchen müssen, werden wir die passende Anzeige in einer der drei Zeitungen finden, die Fissmann bekommt. Und dann werden wir in dem Haus auf das Dreckschwein warten.«

»Wie wollen Sie sicherstellen, dass der Mann während dieses Freigangs nicht flüchtet?«

»Ich werde die gesamte *Soko Fliege* zu seiner Observierung abstellen. Das sind fünfzehn Beamte. Er wird quasi permanent umzingelt sein.«

Geißmanns Blick wanderte von Böhmer zu Max und dann weiter zu Gorges. Schließlich erhob er sich. »Okay. Zwei Stunden. Wenn irgendetwas danebengeht, rollen Köpfe. Und ich kann Ihnen versichern, dass meiner nicht dabei sein wird. Haben wir uns verstanden?«

Auch Böhmer stand nun auf. »Ja, wir haben uns verstanden. Aber es wird nichts danebengehen.«

34

Die Vorbereitung und Planung für Fissmanns Observation nahm den Rest des Tages und die halbe Nacht in Anspruch. Sie beschlossen unter anderem, dass Fissmanns Zimmer durchsucht werden sollte, während er draußen unterwegs war.

Gegen drei Uhr fiel Max endlich ins Bett und sank eine Minute später in einen bleiernen Schlaf.

Am Sonntagvormittag um kurz nach zehn war es so weit. Böhmer und Max warteten bereits fast fünfzehn Minuten vor dem Ausgang der Klinik, als die Tür sich endlich öffnete und Siegfried Fissmann in Begleitung von Professor Leuken das Gebäude verließ. Er trug eine Jeanshose, ein kariertes Hemd und darüber einen blauen Blouson, der viele Jahre zuvor einmal modern gewesen sein musste.

»Guten Morgen«, begrüßte Böhmer den Mann. »Wie Professor Leuken Ihnen sicherlich gestern Abend schon mitgeteilt hat, haben Sie zwei Stunden zur freien Verfügung. Ich schlage vor, wir bringen Sie zur Altstadt ans Rheinufer. Das ist ein wunderbarer Platz, sehr zentral gelegen, da können Sie sich viel ansehen.«

»Gut«, antwortete Fissmann und blickte sich neugierig um.

Leuken schüttelte übertrieben heftig den Kopf. »Ich halte es noch immer für unverantwortlich, dass ich als sein Therapeut Siegfried nicht begleiten darf.«

»So war der Deal. Er wollte absolut allein sein. Also los.«

Max wartete, bis Fissmann auf dem Rücksitz Platz genommen hatte, und schloss die Tür. Eine Kindersicherung sorgte dafür, dass sie von innen nicht geöffnet werden konnte.

Nachdem sie losgefahren waren, wandte Böhmer sich zu ihrem Fahrgast um. »Ich verlasse mich darauf, dass Sie nicht versuchen werden zu fliehen. Wir würden Sie mit Sicherheit wieder einfangen, aber damit wäre dann jegliche Chance auf eine Freilassung vertan. Haben Sie das verstanden?«

Fissmann klebte mit der Nase regelrecht an der Seitenscheibe und starrte nach draußen. »Ja.«

Böhmer hatte sich schon wieder umgedreht, als von hinten ein »Hihi« zu hören war.

An der verabredeten Stelle am Rheinufer hielt Max den Wagen an, stieg aus und öffnete die Hintertür.

Fissmann sprang regelrecht aus dem Fond, breitete die Arme aus und drehte sich mehrmals um die eigene Achse. »Frei.«

»Nein, das sind Sie nicht. Zumindest noch nicht.« Böhmer reichte dem Mann eine Armbanduhr. »Ziehen Sie die an. Wir sehen uns in genau zwei Stunden hier an dieser Stelle wieder. Verspäten Sie sich nicht.«

Sie hatten ausgemacht, dass Böhmer und Max sich im Hintergrund hielten, aber permanent über Ansteckmikrophone und Ohrhörer, die alle trugen, mit dem ganzen Team in Kontakt stehen und über Fissmanns Bewegungen und Tätigkeiten informiert werden würden. Abhandenkommen konnte er ihnen nicht, die Uhr verfügte über GPS, notfalls konnten sie ihn jederzeit orten. Zumindest, sofern er die Uhr nicht ablegte.

Nachdem er zehn Minuten die Uferpromenade entlanggelaufen war, kehrte Fissmann zur Altstadt zurück und spazierte durch die Gassen, blieb immer wieder vor Schaufenstern stehen und betrachtete die Auslagen oder schaute attraktiven Frauen nach.

Nach fünfundzwanzig Minuten meldete eine Kollegin, dass er einen Stapel Papiere unter seinem Hemd herausgezogen habe.

»Nichts tun«, befahl Böhmer. »Weiter beobachten.«

»Er hat eines der Blätter auf den Tisch vor einer Kneipe gelegt, die noch geschlossen ist. Was soll ich machen?«

»Warte ab, bis er außer Sichtweise ist, dann schau dir den Zettel an. Die anderen bleiben an ihm dran.«

Fissmann wechselte die Straßenseite und verließ die Altstadt in Richtung Kö. Eine Minute später war wieder die Stimme der Kollegin zu hören. »Das ist echt crazy. Hier steht: *Nehmt euch in Acht. Wir wissen genau, was ihr tut. Wir haben das erste Zeichen gesehen wie ihr. Und wir sehen eure Zeichen. Ihr werdet scheitern.*«

»Das klingt ziemlich nach dem, was dieser Irre immer von sich gibt«, erwiderte Max. »Wer weiß, vielleicht steckt Fissmann doch mit dem Täter unter einer Decke.«

»Lena, leg den Zettel wieder zurück«, befahl Böhmer. »Und dann geh irgendwo in Deckung und beobachte, was passiert. Für die anderen gilt: Erhöhte Aufmerksamkeit. Er darf keine Sekunde unbeobachtet sein, ich will sofort wissen, wenn er mit jemandem Kontakt aufnimmt, egal, wie kurz dieser ist.«

Doch Fissmann sprach mit niemandem. Er spazierte die Kö auf der einen Seite entlang und auf der gegenüberliegenden wieder zurück und verteilte dabei an insgesamt fünfzehn verschiedenen Stellen seine handbeschriebenen Blätter, die alle den gleichen Inhalt hatten.

Pünktlich und gutgelaunt traf er nach zwei Stunden zu Böhmers und Max' Erleichterung wieder an der Stelle ein, an der sie ihn abgesetzt hatten. Die Kollegen hatten Anweisung, die Zettel im Auge zu behalten und sie, falls sich niemand dafür interessierte, nach einer halben Stunde einzusammeln.

»Na, was haben Sie mit Ihrer Zeit in Freiheit angefangen?«, fragte Böhmer.

Fissmann stieg in den Wagen und griff nach der Tür. Bevor er sie zuzog, sagte er: »Dinge erledigt.«

Auch Max und Böhmer stiegen ein. Nachdem Böhmer sich angeschnallt hatte, wandte er sich nach hinten. »Wir haben unseren Teil der Abmachung eingehalten. Nun sind Sie dran. Fangen wir mit Bernd Jürgen Heimann an. Wer ist dieser Mann?«

»Weiß ich nicht.« Es war wieder eine der Phasen, in denen Fissmann vollkommen klar und normal erschien.

»Sie haben nach ihm im Internet gesucht und sich alle möglichen Seiten angeschaut, auf denen irgendwo sein Name auftaucht. Das muss doch einen Grund gehabt haben.«

Fissmann verzog den Mund zu einem schelmischen Grinsen. »Ich habe auch nach Minischweinen gesucht. Nur so. Darf ich doch, oder?«

Max hatte das sichere Gefühl, dass es stimmte, was Fissmann sagte. Er hatte sie dafür bestraft, dass sie ihn beobachteten, indem er vollkommen falsche Fährten gelegt hatte.

»Sie haben uns also an der Nase herumgeführt.«

»Nein, ich habe nach Dingen gesucht.«

»Wie sind Sie auf Heimann gekommen?«

»Google. Verein in Düsseldorf. Erster Treffer: Irlandfreunde Düsseldorf. Erster Vorsitzender: Bernd Jürgen Heimann.«

»Also gut. Wissen Sie, ob wieder ein Mord geschieht?«

»Nein.«

»Das war auch Teil unserer Abmachung.«

»Ich weiß es aber nicht.«

»Werden Sie uns benachrichtigen, wenn Sie etwas wissen?«, fragte Max, ohne seinen Blick von der Straße abzuwenden.

»Ich weiß es aber nicht«, wiederholte Fissmann stoisch.

»Verdammt«, brauste Böhmer unvermittelt auf, »wenn Sie sich nicht an unsere Abmachungen halten, können Sie Ihre Freiheit vergessen, und zwar für immer, das verspreche ich Ihnen.«

»Ende«, sagte Fissmann und starrte nach draußen.

Die Durchsuchung von Fissmanns Zimmer hatte nichts ergeben. Außer Hunderten von Zeitungsausschnitten und einigen Heften mit kaum leserlichen Notizen gab es nicht viel, was sich in Siegfried Fissmanns Besitz befand. Ein paar Kleidungsstücke, ein Foto, das ihn Arm in Arm mit einer molligen Frau zeigte, ein abgenutzt aussehender Rosenkranz …

Den Inhalt der Notizhefte hatten die Kollegen kopiert und zur Auswertung ins Präsidium gemailt. Es war wirres Zeug über Verschwörungstheorien, Weltuntergangsszenarien und UFO-Landungen.

Am Montag rief Professor Leuken um kurz nach ein Uhr mittags bei Böhmer an. »Es war ein Fehler, Siegfried ohne meine Aufsicht herumlaufen zu lassen.« Seine Stimme drang verzerrt durch den Lautsprecher. »Er ist vollkommen verstört und redet nur noch davon, bald in Freiheit zu sein.«

»Das ist mir egal. Es geht darum, Menschenleben zu retten, wie oft muss ich Ihnen das noch sagen?«

»Aber es geht auch um meinen …«

»War das der Grund Ihres Anrufs?«, fiel Böhmer ihm ins Wort.

»Nein, aber ich musste es trotzdem loswerden.«

»Und warum haben Sie angerufen?«

»Siegfried möchte Sie im Moment nicht mehr sehen, sagte er. Weil jemand in seinem Zimmer war, während er durch Düsseldorf gelaufen ist. Ich soll Ihnen aber etwas von ihm ausrichten.«

»Und das wäre?«

»Moment, ich habe es mir aufgeschrieben. Hier ist es, er sagte:

Ihr werdet alte Dinge finden. Bücher. Ein Ei oder zwei …«

Böhmer wartete einen Moment, dann sagte er: »Und weiter?«

»Nichts weiter. Das war alles.«

»Sind Sie ganz sicher?«

»Ja. Auf Wiederhören.«

Böhmer legte das Telefon ab, stand auf und sagte laut: »Okay, Kollegen, es geht los. Wir haben einen neuen Hinweis und wissen jetzt, wo wir suchen müssen. Ihr alle habt die drei Tageszeitungen von heute bekommen. Es geht um eine Anzeige, in der jemand wahrscheinlich Antiquitäten sucht oder anbietet. In dem Anzeigentext müssen alte Bücher und irgendeine Art von Eiern erwähnt sein. Die Aufteilung ist besprochen. Macht euch ans Werk. Und vergesst nicht, es kann schon heute Nacht passieren. Wir haben vielleicht nur ein paar Stunden Zeit, bis der Täter erneut zuschlägt. Diesmal können wir es verhindern, aber es wird wahrscheinlich unsere einzige Chance sein, also haut rein.«

Es dauerte eine knappe Stunde, in der die Einsatzzentrale der *Soko Fliege* erfüllt war von leise geführten Diskussionen über diese oder jene Formulierung, und es war Verena Hilger, die plötzlich rief: »Ich glaube, ich hab hier was.«

Böhmer und Max sprangen auf und eilten zu Verenas Platz. Es war tatsächlich eine Anzeige unter der Rubrik *Kunst und Antiquitäten*. Der Text lautete:

> Passionierter Sammler antiker Gegenstände sucht kostbares Gefäß – Kelch, möglichst aus Edelmetall. Maximalgebot bei Gefallen 1000 . Auch Tausch gegen andere Antiquitäten (z.B. wertvolle alte Bibel oder Fabergé-Ei) möglich. Tel.: …

»Das muss es sein.« Böhmers Stimme klang heiser. Max konnte seine Aufregung deutlich spüren.

Böhmer richtete sich auf und wandte sich an seine Kollegen.

»Ihr macht bitte weiter. Vielleicht ist das ja nicht die einzige Anzeige, die in Frage kommt. Seid nicht nachlässig, geht akribisch jede einzelne Zeile in den Anzeigenteilen durch. Es hängt verdammt viel davon ab.«

Nach zwanzig Minuten hatten sie über den Mobilfunkanbieter die Adresse, zehn Minuten später saßen sie im Auto. Die Anzeige war von einem Mann aus dem Stadtteil Lierenfeld aufgegeben worden.

Das im Bauhausstil errichtete Gebäude strahlte mit seinen klaren Linien und kubischen Formen nüchterne Eleganz aus.

Hinter hohen Büschen erstreckte sich ein gepflegter Vorgarten, der von einem leicht geschwungenen Weg aus dunklem Granit in zwei Hälften unterteilt war. Die breite Einfahrt auf der rechten Seite mündete in einer Doppelgarage.

»Schätze mal, der Eigentümer dieser Hütte wird ein *kostbares Gefäß* bar zahlen können«, bemerkte Böhmer, während sie auf den Eingang zugingen.

Wolfgang Krütten war Mitte fünfzig und hätte problemlos einen Job als Männermodel bekommen können. Er war etwa so groß wie Max und schlank. Sein leicht gebräuntes, ebenmäßiges Gesicht wurde dominiert von wasserblauen Augen und umrahmt von dunklem, mit silbernen Strähnen durchzogenem Haar.

Mit freundlicher Neugier betrachtete er Böhmer und Max. »Ja, bitte?«

»Mein Name ist Böhmer, das ist mein Kollege Bischoff. Kripo Düsseldorf. Sind Sie Wolfgang Krütten?«

Das Lächeln verschwand. »Ja, warum? Ist etwas mit meinem Sohn?«

Max wiegelte ab. »Nein, nein. Es ist nichts passiert. Wir müssten uns nur mit Ihnen unterhalten.«

»Bitte, kommen Sie rein.«

Das Wohnzimmer schloss sich offen an die geräumige Diele an und bot genügend Platz, um dort ein Tischtennisturnier auszurichten. Ein großer, offener Kamin mit einer davor gruppierten modernen Sitzlandschaft bildete das

Zentrum des Raumes. Dem Kamin gegenüber sorgte eine Glasfront für einen freien Blick auf die Terrasse und den weitläufigen, gepflegten Garten.

»Meine Frau ist leider nicht da. Ich hoffe, ich kann Ihnen allein auch weiterhelfen.« Krütten deutete auf die Sitzgelegenheiten vor dem Kamin. »Bitte, nehmen Sie Platz. Kann ich Ihnen etwas anbieten?«

»Nein, danke«, lehnte Böhmer ab. »Wo ist Ihre Frau? Kommt sie bald zurück?«

»Nein.« Krütten war sichtlich irritiert. »Sie ist gestern mit Freundinnen für eine Woche auf die Kanaren geflogen. Warum?«

»Dazu kommen wir gleich. Sie sprachen von einem Sohn. Wo ist er?«

»Er studiert in Bayern und kommt nur alle drei, vier Wochen für ein paar Tage nach Hause.«

Er war also allein. Max fand, dass das die Angelegenheit vereinfachte.

Böhmer ließ seinen Blick durch den modern eingerichteten Raum schweifen. »Schön wohnen Sie hier, aber ich hatte eigentlich eine andere Einrichtung erwartet.«

Auf Krüttens Stirn zeigten sich Falten. »Ich verstehe nicht …«

»Sie haben doch eine Anzeige aufgegeben, dass Sie ein kostbares Gefäß suchen und im Gegenzug alte Bücher oder ein Fabergé-Ei anbieten. Ich dachte, sie wohnen in einer Ansammlung von Antiquitäten.«

»Ach so … nein. Es stimmt zwar, dass ich gewisse antike Gegenstände sammle, aber dafür habe ich einen separaten Raum. Aber sagen Sie … woher wissen Sie, dass ich diese Anzeige aufgegeben habe? Ich begreife das alles nicht.«

Böhmer gab Max mit einem Wink zu verstehen, dass er den Mann aufklären sollte.

»Sie haben die Mordserie hier in Düsseldorf mitbekommen?«

»Herrgott, ja, natürlich. Wer hat das nicht. Aber was hat das mit mir zu tun?«

»Wir haben Grund zu der Annahme, dass Ihr Haus vielleicht das nächste sein könnte, in das der Täter einsteigen wird.«

»Was? Wegen meiner Antiquitäten?«

»Nein, Herr Krütten. Wenn Sie die Berichte in den Zeitungen verfolgt haben, wissen Sie, dass der Täter nichts aus den Häusern stiehlt. Es geht ihm bei seinen Einbrüchen um etwas anderes.«

Krüttens Gesicht wurde zusehends blasser.

»Er … tötet die Besitzer.«

35

DIE STILLE, die für einige Sekunden den Raum beherrschte, war fast vollkommen.

»So, wie es aussieht, sucht der Täter sich seine Opfer anhand von Anzeigen aus, die er in Zeitungen findet.« Max sprach langsam und bedächtig. »Und es ist sehr gut möglich, dass er Ihre Anzeige aufgegriffen hat.«

»Das heißt, Sie gehen allen Ernstes davon aus, dass jemand versuchen wird, hier einzubrechen und … mich umzubringen?«

»Es wäre möglich. Gab es schon Reaktionen auf Ihre Anzeige?«

»Ja, ziemlich viele. Einige davon waren uninteressant, aber einige klangen durchaus vielversprechend.«

»Haben Sie Ihre Adresse weitergegeben?«

»Ja, natürlich. Wenn jemand mir ein Objekt zeigen möchte, geht es ja nicht anders.«

»An wie viele Leute?«, fragte Böhmer.

Krütten schürzte die Lippen. »Vielleicht an fünf oder sechs.«

»Und haben Sie die Namen dieser Leute?«

»Nein, die werde ich ja erfahren, wenn wirklich jemand hierherkommt. Das ist nicht die erste Anzeige, die ich aufgebe, und ich habe die Erfahrung gemacht, dass maximal die Hälfte der angeblichen Interessenten tatsächlich erscheint.«

»Wir möchten, dass Sie das Haus verlassen«, erklärte Böhmer, woraufhin Krütten nachdenklich nickte. »Das verstehe ich. Auch wenn mir das, was Sie gerade gesagt haben, derart bizarr erscheint, dass ich es fast nicht glauben kann.«

»Ja. Aber leider ist es die Realität.«

Einige Sekunden lang schien Krütten noch nachzudenken, dann breitete sich ein Ausdruck der Entschlossenheit auf seinem Gesicht aus. »Also gut. Was ist Ihr Plan.«

»Darf ich fragen, was Sie beruflich machen?«, fragte Max, dem die Art des Mannes, mit Problemen umzugehen, imponierte.

»Ich bin Arzt. Ich leite die Internistische Station des Evangelischen Krankenhauses.«

Das passte für Max zum Bild, das er sich in den letzten Minuten von Wolfgang Krütten gemacht hatte.

»Haben Sie jemanden, bei dem Sie zwei, drei Nächte bleiben können? Wir möchten Ihren Platz hier einnehmen.«

»Ich habe im Krankenhaus ein Zimmer mit einem Bett. Nichts Komfortables, aber für zwei oder drei Nächte wird es gehen.«

»Sehr gut.« Böhmer stand auf. »Ich schlage vor, Sie packen das Nötigste zusammen und fahren gleich zum Krankenhaus. Dort warten wir auf Sie. Wir übernehmen Ihren Wagen und fahren damit hierher zurück. Ich gehe davon aus, dass Ihr Garagentor automatisiert ist?«

»Ja.«

»Gut.« Böhmer warf einen Blick auf seine Uhr. »Es ist jetzt gleich vier. Ich schlage vor, wir treffen uns um sechs im Krankenhaus auf Ihrer Station. Und bis dahin schließen Sie alles gut ab und öffnen niemandem die Tür. Okay?«

»Ja, okay.«

»Es ist schon verrückt«, sagte Krütten, während er sie zur Tür begleitete. »Man liest solche Dinge in den Zeitungen oder sieht sie in den Nachrichten und akzeptiert einfach, dass so was irgendwo passiert. Wenn man dann aber plötzlich selbst damit in Berührung kommt, kann man gar nicht glauben, dass das wirklich geschieht. Zumindest geht es mir gerade so.«

Max konnte den Mann verstehen. »Das ist eine ganz normale Reaktion. Machen Sie sich keine Gedanken. Wir sehen uns um sechs.«

Sie fuhren zum Präsidium und begannen sofort mit der Planung der Überwachung des Hauses. Während Böhmer, Max und zwei schwerbewaffnete Beamte des SEK im Inneren des Hauses auf den Täter warten wollten, würden zehn weitere SEK-Kollegen in Zivil das Haus großflächig absichern und beobachten. »Achten Sie darauf, dass Sie auf gar keinen Fall gesehen werden«, mahnte Böhmer eindringlich. »Wenn der Kerl Lunte riecht, ist alles vorbei. Dann wird er verschwinden und seine Taktik ändern, und wir beginnen wieder bei null.«

Krütten erschien wie verabredet auf seiner Station, wo sie im kleinen Pausenraum des Schwesternzimmers auf ihn warteten. Sein Büro war abgeschlossen, und die Stationsschwester konnte nicht überredet werden, es für sie zu öffnen.

Krütten hatte seinen Wagen auf dem Angestelltenparkplatz abgestellt. Als Max sich hinter das Steuer der S-Klasse setzte, betrachtete er die elegante Innenausstattung aus Leder und Rosenholz. »Nobel geht die Welt zugrunde.«

»Nun fahr schon«, brummte Böhmer.

»Bist du etwa nervös?«

»Nicht nervös, sondern angespannt. Und in freudiger Erwartung, diesem Dreckschwein endlich die Handschellen anlegen zu können.«

Max startete den Motor, von dem nur ein leises Summen zu hören war. »Vorausgesetzt, wir haben die richtige Anzeige gefunden.«

Sie machten einen Abstecher zum Präsidium, wo die beiden SEK-Beamten einstiegen, dann fuhren sie zu Krüttens Haus.

Als Max in die Straße einbog, in der das Anwesen lag, duckten sich die SEK-Kollegen ebenso wie Böhmer, so dass es für einen eventuellen Beobachter so aussehen musste, als ob eine einzelne Person in dem Fahrzeug saß.

Nachdem sich das Garagentor geschlossen hatte, stiegen alle aus und führten eine ausgiebige Hausbegehung durch, um sich mit der Umgebung vertraut zu machen und festzustellen, auf welchen Wegen der Täter ins Haus gelangen könnte.

Obwohl sie wussten, dass die Einbrüche in die Häuser bisher nie vor zwei Uhr in der Nacht stattgefunden hatten, begaben sie sich gegen elf auf die abgesprochenen Positionen. Böhmer und Max gingen ins Schlafzimmer, setzten sich nebeneinander auf das breite Doppelbett und lehnten sich gegen das gepolsterte Kopfteil. Von den beiden SEK-Beamten versteckte sich einer in einer Abstellkammer im Erdgeschoss und der andere im Badezimmer in der ersten Etage.

»An alle«, sagte Böhmer leise in das kleine Ansteckmikrophon, das an der Innenseite seines Hemdkragens befestigt war. »Statusmeldung.«

»Eingang okay«, kam kurz darauf die erste Meldung aus dem Ohrhörer.

»Garten okay.«

»Straße links okay.«

»Straße rechts okay.«

»Gut. Meldung ungefragt alle dreißig Minuten. Lassen wir die Fliegenfalle zuschnappen.«

Mit einem Griff an das Kabel neben dem Mikrophon schaltete Böhmer das Gerät aus. Die Ohrhörer blieben auf Empfang.

»Wie geht es dir?«, fragte Böhmer unvermittelt, nachdem sie eine Weile schweigend nebeneinandergesessen hatten.

Max sah ihn an. »Wie kommst du jetzt darauf?«

»Wir stehen vielleicht kurz davor, das Schwein zu fassen. Wie geht es dir bei dem Gedanken?«

»Ich kann es nicht erwarten.« Max hörte selbst den hasserfüllten Unterton, der in seiner Stimme mitschwang.

»Sei vorsichtig, wenn er auftaucht. Und lass dich zu nichts hinreißen.«

»Was meinst du damit?«

»Du weißt, was ich damit meine, Max. Wer immer der Kerl ist, ich möchte ihn vor Gericht sehen.«

»Du hast Angst, dass ich ihn erschieße?«

»Ja.«

Wieder schwiegen sie. Max überlegte, ob die Befürchtung seines Partners gerechtfertigt war. Er dachte an Jenny und musste zugeben, dass Böhmers Bedenken zumindest nicht ganz unbegründet waren.

Gegen halb drei ließ ein Geräusch von draußen sie hochschrecken, doch es stellte sich heraus, dass es nur eine Katze gewesen war, die beim Sprung von der Dachkante auf einer Mülltonne gelandet war.

Sie versuchten, abwechselnd ein wenig zu schlafen, doch es wollte weder Böhmer noch Max gelingen.

Um vier Uhr begannen sie leise darüber zu diskutieren, ob sie vielleicht doch die falsche Anzeige herausgesucht hatten, um halb sechs war klar, dass in dieser Nacht nichts mehr geschehen würde. Trotzdem harrten sie noch bis sechs Uhr aus, bevor Böhmer den Einsatz für beendet erklärte und ein verdecktes Abrücken anordnete.

Nach einer kurzen Besprechung im Einsatzraum der Soko machten sowohl Böhmer als auch Max sich gegen acht Uhr am Morgen auf den Heimweg, um wenigstens ein paar Stunden Schlaf nachzuholen, bevor sie in der nächsten Nacht wieder in Krüttens Haus auf den Täter warten würden.

Max beschloss, noch einen Abstecher zu Kirsten zu machen, bevor er nach Hause fuhr. Er war nicht sicher, glaubte sich aber zu erinnern, dass sie in dieser Woche Urlaub hatte. Sie hatte ihm erzählt, dass sie ihn eingereicht hatte, bevor sie von Petra Schwierings Besuch erfuhr, und dass ärgerlicherweise eine kurzfristige Änderung nicht mehr möglich gewesen war.

Trotzdem rief er sie an, um sicherzugehen, dass sie auch wirklich zu Hause war. Das war sie, und sie freute sich auf eine Tasse Kaffee mit ihrem Bruder.

»Erzähl mal, wie geht es dir?«, fragte Max, als er ihr in der Küche gegenübersaß. »Hat der Typ sich noch mal gemeldet?«

»Nein, und von Jens habe ich auch nichts mehr gehört. Ich weiß ja nicht, was du ihm gesagt hast, aber es hat offenbar gewirkt.«

»Ach, wir haben uns nur ein bisschen unterhalten, das war alles. Vielleicht dachte er, ich mag ihn nicht, wer weiß.«

Ein Lächeln huschte über Kirstens Gesicht. »Ja, wer weiß.«

»Und was den anderen Kerl angeht … vielleicht hat es was genützt, dass wir Anzeige erstattet haben. Wenn er mitbekommen hat, dass die Kollegen ermitteln und in allen möglichen Foren Fragen stellen, hat er jetzt vielleicht Schiss.«

»Ich hoffe es. Und eigentlich bin ich auch ganz guter Dinge.« Sie legte ihre Hand auf seine. »Danke, dass du dir die Zeit genommen hast, obwohl du diese schlimme Sache am Hals hast.«

»Hey …« Max zog seine Hand zurück und legte sie dann seinerseits auf ihre. »Du bist meine Schwester. Was könnte wichtiger sein?«

Nachdem er seine Tasse geleert hatte, spürte Max, dass er kaum noch die Augen offen halten konnte. Er verabschiedete sich von seiner Schwester und nahm ihr das Versprechen ab, weiterhin vorsichtig zu sein, dann verließ er die Wohnung.

Zu Hause angekommen, widerstand er der Versuchung, sich unter die Dusche zu stellen, aus Angst, danach wieder hellwach zu sein. Er musste schlafen, um für die kommende

Nacht fit zu sein. Also zog er sich aus, legte sich ins Bett und wartete auf den Schlaf.

Doch die Überlegungen, die ihm durch den Kopf gingen, ließen ihn nicht zur Ruhe kommen. Zum einen hatte er nach der letzten Nacht Zweifel daran, ob sie mit ihrer Vermutung, dass Krütten das nächste Opfer sein sollte, wirklich richtiglagen. Zudem durften sie auch die Möglichkeit nicht außer Acht lassen, dass Fissmann sich wieder mal einen üblen Scherz mit ihnen erlaubte, um den Druck auf sie zu erhöhen und es doch noch zu schaffen, seine Freilassung zu erpressen.

Aber da war auch noch dieses andere Gefühl, und das war deutlich stärker.

Das Gefühl, dass der Mörder in dieser Nacht auftauchen würde.

36

Um fünfzehn Uhr war Max wieder im Büro, Böhmer traf eine Dreiviertelstunde später ein. Die Kollegen der Soko hatten fast den ganzen Tag damit zugebracht, die drei Tageszeitungen, die auch Fissmann erhielt, noch einmal Zeile für Zeile durchzugehen, um sicherzustellen, dass sie nichts übersehen hatten und nicht doch noch eine weitere Anzeige existierte, in der alte Bücher oder Eier vorkamen.

Böhmer führte ein längeres Telefonat mit Krütten, in dem er ihm versichern musste, dass sein Sohn nicht in Gefahr war, weil der Täter seine Opfer nicht nach den jeweiligen Personen, sondern nach deren Anzeigen aussuchte und zudem nur im Raum Düsseldorf agierte. Seiner Frau hatte Krütten nichts von alledem erzählt. Deswegen bat er Böhmer auch, auf keinen Fall ans Telefon zu gehen.

Gegen neunzehn Uhr beschlossen sie, dem Griechen um die Ecke noch einen Besuch abzustatten, eine Stunde später luden sie die SEK-Kollegen ins Auto und fuhren zurück zum Haus der Familie Krütten, wo sie sich nach einem Kontrollgang für die Nacht einrichteten.

»Was machen wir, wenn er heute Nacht wieder nicht auftaucht?«, fragte Max, als sie sich gegen zweiundzwanzig Uhr im Wohnzimmer gegenübersaßen.

»Dann kommen wir morgen wieder.«

»Wenn das dann noch nötig ist.«

»Was meinst du damit?«

»Ich versuche einfach, mir vorzustellen, was im Kopf dieses Irren vor sich geht, auch wenn das fast unmöglich ist. Bisher war es noch immer so, dass er die Tat innerhalb von zwei Tagen nach Erscheinen einer Anzeige begangen hat.«

»Außer bei dem Ziegenmann. Diese Anzeige war schon eine Woche alt.«

»Das stimmt, aber das war eine Ausnahmesituation, weil gleichzeitig der Hobbyfotograf seine Anzeige geschaltet hatte. Er musste die beiden also nacheinander *abarbeiten*. Nein, ich glaube, wenn wir mit der Anzeige richtigliegen, wird er heute Nacht hier auftauchen.«

Max sollte recht behalten. Um zwei Uhr dreiundzwanzig meldeten die beiden SEK-Beamten, die den Garten beobachteten, dass sich eine Gestalt dem Haus näherte. Sekunden später kam die nächste Meldung. »Das ist unser Mann. Ich habe im Mondlicht einen Fliegenkopf gesehen.«

Max spürte, wie das Adrenalin durch seinen Körper schoss. Von einer Sekunde auf die andere war er hellwach und hochkonzentriert. Ebenso wie Böhmer glitt er vom Bett herunter und zog seine Waffe. Sie postierten sich beide so, dass die aufschwingende Tür ihnen Deckung bieten würde.

»Er macht sich an der Terrassentür zu schaffen«, flüsterte eine Stimme in Max' rechtem Ohr. Fast im gleichen Moment war von unten ein Geräusch zu hören, das er nicht zuordnen konnte. »Ein Glasschneider. Er schneidet ein kreisförmiges Loch neben dem Griff heraus. Wir könnten jetzt zugreifen.«

»Nein«, sagte Böhmer ebenso leise, »wir warten, bis er im Haus ist.«

Von unten war ein trockenes Klacken zu hören.

»Er hat die Tür aufgemacht. Achtung, er kommt zu euch rein.«

Max hatte Probleme, die leise Stimme zu verstehen, weil sein Puls ihm in den Ohren wummerte.

Sekunden vergingen, in denen nichts geschah. Sie erschienen Max wie eine Ewigkeit. Er hielt unwillkürlich die Luft an. Wo war der Kerl? Was machte der Kollege vom SEK, der unten in der Abstellkammer hockte? Er musste die Meldungen doch mitbekommen haben. Max' Nerven waren zum Zerreißen gespannt, es war, als stehe sein ganzer Körper unter Strom.

Plötzlich war von unten Poltern zu hören, dann ein seltsam krächzender Laut und eine Stimme, die etwas schrie, das Max nicht verstehen konnte.

»Los«, stieß Böhmer aus und setzte sich mit einer Geschwindigkeit in Bewegung, die man ihm angesichts seiner kompakten Statur nicht zugetraut hätte. An der Treppe hielt er kurz inne, bedeutete Max mit einer herrischen Handbewegung, sich still zu verhalten, und lauschte nach unten.

»Liegen bleiben. Nicht bewegen«, kamen von dort nun knappe Kommandos. Dann: »Okay, gesichert. Ich halte ihn in Schach.«

Böhmer rief: »Wir kommen runter«, und nickte Max zu.

Am Ende der Treppe befand sich ein Lichtschalter, den Böhmer betätigte. Max musste für einen kurzen Moment die Augen schließen, dann hatte er sich an die Helligkeit gewöhnt. Die Szene, die er vor sich sah, schien einem Horrorfilm entnommen zu sein. Auf dem Boden lag zusammengekrümmt eine Gestalt im weißen Overall und mit dem Kopf einer Fliege. Die Maske sah derart täuschend echt aus, dass Max sich in etwa vorstellen konnte, wie es den Opfern ergangen sein musste, wenn sie vollkommen unvorbereitet mit diesem Anblick konfrontiert worden waren. Vor allem Nele … Ihn erfüllte dieser Anblick mit unbeschreiblicher Wut.

Vor der Gestalt, die Waffe im Anschlag, stand der SEK-Kollege in voller Ausrüstung inklusive Nachtsichtgerät, das auch ihm den Anstrich eines außerirdischen Wesens gab.

»Gute Arbeit«, lobte Böhmer, während er sich mit gezogener Waffe der Gestalt näherte.

»Wagen Sie es nicht, auch nur einen Finger zu rühren«, zischte er.

Max trat einen Schritt zur Seite, weil Böhmer ihm die Sicht verdeckte. Er richtete den Lauf seiner Pistole auf den hässlichen Fliegenkopf und ging einen weiteren Schritt nach vorn. Als Böhmer die am Boden liegende Gestalt erreichte, wich Max seitlich aus, um gegebenenfalls freies Schussfeld zu haben. Plötzlich wurde das Bild vor ihm undeutlich, so als lege sich ein Schleier über seine Augen. Eine andere Szene schob sich in den Vordergrund. Ein Keller, eine nackte Frau mit gespreizten Beinen, übersät mit fürchterlichen Wunden. Jenny … Blut. Überall Blut.

Max schüttelte den Kopf, vertrieb das Bild, konzentrierte sich auf das, was sich vor ihm abspielte.

Etwas in ihm wünschte sich, dass der Kerl versuchen würde, sich zu wehren. Nein, es war nicht nur ein Wunsch, es war ein brennendes Verlangen. Max spürte, wie sein Finger am Abzug der Pistole zuckte, als würde er ein Eigenleben entwickeln. Er musste … »Max, verdammt!«

Erneut schüttelte er den Kopf, sah zu Böhmer hinüber, der ihm einen wütenden Blick zuwarf. »Ob alles klar ist, will ich wissen?«

Max brauchte noch eine Sekunde, dann war er wieder voll da. »Ja, alles okay.«

»Gut. Ich werde ihm jetzt diese gottverdammte Maske vom Kopf ziehen.«

Während Böhmer sich langsam bückte, um nach der Maske zu greifen, betraten einige der SEK-Kollegen die Diele und bildeten einen Kreis um die bizarre Szene.

Böhmer griff in ein Büschel dicker Gummistränge, die borstigen Haaren täuschend ähnlich waren, und versuchte, die Maske von dem Kopf abzuziehen, erst vorsichtig, dann immer fester. Die Gestalt ließ es geschehen und regte sich keinen Millimeter. Schließlich rutschte der Fliegenkopf Zentimeter für Zentimeter nach oben, gab erst einen schlanken Hals frei, vor dem ein kleines, metallenes Kästchen befestigt war, dann Haare. Den Mund, die Nase …

Max tastete hinter seinem Rücken herum, suchte nach etwas, an dem er sich abstützen konnte, und berührte die Wand, gegen die er sich kraftlos sinken ließ. Mit einem letzten Ruck löste sich die Maske. Max starrte auf das Gesicht, versuchte zu verstehen, was er da sah, und war doch zu keinem Gedanken und keiner Handlung fähig.

Aber er hörte, wie Böhmer entsetzt ausstieß: »Verdammt. Das ist doch nicht möglich.«

37

ALLES IN MAX wehrte sich dagegen, zu akzeptieren, dass das, was er vor sich sah, real war, und doch … dort auf dem Boden, in einen weißen Overall gehüllt, mit Gummistiefeln an den Füßen und einem kleinen Kästchen vor dem Kehlkopf, lag Beate Darius.

»Verdammt.« Mehr brachte er nicht hervor.

Während er ebenso wie Böhmer die Frau noch immer fassungslos anstarrte, hob sie die Hand. Sofort straffte sich der SEK-Beamte. Davon unbeeindruckt, packte Darius das Kästchen vor ihrem Hals, löste mit einer leichten Drehung einen Verschluss und legte es zur Seite. Dann sah sie erst Max, dann Böhmer an. »Sie ahnen nicht, was Sie getan haben.«

Diese Stimme … ja, sie gehörte zu Beate Darius, und doch wieder nicht. Die Sprachmelodie war anders. Härter. Und sie klang um einige Nuancen dunkler.

»Ich habe versucht, uns alle zu retten. Jetzt sind seinen Schergen Tür und Tor geöffnet. Niemand wird sie mehr aufhalten, weil niemand die Zeichen sieht.«

»Das hört sich verdammt nach Fissmann an«, bemerkte Böhmer trocken und riss damit auch Max aus seiner Starre. Dennoch war ein »Warum?« alles, was er hervorbrachte. »Warum mussten all diese Menschen sterben?«

Darius sah ihn an, als könne sie nicht fassen, dass er wirklich diese Frage gestellt hatte. »Sie Wahnsinniger. Sie ahnen nicht, was Sie getan haben.«

»Schaffen Sie sie hier raus«, befahl Böhmer, dann wandte er sich ab, ging ein paar Schritte den Flur entlang und rieb sich mit beiden Händen über das Gesicht. Max sah noch dabei zu, wie zwei SEK-Kollegen Beate Darius auf die Beine zogen und ihr Handschellen anlegten, dann folgte er seinem Partner, der das Wohnzimmer durchquert hatte und durch die riesige Glasscheibe in die Dunkelheit starrte.

»Ich habe gedacht, es gibt nicht mehr vieles in meinem Beruf, was mich noch überraschen kann«, sagte er, als er bemerkte, dass Max neben ihm stand. »Aber der Abgrund, in den wir immer wieder schauen müssen, hat wohl mehrere doppelte Böden.«

»Ich durchblicke das alles noch nicht, und ich glaube, das wird mir in dieser Nacht auch nicht mehr gelingen. Aber ich muss zumindest versuchen zu verstehen, wie es möglich ist, dass diese Frau zu einem Monster werden konnte, das sein eigenes Kind ersticht. Ich fahre zum Präsidium und knöpfe sie mir vor. Kommst du mit?«

Böhmer drehte sich zu ihm um und legte ihm eine Hand auf die Schulter. Eine Geste, die Max zum ersten Mal bei seinem Partner erlebte. In dem Blick, mit dem er ihn ansah, lag eine Mischung aus Mitleid und Väterlichkeit. »Das hat doch keinen Zweck, Max. Wir haben sie gestoppt, das ist die Hauptsache. Morgen sehen wir weiter.«

»Vielleicht hast du ja recht, und es hat wirklich keinen Zweck. Aber ich finde keine Ruhe, wenn ich es nicht versuche.«

Böhmer nahm die Hand von Max' Schulter und sah ihn mit einem Blick an, als versuche er abzuschätzen, ob Max das wirklich ernst meinte. Schließlich nickte er. »Also gut. Fahren wir.«

Beate Darius sah ihnen entgegen wie ein verängstigtes Kind, als die beiden Ermittler den Vernehmungsraum betraten.

»Gott sei Dank sind Sie da. Ich verstehe nicht, was hier passiert.«

Böhmer wechselte einen Blick mit Max, der sich daraufhin an die Frau wandte. »Sie sind hier, weil Sie einige Menschen ermordet haben. Unter anderem Ihren Mann und Ihren Sohn.«

Ihre Augen weiteten sich. »Aber nein … das war ich nicht. Das war er.« Sie deutete auf die Gummimaske, die vor ihr auf dem Tisch lag.

»Er?« Max setzte sich ihr gegenüber hin und nahm aus dem Augenwinkel wahr, dass Böhmer es ihm gleichtat. »Wer ist *er*?«

»Er hält sie auf.« Ihre Augen füllten sich mit Tränen. »Dafür hat er sogar Manuel getötet.« Ihre Stimme brach. Wieder sahen Böhmer und Max sich an. Entweder, die Frau spielte ihnen ein oscarreifes Stück vor, oder sie war hochgradig geisteskrank.

»Wen hält er auf?«, fragte Böhmer.

»Seine Anhänger. Sie haben das Zeichen gesehen. Sie wissen, dass seine Ankunft kurz bevorsteht.«

»Wessen Ankunft?«

»Beelzebub. Der Herr der Fliegen. Der … Antichrist.«

Max konnte nicht verhindern, dass er leise aufstöhnte.

»Ich frage sie noch einmal, wer …«

Die Tür des Vernehmungsraums wurde geöffnet, und Gorges betrat den Raum. In seiner Begleitung war Professor Leuken.

»Guten Morgen«, begrüße Gorges sie ernst und ließ Beate Darius nicht aus den Augen. »Ich habe Professor Leuken gleich informiert, als die Kollegen sie gebracht haben und sie anfing, wirres Zeug zu reden.«

Leuken nickte ihnen zu und deutete auf den Stuhl, auf dem Max saß. »Darf ich?«

Widerwillig stand Max auf und überließ dem Psychiater seinen Platz. Leukens Anwesenheit ärgerte ihn. Er brannte darauf, Darius selbst zu vernehmen, aber nach dem, was sie bisher von sich gegeben hatte, war klar, dass die Fachkompetenz eines Psychiaters angebracht war.

»Guten Morgen«, begann Leuken mit sanfter Stimme und

sah Beate Darius mit leicht geneigtem Kopf in die Augen. »Können Sie mir sagen, wer Sie sind?«

»Mein Name ist Beate Darius. Aber das wissen die Herren doch.«

Leuken nickte. »Wissen Sie, warum Sie hier sind?«

»Ja. Weil er versucht hat, sie zu stoppen.« Ihr Gesichtsausdruck änderte sich. »Bitte, sagen Sie den Herren von der Polizei, dass es wichtig ist, dass er weitermachen kann«, flehte sie. »Das erste Zeichen. Es war eindeutig. Sie haben keine Vorstellung, was passiert, wenn es nicht gelingt, sie zu stoppen. Dann wird er kommen. Seine Geburt steht unmittelbar bevor, die Zeichen sind eindeutig. Sie sammeln alles, was sie brauchen.«

»Wer ist der, der weitermachen soll? Und wessen Geburt steht bevor?«

Beate Darius sah verständnislos von einem zum anderen. »Das sagte ich doch schon. Der Herr der Fliegen. Beelzebub.«

»Der … Teufel?«

Max beobachtete, wie etwas im Gesicht der Frau sich veränderte. Alle Ängstlichkeit, alles Weiche darin verschwand. Die Wangenknochen traten mahlend hervor, während ein kalter Glanz sich über ihre Augen legte.

»Ja«, zischte sie mit plötzlich harter Stimme, »sein Sohn, in dem er weiterlebt und in dessen Gestalt er auf die Erde kommt. Lasst sie endlich in Ruhe, ihr Ahnungslosen. Wenn ihr etwas wissen wollt, dann fragt mich.«

»Warum …«, setzte Böhmer an, doch Leuken fiel ihm sofort ins Wort.

»Sie haben recht, wir haben wirklich keine Ahnung, was gerade geschieht. Aber wir würden es gerne wissen. Es ist gut, dass wir uns mit Ihnen unterhalten können. Vielleicht können wir Sie ja sogar bei Ihrem Kampf unterstützen. Dazu ist es aber wichtig, dass wir verstehen, woher Sie von der Wiedergeburt wissen.«

Max empfand die Situation als so bizarr, dass er es fast nicht mehr ertragen konnte, sich diese Unterhaltung anzuhören, und doch übte sie eine schaurige Faszination auf ihn aus, der er sich nicht entziehen konnte.

»Lassen Sie mich gehen. Ich muss es zu Ende bringen. Sie sind noch immer da draußen. Sie rotten sich zusammen. Ich muss sie aufhalten.«

»Noch einmal«, wiederholte Leuken stoisch, »woher wissen Sie das alles?«

»Weil *Sie* es mir beigebracht hat«, zischte Darius eisig.

»Sie? Wer ist sie?«

Darius beugte sich nach vorn, legte die mit Handschellen gefesselten Hände auf der Tischplatte ab und sah Leuken kalt in die Augen. »Gut. Hör zu und lerne …«

38

BEATE IST FÜNF JAHRE ALT, als die Frau und der Mann sie zu Hause abholen. An ihre Mama kann sie sich nicht erinnern, und sie traut sich nicht, Papa nach ihr zu fragen.

Es gibt viel Geschrei, als Papa den Zettel liest, den der Mann ihm gegeben hat. Dann geht er auf die beiden los und schlägt mit den Fäusten auf sie ein. So, wie er es bei ihr auch immer tut, wenn er wütend auf sie ist.

Beate weiß, wie weh Papas Schläge tun. Sie macht viel falsch, denn er ist oft wütend auf sie.

Dann kommen Polizisten dazu und halten ihren Papa fest, während die Frau sie nach draußen zieht.

Drei Jahre verbringt sie in einem Heim. Es ist keine schöne Zeit. Schläge bekommt sie auch dort, aber da ist niemand, der sie mal in den Arm nimmt, so wie Papa es wenigstens manchmal tat. Deshalb ist sie froh, als man ihr sagt, dass sie nun eine Pflegemama bekommen wird. Das ist zwar keine richtige Mama, aber mehr, als Beate je gehabt hat.

Sie wird von nun an auf einem Bauernhof leben, erklärt Schwester Beatrix ihr. Mit vielen Tieren. Das klingt so schön, dass Beate es fast nicht glauben kann, aber sie hat in den vergangenen Jahren schmerzlich erfahren, dass man das, was Schwester Beatrix sagt, nicht in Frage stellt.

Der Bauernhof liegt weit draußen. Beate weiß nicht, wie lange vor dem Seitenfenster Bäume und Felder an ihr vorbeigezogen waren, als das Auto endlich anhält.

Der Hof besteht aus zwei Gebäuden, die beide recht alt aussehen, aber das ist ihr egal. Schon als sie aussteigt, kommen ihr zwei Katzen entgegengelaufen und lassen sich von ihr streicheln. Und die Frau, die auf sie zukommt und sie von Kopf bis Fuß mustert, lächelt zwar nicht, aber das ist nicht schlimm. Beate glaubt, dass von nun an alles besser wird.

Dass das nicht so ist, ahnt sie bereits, als Schwester Beatrix und der Mann, der das Auto gefahren hat, nicht mehr zu sehen sind.

»Wir leben hier nach strengen Regeln, die du dir besser gut merken solltest«, sagt die Frau, und ihre Stimme klingt dabei so, dass sie Beate wirklich Angst macht. »Komm mit ins Haus und lerne.«

Zu ihrer Überraschung trifft Beate im Haus auf ein anderes Mädchen, das vielleicht ein oder zwei Jahre älter ist als sie selbst. Es kniet mit dem Gesicht zur Wand in einer Ecke der Küche auf dem Boden und hat einen Rosenkranz in den gefalteten Händen. Beate weiß, was ein Rosenkranz ist, im Heim hatte sie auch einen.

Ohne das Mädchen zu beachten, geht die Frau zu einer Schublade, zieht einen weiteren Rosenkranz hervor und hält ihn ihr entgegen. Das silberne Kreuz daran baumelt hin und her.

»Erste Regel: Wir beten fünfmal am Tag zu Gott, unserem Herrn, damit er das Böse von uns fernhält. Das ist dein Rosenkranz. Halte ihn in Ehren.«

Das wird sich also nicht ändern, denkt Beate. Im Heim musste sie sogar nur dreimal am Tag beten.

»Hast du mich verstanden?«

»Ja«, flüstert Beate kleinlaut.

»Ja, Mama«, korrigiert die Frau mit eisiger Stimme.

Beate streckt die geöffnete Hand aus, doch sie ist ein kleines bisschen zu langsam. Als die Frau die Kette loslässt, rutscht sie an Beates Handfläche vorbei und fällt zu Boden. Nach einem wütenden Blick auf den Rosenkranz legt die Frau ihre Hand in Beates Nacken und drückt so fest zu, dass Beate vor Schmerz aufschreit.

»Regel Nummer zwei: »›Wer Schuld auf sich lädt, wird Buße tun in Beelzebubs Reich.‹«

Mit einer Kraft, die keinen Widerstand duldet, schiebt sie Beate den gleichen Weg nach draußen, den sie zuvor ins Haus genommen hatten, dann über den Hof zu dem zweiten Gebäude. »Der Herr der Fliegen wird in der Gestalt eines Kindes wiederkommen«, murmelt sie dabei monoton, so wie es die Schwestern im Heim beim Beten auch immer getan haben. »Er wird Dunkelheit über die Menschen bringen und Verderben.« Sie erreichen den Stall. Als die Frau die Tür öffnet, hört Beate das Grunzen mehrerer Schweine, und ein übler Gestank schlägt ihr entgegen.

»Wenn ihr die Zeichen seht, werdet ihr das Bollwerk Gottes sein. Ihr werdet die Brut des Teufels jagen und verhindern, dass das Tier aus dem Schoß einer Frau quillt und die Herrschaft über die Menschen übernimmt.«

Hinter der Tür dirigiert die Frau Beate nach links, wo die ausgetretenen Stufen einer schmalen Steintreppe nach unten führen.

Mit jeder Stufe, die sie tiefer hinunterbringt, wird der Gestank schlimmer und schlimmer. Als sie am Fuß der Treppe vor einer weiteren Tür stehen, ist es schon so unerträglich, dass Beate sich übergeben muss.

Während sie wieder und wieder würgt, redet die Frau unbeeindruckt auf sie ein. »Das erste Zeichen wird eine Missgeburt sein, wie die Menschheit sie noch nicht gesehen hat. Halb Mensch, halb Tier. Dann werden sie wissen, dass er kommt, und mit den Vorbereitungen beginnen.«

Mit einem Schlüssel, der an einem Lederband um ihren Hals hängt, öffnet die Frau das Schloss und stößt die Tür auf. Was Beate dann aus dem dunklen Raum dahinter entgegenschlägt, ist das Schlimmste, was sie je erlebt hat. Mit lautem Summen umschwirren sie plötzlich Tausende von dicken, glänzenden Fliegen. Sie setzen sich auf ihr Gesicht, auf Arme und Beine. Gleichzeitig ist der Gestank nun so bestialisch, dass er ihre Atemwege zu verätzen droht.

Sie spürt, dass sie schreien muss, wehrt sich mit aller Kraft dagegen, den Mund zu öffnen, und kann doch nichts anderes tun. Binnen Sekunden spürt sie einen der fleischigen Körper an ihrem Gaumen, dann im Hals. Erneut muss sie würgen, aber da ist nichts mehr, was sie noch herauspressen könnte.

Beate möchte sich abwenden und weglaufen, doch der eiserne Griff der Frau zwingt sie, in den Raum zu blicken, der durch die geöffnete Tür in Dämmerlicht getaucht ist. »Sieh hin und lerne«, befiehlt die Frau.

Erst versteht Beate nicht, was sie dort sieht. Der ganze Boden ist übersät mit reglosen, meist haarigen Körpern. Fell, flüstert Beates Verstand ihr zu. Tiere. Tote Tiere. Hier und da ist das Fell aufgebrochen, eine dunkle Masse quillt aus den Körpern hervor, bedeckt mit Tausenden von glänzenden Schmeißfliegen. Dazwischen liegen schlauchartige Gebilde und formlose Klumpen, die aussehen wie Fleischstücke, und größere, glatte Körper, manche übersät von einem gelblichen Gewimmel aus Millionen Maden.

Als Beate einige Köpfe mit leeren Augenhöhlen erkennt, als sie begreift, dass dort vor ihr neben toten Ratten, Hunden und Katzen auch Ferkel und Innereien von größeren Tieren liegen, verweigert sich ihr Verstand dem Grauen, indem er sich zurückzieht, und sie verliert das Bewusstsein.

Als Beate wieder zu sich kommt, liegt sie vor der Scheune auf dem Rücken und starrt in den bewölkten Himmel.

»Nun hast du Beelzebubs Reich gesehen.« Die Frau steht neben ihr und schaut gnadenlos auf sie herab. »Das wird er aus der Erde machen, wenn Kinder wie du Schuld auf sich laden und die nicht vergebenen Sünden der Menschen sich so weit angehäuft haben, dass sie für ihn eine Brücke bilden aus dem Reich der Finsternis zu uns. Siehe und lerne: Dort unten wirst du ab jetzt Buße tun, wenn du gesündigt hast.

Dort wirst du zu Gott dem Herrn beten, damit er dir deine Sünden vergibt. Hast du das verstanden? Und wirst du ab jetzt ein Leben in Demut und Reinheit führen?«

»Ja«, antwortet Beate, woraufhin die Frau ihr die Schuhspitze in die Seite rammt. »Ja, Mama! Also: Hast du das verstanden?«

»Ja … Mama.«

Beate lernt von Pia, die schon seit über einem Jahr bei *Mama* ist, welche Regeln sie zu befolgen hat.

Trotzdem verbringt sie im Laufe der folgenden Jahre viele Stunden und Tage in dem mit Kadavern vollgestopften Keller. Und jedes Mal, wenn sie herauskommt, muss sie eine der weißen Lilien küssen, die Mama in einem Gewächshaus züchtet. Als Zeichen, dass sie nun wieder rein ist.

Manchmal muss sie auch tote Tiere im Keller ablegen. Ferkel, die gestorben sind, Ratten, die Mama erschlagen hat, oder streunende Hunde und Katzen, die sich von Mama erwischen ließen.

Einige Male versucht sie, sich das Leben zu nehmen, nur um der Qual des Kellers zu entgehen, doch sie schafft es nicht. Irgendwann ergibt sie sich in ihr Schicksal und erledigt die Aufgaben, die Mama ihr übertragen hat, ohne darüber nachzudenken.

So teilt sie sich mit Pia das Putzen des Hauses, mit dem sie jeden Tag stundenlang beschäftigt sind, denn das Haus des Herrn ist ein reines Haus. Zu ihren Aufgaben gehört es ebenso, die Schweine zu füttern und aus jedem Wurf der Katzen die schwarzen herauszunehmen und in der Regentonne zu ertränken. Wenn sie Schuld auf sich lädt und nicht in Beelzebubs Reich kann, weil dort Pia gerade Buße tut, erlöst Mama sie von ihren Sünden durch den reinigenden Schmerz der Gerte.

Außerdem fragt Mama sie täglich die Liste der Zeichen ab, die sie Beate zu Anfang gegeben hat. Es ist immer das gleiche Prozedere. Wenn sie nach dem Zähneputzen im

Bett liegt, kommt Mama ins Zimmer, bleibt vor ihrem Bett stehen und schaut sie streng an. »Hast du gebetet?«

»Ja, Mama.«

»Hast du Gott gebeten, dir deine Schuld zu verzeihen und deine Sünden zu vergeben?«

»Ja, Mama.«

»Was wirst du tun, wenn du die Zeichen erkennst?«

»Ich werde die Gefolgschaft Beelzebubs vernichten, damit er keine Herrschaft der Finsternis auf der Erde errichten kann.«

»Nenn mir die Zeichen.«

»Das erste Zeichen wird eine Missgeburt sein, wie die Menschheit sie noch nicht gesehen hat. Halb Mensch, halb Tier. Dann werden sie wissen, dass er kommt, und mit den Vorbereitungen beginnen.

Ich kann sie erkennen, wenn sie nach den Dingen suchen, die sie für ihre schwarze Zeremonie brauchen:

Ein finsteres Gewölbe, in dem der Antichrist das Licht unserer Welt erblicken soll.

Schwarze Katzen, die um die gespreizten Beine seiner Mutter streichen und ihn aus ihrem verdorbenen Leib locken.

Eine Jungfrau, die geopfert wird. Sie werden ihr Blut auffangen, damit er sich nach seinem ersten Atemzug daran laben kann.

Eine Ziege, deren Fleisch ihn stärken soll.

Einen edlen Kelch, aus dem er das Blut der Ziege trinkt.

Einen schwarzen Hahn als Opfer, um seinen Vater, den Fürsten der Finsternis, zu erfreuen.

Einen christlichen Priester, der entweiht und geopfert wird, zum Zeichen, dass die Zeit der schwarzen Messen angebrochen ist.«

Alle starrten Beate Darius fassungslos an.

Der Erste, der seine Sprache wiederfand, war Böhmer.

»Warum Ihr Mann und Ihr Sohn? Warum mussten sie sterben?«

»Um frei zu sein für die große Aufgabe«, antwortete Beate Darius ebenso emotionslos, wie sie die ganze Geschichte erzählt hatte.

Max drückte sich von der Wand ab, an der er die ganze Zeit gelehnt hatte, und ging schwankend auf die Tür zu. »Das reicht, ich muss hier raus. Wir sehen uns morgen.«

Ohne den anderen eine Chance zu geben, etwas zu entgegnen, verließ er den Vernehmungsraum.

Er konnte sich später nicht mehr daran erinnern, welchen Weg er nach unten genommen hatte. Auch die Fahrt nach Hause verging, ohne dass er sich dessen richtig bewusst war.

Erst, als er sich in sein Bett fallen ließ, löste sich das Vakuum in ihm auf, und er begann zu weinen.

39

UM NEUN UHR TRAFEN SIE in Gorges' Büro zusammen. Böhmer hatte Max um halb acht per Telefon aus dem Schlaf gerissen, was ihm allerdings erst nach einigen Versuchen gelungen war.

Neben Gorges und dem Staatsanwalt war auch Professor Leuken wieder anwesend.

»Meine Herren« – Gorges nickte allen zu –, »Professor Leuken hat den Rest der Nacht dazu genutzt, einige noch unbeantwortete, interessante Fragen für uns zu klären. Bitte, Herr Professor.«

Leuken räusperte sich. »Beginnen wir mit dem Krankheitsbild von Beate Darius. Eine leider nicht seltene Form der Schizophrenie. Der Begriff Schizophrenie bedeutet übersetzt in etwa *Abspaltung der Seele,* was diesen Zustand schon recht gut beschreibt. Oftmals haben Betroffene zwei Welten nebeneinander: Die reale Welt, wie sie tatsächlich existiert, und eine Parallelwelt, welche geprägt ist von einer inneren, eigenen Wahrheit. Im Gegensatz zur *dissoziativen Identitätsstörung*, die früher fälschlicherweise als *multiple Persönlichkeit* bezeichnet wurde, wohnen im Körper eines an Schizophrenie Erkrankten nicht mehrere, voneinander unabhängige Persönlichkeiten, die nichts voneinander wissen.

Beim hier vorliegenden Krankheitsbild ist es zwar auch so, dass sich ein vollkommen anderer Charakter mit ganz anderen Merkmalen zeigt. Allerdings wird dadurch die eigentliche Persönlichkeit nicht wie bei der DIS verdrängt.«

»Entschuldigung, aber das verstehe ich nicht«, unterbrach Böhmer den Professor. Der nickte verständnisvoll.

»Ja, das ist für einen Laien auch schwer zu verstehen. Stellen Sie es sich folgendermaßen vor: Wenn die Persönlichkeit, die die Morde begangen hat und die wir in der letzten Nacht erlebt haben, zum Vorschein kommt, dann erlebt Beate Darius das wie eine Beobachterin. Für sie ist es so, als stehe sie daneben und schaue dem anderen Ich dabei zu, was es tut. Sie kann sogar mit dieser fiktiven Person kommunizieren.«

»Kann sie nichts dagegen unternehmen?«

»Nein, weil ihr Unterbewusstsein ihr sagt, dass sie sich damit selbst schaden würde.«

Eine Weile herrschte Stille in den Raum, dann sagte Böhmer: »Und diese andere Persönlichkeit nennt sich Lukas.«

Gorges hob eine Braue. »Wie kommen Sie denn darauf?«

»Das hat laut ihrer Aussage der Mörder ihres Mannes und ihres Sohnes zu ihr gesagt. Moment, der genaue Wortlaut war …«

»Sie hat den Mörder gefragt, wer er sei«, sprang Max ein, der sich noch genau erinnern konnte. Und der hat geantwortet: *»Lukas. Klingelt da was bei dir?«*

Gorges schüttelte den Kopf. »Ich denke, damit hat sie sich selbst einen Hinweis gegeben, denn im Lukasevangelium wird der Teufel als Beelzebub bezeichnet.«

Max wunderte sich, dass ihr Chef derart bibelfest war, ersparte sich aber einen Kommentar dazu.

»Bleibt die Frage aller Fragen.« Böhmer erhob sich von seinem Stuhl, ging zum Fenster und lehnte sich gegen die Fensterbank. »Woher wusste Siegfried Fissmann so genau Bescheid.«

»Dafür kann es nur eine Erklärung geben.« Max sprach aus, was ihm während Leukens Erklärungen durch den Kopf gegangen war. »Er muss die gleiche *Mama* gehabt haben und somit auch die Zeichen kennen.«

Es dauerte eine knappe Stunde, dann stand fest, dass Max mit seiner Vermutung genau richtiglag.

Die Frau hieß Maria Krämer. Sie hatte allein in einem etwas heruntergekommenen Bauernhof gelebt und Pflegekinder bei sich aufgenommen. Siegfried Fissmann war wie Beate Darius als Pflegekind bei ihr gewesen, musste aber wieder zurück in ein Heim, bevor Darius auf dem Bauernhof ankam. Da war er vierzehn. Maria Krämer behielt die Kinder nur bis maximal zu diesem Alter bei sich. Angeblich hatte niemand etwas davon gewusst, was sie auf ihrem Bauernhof mit den Kindern trieb.

Als Beate Darius dreizehn Jahre alt war, starb Maria Krämer bei einem Unfall, der in den Akten nicht näher beschrieben war, woraufhin auch sie zurück ins Heim musste.

»Was passiert jetzt mit Beate Darius?«, fragte Max, nachdem sie in ihr eigenes Büro zurückgekehrt waren.

»Das hängt zum größten Teil von dem Gutachten ab, das Professor Leuken erstellen wird. Sie wird gerade in seine Abteilung gebracht.«

»Okay. Und weiß du, was ich jetzt tue?« Max stand auf und griff nach seiner Tasche.

»Sag es mir.«

»Ich nehme mir den Rest des Tages frei und verbringe ihn mit meiner Schwester. Das brauche ich jetzt dringend.«

»Versteh ich. Ich werde noch ein bisschen Papierkram erledigen, dann haue ich auch ab.«

Max war schon an der Tür, als Böhmer sagte: »Das war eine reife Leistung, Partner.«

»Danke«, antwortete er und verließ den Raum. Wirkliche Freude über ihren Erfolg wollte sich nicht einstellen. Zu intensiv hallte noch in ihm nach, was sie in der vergangenen Nacht gehört hatten. Vielleicht würde sich das ändern, wenn er mit jemandem darüber sprach. Er freute sich auf seine Schwester.

Als Kirsten nach dem ersten Klingeln nicht öffnete, versuchte Max es erst ein zweites Mal, bevor er den Schlüssel zu ihrer Wohnung hervorzog, den sie ihm für alle Fälle gegeben hatte. Er ging davon aus, dass sie beim Einkaufen war, und wollte auf sie warten.

Er zog die Tür hinter sich zu, durchquerte das Wohnzimmer und ging in die Küche, um sich einen Kaffee zu machen. Den Zettel, der neben der Maschine auf der Arbeitsplatte lag, registrierte er nur am Rande.

Erst als er eine Tasse auf die Abtropfschale gestellt und den Knopf gedrückt hatte, fiel sein Blick auf die computergeschriebenen Zeilen.

Der Zettel stammte nicht von Kirsten, und was Max dort las, ließ schlagartig jedes Gefühl in ihm ersterben – außer einem: kalte Angst.

Dank

Wenn Sie meine letzten Bücher gelesen haben, dann ist Ihnen sicher aufgefallen, dass dort keine Danksagungen mehr angehängt waren.

Das hat nichts damit zu tun, dass ich keine Lust mehr hatte, den Menschen zu danken, die mich bei der Entstehung des jeweiligen Buches unterstützt haben. Und dieses Mal möchte ich die Gelegenheit wieder nutzen: Vielen Dank an alle, auf deren Fachwissen ich bei jedem Projekt aufs Neue zurückgreifen darf.

In der Zwischenzeit ist aber noch jemand hinzugekommen, dem ich mit diesen Zeilen am Ende der Geschichte ein besonders herzliches Dankeschön sagen möchte. Es handelt sich um eine Kollegin, die ich bisher noch in keinem Nachwort erwähnt habe, obwohl sie mir auch schon bei den beiden letzten Projekten mit Ideen, Rat und Tipps zur Seite gestanden hat. Diese Kollegin ist Ursula Poznanski, mit der ich bereits zwei gemeinsame Thriller geschrieben habe, *Fremd* und *Anonym*. Unsere dritte Gemeinschaftsproduktion erscheint im April 2018 mit dem Titel *Invisible*.

Diese Zusammenarbeit hat uns beiden nicht nur sehr viel Spaß gemacht, sondern auch gezeigt, wie hilfreich es ist, jemanden nach Rat fragen zu können, wenn es beim Schreiben gerade mal klemmt.

Daraus hat sich dann wie selbstverständlich ergeben, dass Ursula auch während meiner Soloprojekte hier und da eine Mail bekommen hat, die meist begann mit: *Liebe Ursula, hast du mal eine halbe Stunde Zeit? Ich hänge gerade.*

Nicht selten folgte daraufhin ein mehrstündiges Brainstorming am Telefon, an dessen Ende neue Ideen und Anregungen standen, die mir das Schreiben enorm erleichtert haben.

Also, liebe Ursula, ich weiß, dass du diese Danksagung lesen wirst, weil ich sie dir angekündigt habe ☺ Deshalb an dieser Stelle jetzt direkt an dich: Danke!

Allerdings möchte ich dieses Buch nicht abschließen, ohne mich ganz explizit auch an Sie zu wenden. Ja, ich meine Sie, die Leserinnen und Leser meiner Bücher. Durch Ihr Interesse an meinen Thrillern ermöglichen Sie es mir, mich zu einhundert Prozent diesem wundervollen Beruf widmen und mir immer wieder neue Geschichten ausdenken zu können. Dafür danke ich Ihnen von ganzem Herzen.

Max Bischoff ermittelt weiter. Sein dritter Fall wird ihn vor eine schier unmögliche Entscheidung über Leben und Tod stellen …

Max Bischoffs Schwester Kirsten erhält über die sozialen Netzwerke seltsame Nachrichten, denkt sich aber zunächst nichts dabei. Bis die Bedrohung real wird. Der Absender lässt sie wissen, dass er sie beobachtet, immer weiß, wo sie sich aufhält. Max drängt seine Schwester dazu, Anzeige zu erstatten. Aber es ist schon zu spät. Der Unbekannte entführt Kirsten und stellt Max vor eine unmögliche Entscheidung. Eine Entscheidung, die egal, wie sie ausfällt, entsetzliche Folgen für sein Leben und das Leben seiner Schwester haben wird …

Der neue Fall für Max Bischoff – seit Februar 2019 bei FISCHER Taschenbuch.